노고단老姑壇

❻

노고단 老姑壇 **❻**

발행일	2024년 4월 8일

지은이	권혁태		
펴낸이	손형국		
펴낸곳	(주)북랩		
편집인	선일영	편집	김은수, 배진용, 김부경, 김다빈
디자인	이현수, 김민하, 임진형, 안유경	제작	박기성, 구성우, 이창영, 배상진
마케팅	김회란, 박진관		
출판등록	2004. 12. 1(제2012-000051호)		
주소	서울특별시 금천구 가산디지털 1로 168, 우림라이온스밸리 B동 B113~115호, C동 B101호		
홈페이지	www.book.co.kr		
전화번호	(02)2026-5777	팩스	(02)3159-9637

ISBN	979-11-93716-34-2 04810 (종이책)	979-11-93716-35-9 05810 (전자책)
	979-11-6539-924-5 04810 (세트)	

(주)북랩 성공출판의 파트너

북랩 홈페이지와 패밀리 사이트에서 다양한 출판 솔루션을 만나 보세요!

홈페이지 book.co.kr • **블로그** blog.naver.com/essaybook • **출판문의** book@book.co.kr

---

작가 연락처 문의 ▶ ask.book.co.kr

작가 연락처는 개인정보이므로 북랩에서 알려드릴 수 없습니다.

권혁태
대하소설

6

노고단
老姑壇

북랩

차 / 례

38

흥남철수

中공군과의 계속되는 격전 중에도 우여곡절을 겪으며 하갈우리에 비행장이 드디어 완성된다. 하갈우리에서 비행기가 이·착륙할 수 있게 됐다. 비행기를 통하여 하갈우리로 각종 보급품과 인원이 긴급하게 충원된다. 하갈우리 사령부는 활기를 띠기 시작한다. 부대를 정비하고 중공군과의 전투를 위해 전열을 정비해 나간다. 탄약과 식량도 신속히 공급된다. 비행기를 통하여 전투에서 부상당 한 병사들도 후방으로 계속 실어 나른다.

유담리까지 진격했던 헨프리는 하갈우리로 후퇴했지만, 후동리에 진격했던 잭슨 신부와는 무전 연락이 되지 않는다. 클리어리 신부가 함흥 사령부에서 급하게 날아와 있다. 후동리로 진격했던

미 육군으로 구성된 유엔군이 중공군에게 전멸하였다는 소식을 듣는다. 그 유엔군에는 남한군 카투사들도 많이 포함되어 있었다. 살아남은 자들도 중공군의 포로가 되어 버렸다는 것이다. 클리어리 신부는 후동리로 진격한 미 육군에 배속된 잭슨 군종 신부의 안위가 걱정된다. 후동리 하늘을 향하여 바라보며 십자 성호를 긋는다. 잭슨 신부가 무사하기를 간절히 기도한다. 헨프리가 사령부에 배속된 클리어리 군종병 신부를 만나 전황을 주고받는다. 클리어리는 헨프리에게 후동리로 진격한 미 육군의 전멸 소식을 안타깝게 여긴다. 헨프리는 클리어리 신부에게 유담리까지 진격했다가 하갈우리까지 겨우 살아 돌아온 전투 경험을 전한다. 중공군의 인해 전술로 인해 많은 동료 병사가 죽어 나갔다는 것을 전한다. 추위와의 싸움에서도 견디기 힘들었다고 전한다. 유담리에서 덕동 고개를 넘어오는 동안에 눈을 뒤집어쓴 채 얼어 죽어 있는 중공군의 이야기도 전한다. 중공군의 인해 전술이 무모하기도 하지만, 얼마나 무서운 전쟁인지 알 수 있다.

이제 하갈우리도 안전하지는 않다. 중공군은 황초령 고개 이북, 장진호 계곡 부근에 주둔한 모든 부대를 점점 포위해 오고 있다. 중공군은 황초령 고개에 놓여 있는 다리를 이미 폭파해 버렸다. 유엔군의 육로를 통한 지원 부대가 장진호 부근으로 들어오지 못하도록 철저히 막고 있다. 장진호 부근에 있는 유엔군들이 후퇴하지 못하도록 길을 차단해 버렸다.

중공군이 숨어들었던 유담리 부근 마을이 미 공군의 공중 폭격으로 파괴되어 버렸다. 유담리 지역 피난민들도 유엔군의 뒤를 따라 하갈우리 진지 근처에 도착한다. 헨프리와 이성준은 스미스 장군을 찾아간다. 유담리 주민들이 유엔군에게 많은 도움을 주었다고 보고한다. 특히 주민들의 제보로 중공군이 숨어 있는 마을을 알려 주어 폭격하여 섬멸하였다는 보고를 한다. 이제 갈 곳이 없는 주민들을 도와줘야 한다고 한다. 스미스는 피난민들에게도 하갈우리 진지 외곽 마을에서 잠시 쉬도록 허락한다. 마을 근처에 천막 막사를 지어 준다. 유엔군들은 피난민들 막사와 마을 주변에 총을 들고 경계를 선다. 혹시 피난민이나 현지 주민들이 중공군이나 인민군들과 내통하는 것을 막는 조치다. 헨프리와 클리어리 신부는 이성준과 함께 전투 식량을 주민들에게 배급해 준다. 전투식량을 받은 주민들이 배고픔을 해결한다.

밤이 되자, 주민들이 은밀하게 한곳으로 모이는 발걸음을 발견한다. 이성준은 그들의 발걸음을 의심한다. 헨프리에게 그 사실을 알린다. 이성준과 헨프리가 고개를 끄덕이며 움직인다. 그들이 눈치채지 않도록 살금살금 뒤를 따른다. 주민들이 계속해서 모여드는 것을 먼발치에서 바라보고 있다. 무슨 일인지 알아내야 한다. 저들이 첩자 노릇을 하는지 일단 의심한다. 밤에 살금살금 남들의 눈을 피해서 모이는 일이라면 분명히 사건을 만들고 있음이 확실하다고 의심한다. 사람들이 모인 집 안에서는 불빛이 새어 나오지 않도록 철저하게 창문을 막아 놨다. 가까이 가서 들여다보지 않으면 무슨 일을 하고 있는지 알 수가 없다. 이성준이 살금살금 다가간다. 집 안에 귀를 기울인다. 인기척이 들리지 않는다. 주민들에게 발각되지 않도록 숨죽이며 조심스럽게 창문을 열어 본다. 헨프리도 방 안을 들여다본다. 창문 틈으로 방 안이 조금씩 보인다. 호롱불을 켜 놓은 방안에 사람들이 둘러앉아 있다. 무슨 일을 하고 있는지 궁금하기만 하다. 놀랍게도 주민들은 예배를 드리고 있다. 주민들은 낮은 목소리로 울면서 찬송가를 부르고 있다.

"천부여 의지 없어서 손 들고 옵니다

주 나를 외면하시면 나 어디 가리까

내 죄를 씻기 위하여 피 흘려 주시니

곧 회개하는 맘으로 주 앞에 옵니다…."

그야말로 절박한 상황에서 하나님께 향한 간절한 찬송이다. 울음이 섞인 찬송가 소리에 이성준은 숨을 고른다. 긴장했던 마음을 내려놓는다. 이성준은 안도의 숨을 쉬며 창문 틈으로 방 안을 계속 들여다본다. 북한 주민들은 그동안 공산 치하에서 겪었던 신앙의 억압과 고통을 생각하면, 이루어 말을 할 수가 없는 일이다. 종교는 아편이라 하며 기독교인들을 핍박하며 예배도 제대로 드릴 수가 없었다. 공산당에 반항하는 목사들도 닥치는 대로 처형하였다. 그러나 마음 깊숙이 간직한 하나님을 향한 믿음은 숨죽이고 있었다. 누가 시키지 않아도 저절로 하나님을 찾는 것이다. 그야말로 눈물로 찬송을 부른다. 그동안 억눌러 왔던 순간을 떠올리며 찬송가를 부른다. 찬송을 부르는 중에도 훌쩍거리는 소리가 간간이 들린다. 하나님만을 바라는 절박함 속에서 나오는 찬송이다. 찬송 후에는 기도를 하기 시작한다. 주민들의 기도는 점점 울음으로 변한다.

"하나님! 저희를 불쌍히 여겨 주시옵소서! 주여! 죽음의 사선에서 저희를 구하여 주시옵소서! 저희는 미약합니다. 주님! 저희를 살려 주십시오!"

그야말로 죽음의 사선에서 매일 살아남아야 하는 절박한 심정이다. 기도 소리가 점점 커지면서 서러운 울음으로 변한다. 북한 주민들의 울음소리가 점점 커진다. 이성준의 가슴이 먹먹해진다. 주민들의 울음 섞인 기도 소리를 들으니, 이성준도 저절로 땅바닥에 무릎을 꿇는다. 북한 주민들을 향한 기도가 저절로 나온다.

"하나님! 저들을 불쌍히 여겨 주시옵소서. 저들을 굽어살펴 주시옵소서. 이 전쟁 통에 모두가 살아남을 수 있도록 은혜를 베풀어 주시옵소서! 하나님, 살려 주시옵소서! 하나님만 믿습니다."

이성준도 간절하게 울면서 기도를 올린다. 북한 주민들이 그동안 공산 치하에서 기독교인들을 얼마나 옥죄었을지는 뻔한 일이다. 신앙을 지키기 위해 얼마나 억압을 받았을까? 그 고통이 얼마나 컸을까? 미군들이 들어왔을 때는 금방 통일이 되는 줄로만 알았다. 공산당을 완전히 몰아낼 줄로만 알았다. 중공군이 마을 안으로 숨어드는 바람에 미군들의 폭격으로 마을 전체가 불타 버렸다. 중공군과 매일 전쟁을 치르고 있는 상황이 얼마나 고통스럽고 불안할까? 이러다가 미군이 도망가고 다시 공산당이 몰려오면 주민들은 어느 장단에 맞추어야 살아남을 수 있는지. 참으로 고통스러운 일인 것이다. 이성준 본인도 이 전쟁 통에 목숨이 순식간에 사라질 수 있는 일이다, 부디 목숨을 구해 달라고 간절히 기도를 올린다.

"하나님, 이 부족한 죄인의 목숨도 살려 주시옵소서!"

헨프리도 불쌍한 북한 주민들을 위해 간절히 기도한다.

땅땅땅땅땅…. 삐리리리, 삐리리리, 삐리리리….

어두운 밤에 꽹과리 소리와 나팔 소리가 쉬지 않고 연속해서 울려 댄다.

탕탕탕탕탕….

중공군들은 하갈우리 사령부로 대대적인 기습 공격을 감행한다. 기습 공격을 당한 하갈우리 지휘부는 아수라장이 되어 버린다. 중공군에 의하여 유엔군들은 완전히 포위를 당한 것이다. 헨프리가 있는 막사에도 포탄이 떨어진다.

쾅!

굉음을 내며 막사가 산산조각이 난다. 헨프리가 그 자리에서 쓰러진다. 흙먼지가 헨프리 몸 위에 쏟아져 내린다.

"아악!"

몸에 총탄이 박힌 병사들이 소리를 지른다.

"살려 주세요!"

살려 달라는 비명이 하늘을 찌른다. 헨프리가 정신을 차리고 천천히 일어난다. 헨프리도 이마에 파편을 맞아 상처를 입었다. 이마에서 피가 흘러내리고 있다. 손으로 피를 닦아 내며 주위를 살핀다. 이마에서는 피가 계속 흘러내리지만, 병사들이 살려 달라는 비명에 부상한 병사 곁으로 다가간다.

"아! 악!"

고통으로 울부짖는 소리가 계속 들린다. 아비규환의 현장이다. 죽음 앞에서 울부짖는 병사들의 절규는 살아 있는 사람의 혼까지 집어삼킨다. 아수라장의 전쟁터에서 인간들끼리 대학살을 저지르고 있다. 누구를 위한 싸움인가? 적을 먼저 죽여야만 살아남은 전쟁터다. 헨프리도 혼이 빠져 버렸다. 정신을 차릴 수가 없다. 포격은 계속된다.

"아! 하나님! 살려 주십시오!"

헨프리가 하늘을 보며 울부짖는다. 총탄이 쏟아지는 가운데 죽음의 공포가 엄습해 온다.

"어찌하오리까?"

총탄이 사방에서 윙윙거린다. 고개를 처박고 엎드리고만 싶다. 이대로 죽는 건가? 죽음의 공포는 더욱더 옥죄어 온다.

"악! 아! 악…"

"살려 주세요!"

생지옥도 이런 생지옥이 없다. 사방팔방을 둘러보아도 시체가 뒹굴고 있다. 인간의 목숨이 개구리 목숨만도 못한 광경이다. 이대로 포기해서는 안 된다. 정신을 차려야 한다. 나는 군종병이다.

"하나님! 전능하신 하나님만이 저를 살리실 수 있습니다. 저에게 용기와 힘을 주시옵소서! 내 주여! 뜻대로 하시옵소서!"

간절히 기도를 올린다. 순간적으로 맘을 잡는다. 부상병을 살려야 한다. 헨프리 이마에서는 피가 흐르지만, 훌훌 털고 일어난다. 누가 나를 치료해 줄 전우들도 없다. 붕대로 본인 이마를 칭칭 동여맨다. 피가 조금씩 흘러내리지만 견딜 만하다.

"악! 아! 악…"

고통으로 소리를 지르는 전우들을 우선 구해 내야 한다. 부상병에게 다가간다. 피를 흘리며 살려 달라고 소리를 지르는 부상병을 안아 준다.

"위생병! 위생병!"

위생병을 큰 소리로 불러 본다. 고개를 들어 주변을 둘러보아도 위생병은 보이지 않는다. 포탄이 떨어진 자리에 위생병도 파편에 맞아 신음하고 있다.

"위생병!"

다급하게 위생병을 계속 불러 보지만, 위생병은 나타나지 않는다.

"아!"

아수라장의 현장에서 정신을 차려야 한다. 헨프리는 해방 전에 의사 선교사로 조선에 파견되었었다. 병원에서 근무한 경력이 있는 헨프리는 군종병이지만, 위생병 역할을 해낸다. 헨프리가 부상병을 바닥에 내려놓고 일어선다. 주위를 살핀다. 구급약품을 챙겨서 부상병에게 다시 급하게 달려간다. 바닥에 누워 있는 병사에게 붕대를 감아 준다. 신음하고 있는 병사를 부축한다. 헨프리가 총탄을 맞아 피를 흘리는 위생병에게도 달려간다. 위생병을 치료한다. 위생병을 치료한 헨프리가 주위를 둘러본다. 곳곳에서 신음하고 있는 부상자들을 바라본다. 곳곳에서 부상을 당해 계속 소리를 지르고 있는 부상병에게 차례로 달려간다. 붕대를 구해서 붕대로 상처 부위를 치료한다. 소리를 지르는 병사들이 곳곳에 방치되어 있다. 피를 흘리며 죽어 가는 병사들이 보인다. 헨프리가 죽어 가고 있는 병사를 끌어안는다.

"아!"

헨프리가 피를 흘리며 죽어 가는 부상병을 끌어안고 하늘을 바라보며 오열을 한다. 슬픔이 복받쳐 오른다. 죽어 가는 전우들을 살려 내지 못하는 아쉬움과 원망이 한꺼번에 몰려온다. 이럴 수는 없는 일이다. 죽어 가는 전우를 살릴 수가 없다니, 너무나 아쉽고 화가 솟구친다. 오열은 한동안 멈추지 않는다. 슬픔에 젖어 있을 시간이 없다. 헨프리가 정신을 차린다. 살아 있는 병사들이라도 빨리 구해 내야 한다. 부상병을 부축하여 그 자리를 피한다. 중공군의 공격은 강도가 심해진다.

탕.

어두운 하늘에 조명탄이 올라간다. 벌떼처럼 중공군들이 계속 몰려온다.

탕탕탕탕탕….

미군들이 공격해 오는 중공군을 향해 총탄 세례를 퍼붓는다.

쾅!

포탄이 헨프리 머리 위로 굉음을 내며 날아간다, 간담이 서늘해진다. 얼마나 놀랐던지 등골에 땀이 흐른다. 헨프리도 무서움에 무의식적으로 총을 들고 사격을 한다. 살아남기 위해서는 중공군을 물리쳐야 한다.

탕탕탕탕탕….

"악!"

달려오던 중공군이 총을 맞고 계속 쓰러진다. 중공군을 향해 총을 계속 쏜다. 수십, 수백 명의 중공군이 총탄에 맞아 쓰러져도, 중공군의 공격은 멈출 줄을 모른다. 그야말로 무모한 인해 전술이다.

땅땅땅땅땅…. 삐리리리, 삐리리리, 삐리리리….

꽹과리와 나팔 소리가 밤하늘에 계속 울려 퍼진다. 시도 때도 없이 중공군의 공격은 멈출 줄을 모른다. 도대체 중공군의 숫자는 얼마인지 헤아리기 어려울 정도로 끝없이 밀려온다. 몇 개 사단 병력이 장진호 부근 계곡 전체를 온통 포위한 듯하다. 다행히 하갈우리의 사령부는 중공군의 공격을 막아 낸다.

밤만 되면 중공군은 곳곳에서 기습 공격을 계속 감행하고 있다.

"후퇴하라!"

하갈우리에서 중공군에게 계속 공격을 당한 유엔군들에게도 흥남항으로 철수 명령이 떨어진다. 밤이 지나고 날이 밝았다. 중공군의 공격은 소강상태에 접어든다. 그렇지만 미국 공군이 중공군을 향한 폭격은 계속된다. 하갈우리에 비행기가 착륙한다.

횡, 횡, 횡….

북풍한설이 거세게 휘몰아치고 있다. 산야는 온통 눈으로 쌓여 있다. 눈은 앞을 분간하기 힘들 정도로 거세게 휘몰아치고 있다. 날씨는 점점 더 추워 영하 40도를 오르내리는 혹독한 추위가 이어진다. 중공군의 인해 전술 공격도 버티기 힘들지만, 추위와의 싸움도 더 큰 복병이다. 헨프리는 부상병들을 비행기에 태운다. 들것에 실린 병사, 목발을 짚은 병사, 팔에 붕대를 칭칭 감은 환자,

머리에 붕대를 동여맨 환자···. 수도 없이 몰려드는 부상자들을 비행기에 태워 긴급 후송하느라 바쁘게 움직인다.

중공군과의 전투에서 남한군, 미군, 유엔군의 시체가 점점 늘어난다. 이미 죽은 병사들은 꽁꽁 얼어 버렸다. 수십, 수백 구의 시체가 반듯하게 누워 있는 모습이 아니라 팔과 다리가 하늘을 향해 뒤틀려 버린 시체도 보인다. 괴상망측한 자세로 굳어 버렸다. 수십 구의 시체가 겹겹이 쌓여 간다. 그 모습은 마치 지옥에서나 볼 듯한 참혹한 광경이다. 사람의 시체가 썩은 나뭇가지처럼 쌓여 있다. 살아 있는 병사들이 뻣뻣하게 굳은 시체를 계속 실어 나른다. 산더미처럼 쌓여 가는 시체를 이리 돌리고, 저리 돌리고 신원을 파악하느라 분주하다. 지옥도 이런 지옥이 없다. 사람시체를 무거운 통나무를 처리하듯 팽개친다. 죽은 사람의 시체가, 시체로 보이지 않는 상황이 되어 버린다. 후퇴하려면 무덤을 만들어 주고 가야 한다. 생사고락을 함께한 죽은 전우에 대한 마지막 예우 조치라고 여긴다.

"오! 하나님이시여!"

헨프리의 입에서 저절로 탄식이 쏟아진다. 너무나도 기막힌 상황에 넋을 잃고 만다. 전쟁 중이지만, 임시 무덤이 계속 만들어진다. 수백 개의 무덤이 한꺼번에 만들어진다. 무덤 위에 십자가가 세워졌다. 서둘러 장례 예배를 마치고 후퇴를 해야 한다. 중공군이 언제 또 공격해 올지 모르는 전쟁터다.

빠아앙, 빠아앙.

나팔 소리가 처량하게 울려 퍼진다. 나팔 소리는 장송곡이 된다. 엄숙한 분위기 속에서 헨프리가 장례 예배를 집도한다. 헨프리도 머리를 붕대로 감았다. 죽은 자들의 영원한 안식을 위해 기도를 올린다.

"부디 평안하소서! 삼가 고인의 명복을 빌며, 주님의 영원한 품에 평안히 안식하기를 빕니다. 예수님의 이름으로 기도합니다. 아멘."

스미스 장군은 황초령 고개 다리가 폭파됐다는 소식을 듣는다. 고개를 푹 숙인다. 황초령 고개를 넘어 장진호를 향했을 때, 그 다리가 계속 의심스러웠다. 그 우려가 현실로 된 것을 아쉬워하고 있다. 적의 기만 작전에 말려든 것을 이제야 깨닫게 된다. 상황은 점점 더 어려워지지만, 당장 어려운 난국을 극복해야만 한다. 비행기를 통하여 우선 시체 일부와 부상병을 계속 실어 나른다. 함흥에 있는 알몬드 지휘부는 중공군의 포위망을 피해 황초령 고개를 넘는 것은 무리한 일로 판단한다. 황초령 고개를 넘다가는 미군 전체가 중공군에 포위되어 몰살당할 수 있다는 우려 때문이다. 알몬드는 하갈우리에 주둔하고 있는 부대원과 부상병 모두 비행기를 통하여 후퇴하라는 항공 철수 작전을 명령한다. 하갈우리에 주둔하고 있던 스미스 장군은 항공 철수 명령에 대해 계속 고민을 한다. 병력만 비행기로 후퇴를 하라고? 비행기로 움직일 수 없는 탱크와 자주포, 차량과 탄약과 각종 군수 물품을 폭파하라고? 중공군들은 계속 공격을 멈추지 않고 있다. 항공 철수를 돕기 위해 하갈우리를 계속 방어하고, 중공군과 마지막까지 전투해야 하는 부대원들은 어떻게 할 것인가? 마지막 부대는 하갈우리에서 빠져나오지 못할 텐데, 포기하라고? 스미스는 고개를 흔든다. 그렇게 할 수 없다고 판단한다. 중공군과 계속 싸우는 한이 있더라도, 하갈우리에 남아 있는 병력 한 사람도 포기하지 않고 걸어서 황초령 고개를 넘어 후퇴하겠다는 보고를 올린다. 병력도 병력이지만, 수백 대의 차량과 무기, 전차도 포기할 수 없는 것이다. 스미스는 공군의 지원과 후퇴하는 유엔군을 위해 병력을 추가로 지원 요청한다. 밤만 되면 달려드는 중공군과는 계속 싸워서 물리쳐야 한다. 알몬드 장군은 스미스의 지원 요청에 부응한다. 지원 병력을 황초령 고개를 향하여 진격시킨다. 하갈우리에서 홍남항으로 후퇴하는 유엔군의 부대를 도울 수 있도록 병력을 신속하게 지원한다. 중공군은 낮에는 인근 산속에 몸을 숨기고 있다. 밤만 되면 유엔군을 향해 공격해 오고 있다. 유엔군의 공군기가 장진호 부근 계곡에 숨어 있는 중공군을 향해 계속 폭격을 하기 시작한다. 후퇴하는 병력을 계속 엄호하기 위한 폭격이다.

쾅쾅쾅…

이마에 상처를 입은 헨프리도 부상병을 후송한다는 핑계를 대고 비행기로 편하게 후퇴를 할 수도 있지만, 그렇게 할 수는 없는 일이다. 위생병이 부족한 상황이다. 위생병과 군종병 역할까지 수행해야 한다. 부상한 전우들과 남아 있는 전우들을 위해서 헨프리는 할 일이 계속 남아 있다고 여긴다. 남아 있는 병사들과 함께 걸어서 후퇴하겠다고 하갈우리에 병력과 함께 남는다. 부상병들을 계속 치료하느라 바쁘게 움직인다. 위생병 역할도 충실히 해낸다.

스미스 장군은 하갈우리에서 비행장 건설을 마친 공병대를 후퇴 작전 선두에 세운다. 중공군의 포위망을 돌파하라는 명령을 내린다. 후퇴 작전에 해병대가 아닌 공병대를 선두에 내세우는 일은 과감한 결단이다. 이 상황에서 전투병이니 해병대니, 육군이니, 공병대를 구분할 상황이 아니다. 모든 병력을 전투에 투입해야 한다. 전투병은 물론이고, 행정병, 의무병, 군악대. 군종병, 공병대…. 모두 총을 들고 중공군과 맞서 싸워야 한다. 하갈우리를 돌파하여 황초령 고개를 넘어 흥남항까지 철수해야만 하는 절체절명의 순간이다. 중공군은 곳곳에서 포위망을 좁혀 오고 있다. 하갈우리 비행장 건설을 마친 공병대가 선두에 서서 서서히 진격해 나간다. 스미스 장군의 작전은 성공한다. 공병대는 속도는 느리지만, 중공군을 용감하게 물리치고 황초령 고개를 향하여 계속 전진한다. 공중에는 비행기가 하늘을 날면서 중공군을 향해 계속 공중 폭격을 한다.

　본격적인 철수가 시작된다. 군인들이 철수를 시작하자 피난민들도 그 뒤를 따른다. 사령부에 남아 있었던 클리어리 신부와 머리에 붕대를 두른 헨프리는 철수를 하면서 뒤를 돌아본다. 철수하는 유엔군들 뒤에는 장진호 부근에서 살고 있었던 피난민들이 유엔군 부대 뒤를 계속 따라오고 있다. 피난민들이 무사히 뒤를 잘 따라왔으면 하는 바람이다. 황초령 고개에 다다르자 병력이 멈춰 선다. 긴급하게 황초령 고개 다리 복구공사가 진행된다. 황초령 고개 다리를 복구해야만 철수를 할 수 있다. 폭파된 다리에 부교를 설치해야 한다. 부교를 비행기로 공수하는 데 성공한다. 우여곡절을 겪으며 황초령 고개 다리가 복구된다. 다리가 복구되자마자 유엔군들이 걸어서 황초령 고개를 넘기 시작한다. 유엔군들의 엄청난 장비를 실은 차량도 무사히 황초령 고개를 건너간다. 피난민들이 군인들을 따라 황초령 고개를 넘으려고 하지만, 군인들에 의해 제지를 당한다. 이성준이 피난민을 바라본다. 피난민들이 유엔군을 따라오려고 하지만, 제지당하고 있는 피난민들을 바라보니 걱정이 된다. 유엔군들이 황초령 고개를 모두 넘어선다.

　펑, 펑, 펑.

　황초령 고개 다리가 폭파된다. 중공군들이 뒤따라오지 못하도록 하려는 조치다. 피난민들 속에는 중공군들이 무기를 감추고 피난민인 척한다. 갑자기 유엔군들을 향해 공격해 오는 수법을 쓰고 있기 때문이다. 유엔군의 전략상 과감한 조치다.

"오! 하나님!"

헨프리가 탄식을 한다. 하늘을 보면서 눈을 감고 기도를 한다. 클리어리 신부도 피난민을 보며 십자 성호를 그은다. 이성준도 뒤따라오던 피난민 대열을 보면서 눈물을 흘린다. 황초령 고개를 넘어야 하는 피난민들이 걱정이다. 전쟁터에서 유엔군을 위한 작전상 조치라고 하지만 피난민들을 생각하면 가슴이 아프다.

횡~ 횡~ 횡~

차가운 북풍한설이 매섭게 계속 휘몰아친다. 뒤따라오고 있는 피난민들을 위한 배려가 아쉽지만, 클리어리 신부와 헨프리 군종병도 홍남항으로 향하는 부대를 따라 철수를 서두른다.

윙~윙~윙~윙~윙… 쾅쾅….

공중에는 미군의 비행기가 계속 하늘을 날아다니며 홍남 외곽 지역에도 포탄이 계속 투하되고 있다.

헨프리와 클리어리 신부가 홍남에 도착한다. 그야말로 죽음의 계곡에서 벗어났다. 장진호 계곡에서 죽어 나간 병사들이 계속 실려 온다. 해상으로 철수하기 전에 마지막으로 홍남에서 무덤을 만들어 준다. 수백 개의 무덤 위에는 하얀 십자가가 각각 세워졌다. 살아남은 병사들이 무덤 앞에 늘어서 있다. 살아남은 지휘관들도 전사자들에게 예의를 갖춘다. 장례 예배가 시작된다.

빠아~앙, 빠아~앙.

나팔 소리가 흥남 하늘에 구슬프게 울려 퍼진다. 나팔 소리는 슬픈 장송곡이 된다. 병사들 모두가 숙연한 마음으로 묵념을 올린다. 불쌍한 죽음이다. 이역만리 한국 땅에까지 건너와 목숨을 바친 죽은 이들의 넋을 기리고 있다. 너무나 슬픈 광경이다. 헨프리가 나서서 죽은 자들을 위한 기도를 올린다.

"오! 하나님! 죽은 자들은 비록 고향 땅에 묻히지는 못하지만, 저들의 영혼을 고이 감싸 주시고 평안히 잠들게 하시옵소서. 저들의 희생이 헛되지 않게 하시옵소서. 살아남은 자들에게도 슬픔을 위로해 주시옵소서. 인간들끼리 서로 싸우고, 죽이고, 증오가 넘치는 전쟁이 하루 속히 그치게 하시옵소서. 하나님 우리와 계속 함께하여 주시옵소서. 우리를 계속 보살펴 주시옵소서. 예수님의 이름으로 기도하옵나이다. 아멘."

군악대가 'Abide with me' 찬송가를 느리게 연주한다.

"때 저물어서 날이 어두니 구주여 나와 함께하소서.

내 친구 나를 위로 못 할 때 날 돕는 주여 함께하소서….

이 천지 만물 모두 변하나 변찮는 주여 함께하소서….

주 같이 누가 보호하리까 사랑의 주여 함께하소서….

이 육신 쇠해 눈을 감을 때 십자가 밝히 보여 주소서.

내 모든 슬픔 위로하시고 생명의 주여 함께하소서."

죽음을 앞둔 사람에게나 죽은 자를 위로할 때 부르는 찬송가가 장송곡으로 울려 퍼진다. 미군, 영국군 병사들 모두에게는 귀에 익은 찬송가다. 잉글랜드 풋볼 리그 축구 결승전이 열리는 날, 경기 시작 전에 전통적으로 축구 경기장에서 수만 명의 관중이 일어서서 우렁차게 한목소리로 불렀던 찬송가이기도 하다. 그 함성이 들려오는 것 같다. 인도 공화국의 날 행사에도 간디가 가장 좋아했던 찬송이라 하여 전통적으로 장중한 곡이 울려 퍼진다. 유엔군의 지위 고하를 막론하고, 고향 생각이 저절로 나는 찬송이다. 고향으로 돌아가지 못하고 이역만리에서 죽은 전우들을 생각할수록 눈물이 난다. 전우의 죽음이 나의 죽임인 듯하다. 내 목숨을 살리고, 전우들이 대신 죽었다고 생각하니 고맙고 미안할 따름이다. 찬송을 부를수록 슬픔이 복받쳐 오른다. 군인들도 찬송가를 함께 부르며 간간이 눈물을 훔친다. 생사고락을 함께했던 전우를 하늘나라에 마지막으로 보내는 슬픈 순간이다.

'주님만큼 누가 우리를 보호하리까? 사랑의 주여, 우리와 함께하소서.'

젊은 청년들이 수만 리 떨어진 한국 땅에 오직 평화를 수호하기 위해 젊음을 바쳤다. 그들의 죽음이 헛되지 않도록 명복을 빌어준다. 장진호 계곡에서 중공군의 공격으로 유엔군 수천 명이 죽어 나갔다. 그만큼 무섭고 치열한 전투였다. 추위로 동상에 걸린 전우와 부상당한 전우들을 헤아리면, 죽어 나간 전우의 숫자보다 더 많은 전우가 치료를 받기 위해 후송되었다. 피를 흘리며 붕대를 감고 있거나, 목발을 짚고 겨우 걸음을 떼는 전우들을 생각하며 모두가 깊은 슬픔에 잠긴다. 전쟁은 참혹한 일이다. 천하보다 귀한 인간의 생명을 인간들끼리 잔인하게 죽이는 일이다. 누굴 위한 전쟁인가, 무엇을 얻기 위한 전쟁인가, 사람을 잔인하게 죽이고, 평화를 얻으면 무슨 소용이란 말인가?

헨프리도 슬픔을 참아 가며 눈물을 계속 닦는다. 헨프리도 그야말로 생지옥이나 다름없는 전쟁터에서 겨우 살아남았다. 수도 없이 죽어 간 전우들을 생각할수록 가슴이 미어진다. 총탄을 맞고 울부짖던 전우들이 생각난다. 더 많은 전우를 죽음에서 구해 주지 못해 미안할 따름이다. 참아 왔던 슬픔이 한꺼번에 밀려온다. 헨프리도 고향 생각이 함께 몰려온다. 어깨를 들썩이며 눈물을 쏟아 낸다. 클리어리 신부가 집전하는 장례 미사도 계속 이어진다.

홍남항 부근에는 유엔군의 철수 작전을 지원하기 위해 미군의 군함들이 속속 몰려들고 있다. 정규항모, 상륙 강습함, 호위 항모가 홍남항으로 다가온다. 화력 지원을 위해 중순항함, 구축함, 로켓포함이 홍남항에 정박하여 홍남 외곽을 향하여 함포 사격을 시작한다.

쾅쾅쾅….

공중에는 유엔군 폭격기들이 하늘을 날고 있다. 흥남항 부근으로 몰려오고 있는 중공군을 향한 공중 폭격이 계속된다.

윙윙윙…. 쾅쾅쾅….

각종 민간인 화물선도 철수 작전을 위하여 흥남항으로 계속 들어온다.

함흥에 주둔한 사령부 병력도 흥남항으로 철수를 시작한다. 병사들은 기차를 타고 함흥을 떠난다. 군수 물품도 기차와 육로를 통해 흥남으로 계속 이송된다. 심정수도 사령부 병력과 함께 흥남항으로 향한다. 심정수는 함흥을 떠나면서 뒤를 돌아본다. 고향을 두고 다시 떠나야 하는 심정수는 만감이 교차한다. 전쟁 중에 미군 사령부 군단장 통역병 신분으로 고향으로 돌아왔다. 보름 동안 군인의 신분으로 고향을 돕고 싶었지만, 어쩔 수 없이 고향을 뒤로하고 다시 떠나야 한다. 심정수는 함흥을 떠나면서 뒤를 계속 돌아본다. 함흥이 다시 공산당 치하에 처하게 된다는 안타까움이 몰려온다. 만감이 교차한다. 눈에는 눈물이 고인다.

장진호 계곡에서 흥남으로 후퇴한 병력이 배를 통하여 철수가 시작된다. 흥남항에 도착한 군인들을 먼저 배에 태워 보낸다. 화물선에 탱크와 포문, 차량, 탄약, 군수 물품을 배에 실어서 흥남항을 떠난다.

수십만 명의 피난민들이 흥남항으로 계속 몰려든다. 피난민들에게는 피난할 배가 없지만, 무작정 흥남항으로 향한다. 육로를 통하여 남으로 피난하는 원산 지역의 길은 인민군과 중공군들이 이미 막아서고 있다. 피난을 못 하게 한다. 남한군과 유엔군이 진군했을 당시 주민들은 태극기를 흔들며 성대하게 환영하였다. 진군한 유엔군들에게 호의를 베풀었다. 공산당 치하를 겪은 주민들은 유엔군들이 중공군의 공격으로 후퇴를 하자, 너도나도 필사적으로 피난길에 오른다. 공산당 치하에서는 인간 이하의 처절한 삶을 경험했다. 공산당 치하에서는 살기 싫다. 북한 주민들이 앞다투어 고향을 등지고 피난길에 나선다. 흥남항으로 몰려든 피난민들이 배를 타기 위해 눈보라를 맞으며 무작정 서 있다.

"피난민도 배에 함께 승선하게 해 주십시오. 이대로 미군이 철수하면 피난민들은 공산당에 의하여 모두 죽습니다."

심정수는 미군 부대 민사부 고문이면서 알몬드 장군의 통역 담당이다. 심정수는 흥남철수 작전에 군인들만 철수할 것이 아니라, 계속 몰려드는 피난민들도 배에 태워서 구출해야 한다고, 직속상관인 알몬드 장군에게 계속 부탁을 한다.

"노(No)!"

알몬드 장군은 단호하게 거부한다. 인정사정이 없다. 전쟁에서 피난민을 철수시키는 지휘부의 명령은 없다고 한다. 군인과 군수 물자를 피난시키는 일이 우선이라고 한다. 전쟁 중이라 지휘관의 처지에서는 군의 명령 체계를 따라야 한다. 흥남항으로 계속 밀려드는 피난민들은 점점 늘어난다. 공산당의 폭정에 시달려 온 주민들은 이곳을 탈출하려고 한다. 알몬드 장군의 거절에도 심정수는 포기하지 않는다. 고향 사람들인 함흥의 주민들과 교인들을 구출해 내야만 한다. 이 기회에 저들을 구해 주지 않으면 평생 후회할 일이다. 함흥 사람들은 공산당 손에 죽임을 당할 것이다. 평소 교류를 가졌던 미군 소속의 포니 대령과 협의하여 끈질긴 건의를 계속한다. 심정수는 건의가 계속 받아들여지지 않자, 군종병인 클리어리 신부를 찾아간다. 피난민 승선 문제를 논의한다. 클리어리는 헨프리와 함께 군종병 명의로 알몬드 장군에게 탄원서를 제출한다. 피난민들을 구출해 달라고 간청을 한다. 원산, 함흥, 흥남, 장진호 계곡에 살고 있었던 북한 주민들이 장진호 부근까지 진격할 당시에 유엔군에게 많은 도움을 줬던 것도 기억해야 한다고 전달한다. 유엔군이 장진호 부근 유담리에 접근했을 때, 중공군이 압록강을 건너와서 장진호 부근에 매복하고 있다고 알려 준 것도 북한 주민들이었다. 유엔군은 그 사실을 모른 채 계속 북진을 강행하고 있었다. 유담리 부근에 도착했을 때, 북한 주민들이 달려와 유엔군에게 중공군이 매복해 있다고 결정적인 정보를 제공해 주었다고 알몬드 장군에게 알린다. 피난민들을 태우지 않으면 북한 주민들은 공산당들에게 분명히 보복을 당할 것이라고 말한다.

김백일 장군도 강력하게 알몬드 장군에게 호소한다.

"장군님! 저 피난민들은 장진호 부근으로 유엔군이 진격했을 때, 공산주의자들에게 대항하여 남한군과 유엔군을 도와주었습니다. 저들이 피난을 못 하게 된다면 밀려드는 인민군과 중공군에게 보복을 당할 것입니다. 공산주의자들에게 살아남지 못할 것입니다. 저들을 배에 태워 함께 피난시켜 주어야 합니다. 만약에 피난민들을 배에 태워 주지 않는다면, 우리 남한군은 피난민들과 함께하겠습니다. 해상 철수를 포기하고, 육로로 피난민들과 함께 원산을 돌파하여 38도 선을 향하여 걸어서 나가겠습니다. 피난민들을 배에 승선시켜 주십시오!"

군 작전상 군인과 군수 물자를 버리고 피난민들을 승선시킬 수 없는 상황이지만, 김백일은 피난민들을 구출하기 위하여 강력하게 요구한다. 알몬드는 고민에 빠진다. 병사들의 철수는 어느 정도 배를 태워 보냈다. 문제는 수송 차량과 장갑차, 자주포, 유류, 탄약을 비롯한 각종 군수 물자를 계속 실어 나르는 일이 흥남항에 아직도 산더미처럼 쌓여 있다. 군수 물자를 피난시킬 배도 절대적으로 부족하다. 민간인 화물선까지 총동원시키고 있다. 군수 물자를 포기하지 않으면, 피난민을 태울 배는 없는 상황이다. 알몬드는 피난민 철수 문제를 일본 사령부에 보고한다. 마침내 맥아더 사령관의 승인을 얻어 낸다. 드디어 알몬드 장군으로부터 피난민 승선 허가 명령이 떨어진다.

"군수 물자를 버리고, 피난민을 배에 태워서 구출하라!"

손원일 해군 장군이 피난민 철수 소식을 듣고 움직인다. 인천과 부산…. 남쪽 항구에 정박하고 있는 모든 배를 흥남으로 보내어 피난민들을 태워서 구출하라는 명령도 함께 내려진다. 한반도 해상에 있는 배들이 흥남항으로 계속 몰려들고 있다.

알몬드 장군의 명령이 떨어지자, 심정수는 흥남항에서 고향 함흥으로 다시 신속하게 달려간다. 그야말로 고향에 진 빚을 갚을 기회다. 함흥 고등보통학교 출신인 심정수는 함흥에 있는 지인들과 교인들에게 먼저 알린다. 돌아가신 심정수 아버지는 목사였다. 어머니의 믿음도 강직했다. 학창 시절에 교회를 열심히 다녔었다. 성적도 우수하고 믿음 생활도 열심이었다. 서울에 있는 세브란스의전에 합격했지만, 입학금이 없었다. 캐나다 선교사의 도움으로 입학금도 해결하고, 계속되는 선교사의 장학금과 입주 과외로 서울에 있는 세브란스의전을 다닐 수 있었다. 해방 후, 함흥에서 공산당들의 압박을 피해 기독교인 가족 모두 남으로 도망을 나왔다. 세브란스의전 졸업 후에도 선교사들의 도움으로 미국 의과대학에서 유학을 마치고 돌아왔다. 전쟁이 터지자 국군에 입대한다. 영어가 유창한 심정수는 남한군 부대장의 통역 담당을 하면서 함흥에서 알몬드 장군과 만난다. 그 인연으로 알몬드 장군에 발탁된다. 미군 민사부 고문 겸 통역 담당자가 된다. 군 사령부가 주둔한 함흥에서 알몬드 장군을 보좌하고 통역을 담당한다. 미국 유학 시절에 영어를 단련하여 유창하게 영어를 구사하는 덕분이다. 함흥 지역에 지리가 밝은 심정수는 미군에게 많은 정보를 제공한다. 심정수는 고향에 돌아왔으니 고향 사람들에게도 도움의 손길을 연결해 준다. 심정수가 할 수 있는 범위 내에서 민간인들과 군인들을 연결시켜 준다. 함흥 지역에 많은 의약품과 물품을 지원하는 데도 일익을 담당한다.

심정수가 함흥 교회 곳곳을 찾아다닌다. 함흥에 있는 주민들에게 빨리 흥남부두로 피난을 하라고 독려한다. 함흥의 대부분 교회는 해방이 된 후에 공산당의 폭정에 시달리다가 문을 닫은 상태다. 공산당 치하에서는 교회가 모두 문을 닫았지만, 유엔군이 들어오면서 교회들이 모두 문을 다시 열었었다. 중앙교회, 성결교회, 신창리교회, 운흥리교회를 차례로 찾아간다. 문을 두드려도 교회마다 인기척이 없다. 교회는 텅텅 비어 있다. 다들 어디로 갔지? 피난을 벌써 떠났나? 함흥 지역 교인들은 피난 문제를 결정하기 위해 남부교회 지하에 모여 있다. 심정수는 문이 닫혀 있는 교회를 뒤로하고 돌아 나온다. 교회 목사는 못 만났지만, 교회 근처에서 만나는 사람들에게 흥남항으로 빨리 피난을 하라고 재촉한다.

"미군들이 피난민들을 배에 태워 주기로 했습니다. 빨리 흥남부두로 가십시오!"

남부교회를 찾아간다. 남부교회는 친구의 아버지인 염기환 목사가 있는 곳이다. 남부교회도 문이 굳게 닫혀 있다. 염기환은 미군들이 철수한다는 소식을 듣고 함흥 지역 교인들을 남부교회로 불러 모았다. 교인들이 함께 피난하기 위해서 비밀리에 모여 지하실에서 기도하던 중이다. 장진호 부근에서 매일 포격 소리가 들려오고, 비행기가 하늘을 계속 날아다니는 것을 보아 왔다. 전투가 치열하게 전개될 때마다 불안하여 견딜 수가 없었다. 중공군에 밀려서 미군이 철수한다는 소식에 피난하기 위해 모인 것이다. 염기환목사는 해방 후 기독교인들이 공산당에게 핍박을 당해 왔던 생각을 하면 진절머리가 난다. 목숨이 항상 위태로웠다. 북한은 해방후, 공산정권이 들어서면서 기독교를 계속 핍박하였다. 공산당 외에는 어떠한 종교나 신념도 허용하지 않았다. 조직적으로 교회를 압박해 왔다. 공산당이 주도한 기독교 연맹을 만들어 가입하라고 종용했다. 공산당 치하에 기독교를 관리하겠다는 속셈이 숨어 있었다. 기독교인들은 신앙을 지키기 위해 목숨도 아깝지 않게 맞서왔다. 일제강점기에는 일본 놈들과 목숨을 걸고 신사 참배를 정면으로 맞서 왔는데, 공산당 앞에서도 당당히 신앙의 지조를 지켜내려고 했다. 공산당에 맞서 반대하는 목사와 장로들이 죽어 나갔다. 그야말로 교회와 신앙을 지키기 위해 목숨도 아끼지 않았다.

조만식 장로를 비롯한 수많은 순교자가 나왔다. 공산당의 압박을 견디지 못하고 목숨을 걸고서라도 남한으로 몰래 도피를 하는 목사들도 늘어났다. 모든 교회가 문을 닫고 말았다. 지하 교회로 숨어들어 믿음을 지켜 냈다.

탁탁탁!

정수가 교회 지하실 문을 급하게 두드린다. 염기환 목사가 문을 열고 나온다. 군복을 입은 심정수를 보고 깜짝 놀란다.

"정수야!"

"목사님!"

둘은 반갑게 포옹을 한다.

"정수야! 오랜만이다. 웬일이냐?"

"저는 미국 유학을 다녀온 후, 전쟁이 일어나서 국군에 입대하였습니다. 미군들을 따라서 흥남까지 오게 되었습니다."

"그랬구나."

"목사님! 지금 당장 흥남부두로 피난을 하셔야 합니다. 유엔군 사령관의 지시로 피난민들을 배에 태워 주라는 명령이 떨어졌습니다. 인도적인 차원에서 피난민들의 생명을 살리기로 했습니다. 목사님. 지체할 시간이 없습니다. 원산 쪽도 이미 중공군에 의하여 피난길이 막혀 버렸습니다. 중공군이 계속 흥남항을 향하여 내려오고 있습니다. 서둘러야 합니다."

염기환에게 미군이 철수하는 배에 피난민들을 승선시켜도 좋다는 허락이 떨어졌다는 소식을 전한다.

"그렇구나. 사람이 죽으란 법은 없구나. 미군이 철수하면 함흥이 중공군 손에 들어가고 인민군이 들어올 텐데, 어디로 피난을 가야 할지 기도를 하던 중이다. 남쪽으로 피난을 가야 하는데, 소문에 의하면 남쪽으로의 피난길도 중공군에 의해 통제되고 있다고 들었다. 우리는 이제 어디로 가야 할지, 흥남항으로 가기 전에 교인들이 모여서 기도를 하고 있었다. 하나님, 저희를 살려 주십시오! 이건 하나님께서 역사하신 일이야! 암, 그렇지. 정수를 통해서 이렇게 살아날 길을 열어 주시다니. 오! 하나님, 감사합니다. 감사합니다."

염 목사는 기뻐서 어쩔 줄을 모른다.

"여러분! 피난민들을 배에 태워 주기로 했답니다!"

"와!"

주변에 있던 교인들이 기쁨의 함성을 지른다.

"주여! 감사합니다!"

"정수야! 어쨌든 고맙다."

정수에게 고맙다는 인사가 이어진다. 정수가 어렸을 때부터 교회에서 잘 알던 교인들이다. 허물없이 지냈던 이웃들이다. 정수에게 다가온 교인들이 정수 어깨를 두드리며 고맙다는 인사를 한다.

"우리 정수가 이렇게 많이 컸구나."

"정수야, 고맙다. 정수가 우리를 살려 주는구나! 하나님, 감사합니다."

정수도 오랜만에 보는 고향 교인들에게 계속 절을 한다. 정수는 계속 주변을 두리번거린다. 친구 염상석을 찾는 중이다. 심정수는 염상석과 함흥고보 동창생이다.

"목사님! 상석이는 어디에 있나요?"

"…"

"우리 상석이는 늦은 나이에 평양으로 대학을 가서… 평양에서 대학교를 다니는 중인데… 아직 연락이 없다. 이 전쟁 통에 어디서 끼니는…"

함흥댁이 나선다. 상석이를 생각하면서 눈물을 훔친다. 전쟁이 나자 제일 먼저 걱정이 되는 일은 아들 상석의 소식이었다. 전쟁 통에 살아남았는지, 살아 있다면 연락이라도 되었으면 좋으련만, 아직 아무 소식이 없으니 아들 걱정뿐이다. 제발 살아 있기만을 바랄 뿐이다.

염상석이 평양으로 유학을 떠나는 길이다. 염기환과 함흥댁을 향하여 허리를 굽혀 인사를 한다. 함흥댁은 평양으로 떠나는 아들이 안쓰러워 손을 붙잡는다. 상석은 함흥고보를 졸업하고 만주로 떠났다. 만주에서 민족 학교에서 교사 생활을 하다가 해방이 되어 돌아왔다. 선교사의 도움으로 공부를 더 하기 위하여 뒤늦게 평양으로 향했다. 평양은 기독교 정신이 조선 땅에서 제일 강한 지역이었다. '동방의 예루살렘'이라 할 정도로 교인과 교세가 널리 퍼진 지역이었다. 일찌감치 토마스 선교사가 조선 땅에 최초로 발을 들였다가 순교한 곳이 평양이다. 그 빌미로 조미 수교 통상 조약까지 체결하게 되었다. 선교사 자녀들을 위한 평양 외국인학교와 조선의 최초 신학대학교인 장로회 신학교가 들어선 곳이기도 하다. 조선에 파송된 선교사, 그 자녀와 가족들, 조선인 목사들까지 평양으로 몰려들었다. 그래서 평양 외국인학교도 세워졌다. 평양 외국인학교는 기숙사까지 마련하였다. 조선을 비롯한 중국, 일본, 동남아 지역 선교사 자녀들까지 몰려들었다. 숭실대학교는 1897년에 선교사들에 의해 '숭실학당'이 토대가 되었고, 1906년도에 조선에서 최초로 일반 대학 교육이 시작되고, 대한제국으로부터 대학 인가가 났던 곳이다. 일제 치하에서 선교사들이 세운 대학 교육은 그야말로 조선의 인재를 길러 내는 횃불과도 같은 존재였다. 일제가 민족정신을 말살하기 위해 대학 교육을 감시하고 억제하는 데 사활을 걸고 있었다. 대학의 고등 교육을 받은 조선 청년들의 민족정신이 살아나는 것을 극구 반대해 왔기 때문이다. 실제로 선교사들이 전국 도시에 세운 남녀 중등 미션스쿨을 다닌 청년들이 목숨까지 버리면서 만세운동과 독립운동에 앞장서는 것을 알아차렸기 때문이다. 일제가 벌이는 신사 참배를 극구 반대하는 주동 세력도 선교사들이 세운 미션스쿨이 주도하고 있었다. 일제는 중등·대학 교육을 탐탁지 않게 여기고 있었다. 상석이 뒤늦게 평양으로 대학교에 가기 위하여 집을 떠나는 중이다. 함흥댁이 아들의 손을 쓰다듬으며 놓지 못한다. 함흥댁이 붙잡았던 손을 놓는다. 염상석이 서둘러 집을 나간다. 한참을 걸어가던 염상석이 뒤를 돌아다본다. 염기환과 함흥댁이 집 앞에서 손을 계속 흔들고 있다. 염상석도 손을 흔들어 댄다. 염상석이 돌아서서 걸음을 재촉한다.

"우리가 떠나 버린 후에 상석이가 돌아오면…"

아들을 생각하면 함흥댁은 피난을 떠날 수가 없다. 평양에서 학교에 다니고 있을 상석은 어디서, 어떻게 됐을까? 이 전쟁 통에 살아 있는지, 어디 숨어서 지내고 있는지, 별 탈 없이 제발 살아 있기만을 간절히 기도해 왔다. 아직도 아무런 연락이 없다. 함흥댁은 늘 아들 생각뿐이다. 우리가 피난을 떠난 후에 아들이 돌아오기라도 한다면, 부모가 집을 지키고 있어야 만날 수 있을 텐데…. 아들과는 영영 이별인 셈이다. 함흥댁은 아들 생각에 계속 눈물을 훔친다. 곧 중공군이 들이닥치고 다시 공산당이 함흥을 장악하면 살아남을 수 없는 일이다. 피난을 가야 할지, 말아야 할지. 함흥댁은 오로지 아들 생각뿐이다. 그러나 전쟁 통이라 망설일 여유가 없다. 해방 후, 공산당들은 기독교인들을 처절하게 핍박했다. 피난을 가지 않으면 공산당의 치하에서 살아남기 힘들다는 것을 익히 알고 있다. 서둘러 피난길에 오른다. 함흥댁이 자꾸 뒤를 돌아본다. 차마 발길이 떨어지지 않지만, 염 목사가 함흥댁에게 출발을 재촉한다. 선택의 여지가 없다. 이 전쟁 통에 살아남으려면 빨리 피난을 하여야만 한다. 흥남항에 가서 배를 타야 한다. 서둘러야 한다. 염기환 일행이 흥남으로 향하는 피난민 대열에 끼어든다. 흥남항에 도착한다. 눈보라가 몰아치는 추위와 함께 싸우며 흥남항에서 배를 타기 위하여 서성거린다.

휘잉~ 휘잉~

흥남항은 눈보라가 강하게 휘몰아친다. 추위도 아랑곳하지 않는다. 배를 얻어 타기 위한 피난민들이 흥남항에 서성거린다. 피난민들은 오로지 배를 타기 위해 바다에 떠 있는 배만 바라본다. 승선 명령이 떨어지기만 하면 배에 올라타야 한다. 거센 눈보라를 이겨 내고 있다. 흥남 바다 위에는 많은 배가 떠 있다. LST(Landing Ship Tank, 미 해군 전차 상륙선), 메러디스 빅토리호, 버지니아 빅토리호, 레인 빅토리호, 토바츠 마루호… 거대한 화물선과 민간인들이 운영하는 각종 소형 배들도 바다 위에 떠 있다. 군수 물자를 실어 가기 위해 인천에서 흥남항까지 달려온 배도 있다. 배가 선착장에 다가오기만 하면 피난민들이 배를 타느라 아수라장이 된다. 서로 배에 올라타기 위하여 달리기한다. 사력을 다해 달린다. 아이들은 부모의 손을 잡고 총총걸음으로 달린다. 거대한 화물선 배는 그물망을 설치하여 그물을 타고 갑판 위까지 기어올라야 한다. 배에 타기 위하여 그물을 타고 사력을 다해 배 갑판 위로 기어오른다. 이 배를 타야만 전쟁 통에서 살아남을 수가 있다. 피난민들은 필사적으로 배에 매달린다. 배에 그물망을 잡고 오르다가 바다에 떨어진 사람, 가족을 찾는 목소리, 배의 엔진 소리, 거센 바람 소리…. 화물을 실어야 할 선상 안에도 피난민들로 꽉꽉 찼다. 선상 갑판 위에도 피난민들을 계속 더 태워야 한다. 태울 수 있을 만큼 계속 사람들을 태운다. 높은 갑판 위를 피난민들이 사력을 다해 그물망을 타고 갑판 위로 계속 오른다. 갑판 위에도 사람들로 꽉 들어찼다. 피난민을 가득 태운 배는 홍남항을 떠난다. 배가 떠나면 또 다른 거대한 화물선에 피난민들이 결사적으로 그물망을 타고 기어오른다. 바다 위에 떠 있는 배가 점점 줄어들고 있다. 거대한 '메러디스 빅토리호'가 정박하고 있다. 군수물자를 실어 가기 위해 도착한 화물선이지만, 화물칸을 급조하여 사람이 승선하도록 준비를 마쳤다. 미국 국적 화물선 메러디스 빅토리호에 승선 명령이 떨어졌다. 거대한 배에는 화물을 적재하듯이 바닥이 평평한 그물망에 사람을 태운다. 크레인을 움직여 배안으로 피난민을 차곡차곡 실어 나른다. 화물칸이 사람들로 채워지자 갑판 위에도 피난민들로 채워진다. 태울 수 있을 만큼 계속 사람들을 태운다. 높은 갑판 위를 피난민들이 사력을 다해 그물망을 타고 갑판 위로 계속 기어오른다. 염기환 일행도 모두 배에 올라탔다. 갑판 위에도 사람들로 꽉 들어찼다. 배 안에는 사람들끼리 어깨가 부딪칠 정도로 혼잡하다. 꼼짝달싹할 틈도 없을 만큼 피난민들로 가득찼다. 승선 인원을 훨씬 초과하여 피난민들을 태웠다.

빠앙~ 빵~

뱃고동 소리가 강하게 울려 퍼진다. 메러디스 빅토리호는 정원을 훨씬 초과한 일만 사천여 명의 피난민을 태우고 남으로 향한다.

흥남항 부근에는 아직도 배를 타지 못한 피난민들이 눈보라가 몰아치고 있는 부둣가에 서성거리고 있다.

흥남항은 긴장이 점점 고조된다. 흥남항에 정박해 있는 배는 모두 떠나 버렸다. 흥남항에 피난민을 철수시키느라 선적하지 못해 야적해 놓은 물품이 산더미처럼 쌓여 있다. 군수 물품과 연료를 폭파해야 한다. 중공군이 흥남항으로 계속 압박해 오고 있다. 중공군이 쓸 수 없도록 해야 한다. 군수 물품에 폭약을 설치한다. 폭약 설치를 끝낸 군인들도 배에 탄다. 배 위에서 발파 신호를 보낸다. 흥남항에서 폭발이 시작된다.

쾅쾅쾅쾅쾅쾅쾅…

엄청난 폭음과 함께 불기둥을 일으키며 하늘로 계속 숫구친다. 불기둥과 구름 기둥이 흥남항 전체를 덮어 버린다.

39

거
제
도

피난민을 태운 배는 3일 만에 거제도 항구에 도착한다. 그야
말로 크리스마스의 기적을 이룬 셈이다. 미군들은 크리스마스 기
념 선물로 사탕 한 알씩을 피난민들에게 나누어 준다. 3일간의 항
해 중에 다섯 명의 아이가 태어났다. 미군은 새 생명의 탄생을 축
하해 준다. 그들에게는 미군들이 알고 있는 친근한 단어인 '김치베
이비 1, 2, 3, 4, 5호'라는 이름을 붙여 준다. 거제도에 피난민들을
내려놓는다. 거제도에 도착한 날은 성탄절이다. 거제도 땅은 황량
한 벌판이다. 아무도 반겨 주지 않는 곳이다. 거제도는 피난민들
로 아수라장이다. 허허벌판에 사람들이 모이기 시작한다. 염기환
목사는 함께 도착한 교인들과 야외에서 성탄절 기념 예배를 드린

다. 교인이 아닌 피난민들도 점점 모여든다.

"기쁘다 구주 오셨네. 만 백성 맞으라.

온 교회여 다 일어나 주 찬양하여라.

주 찬양하여라. 주 찬양 찬양하여라…"

성탄 찬송 소리가 거제도 벌판에 흘러넘친다. 찬송을 부르는 피
난민들의 눈물이 볼을 타고 흘러내린다. 감격의 눈물이다. 눈물이
범벅이 되고 목이 멘다. 흐느끼면서 찬송을 부른다. 기적 같은 일
이 벌어진 데에 대한 감사가 저절로 나온다. 염기환 목사가 계속
눈물을 훔친다. 예배를 인도한다.

"우리 모두 하나님께 감사의 기도를 드립시다. 하나님의 놀라우
신 은혜로 성탄절을 맞이하게 되었습니다. 피난선을 타게 하시고,
바다의 풍랑에서도 지켜 주시고, 거제도에 도착하게 하심을 감사
드립니다. 하나님의 은혜가 아니었으면 저희는 죽은 목숨이나 다
름없습니다. 전능하신 하나님이시여! 아! 흑흑흑…"

염 목사는 감격에 겨워 목이 멘다. 기도를 이어 가지 못하고 울
먹인다. 함께 기도하던 피난민들도 함께 울음을 쏟아 낸다.

"엉엉엉…"

"감사합니다. 감사합니다. 하나님! 감사합니다…"

눈물이 범벅이 된다. 감사의 기도만 계속 넘쳐 난다. 예배는 눈

물바다가 된다. 눈보라를 견디며 구사일생으로 피난을 했다. 전쟁 통에 피난을 시켜 준 것만으로도 감사를 드린다. 함흥댁도 예배를 드리는 동안에 수시로 눈물을 닦아 낸다. 거제도 들판에서 감격의 눈물을 흘리며 드리는 예배는 하나님께서 죽음의 사선에서 구출해 주었다는 감사의 눈물이다. 전쟁 통에 고향을 두고 피난 온 서러운 눈물이 하염없이 흘러내린다. 흥남항에서 배에 올라타기 위하여 목숨을 걸고 매달렸던 기억이 생생하다. 함흥댁은 아들 상석을 생각하면 생각할수록 눈물이 계속 흐른다. 우리 부부는 남한으로 피난을 했지만, 아들 상석이 집에 돌아오면 어떻게 될까? 염 목사도 눈물을 계속 훔친다. 쏟아지는 눈물을 주체할 수가 없다. 전쟁터 한복판에서 살아남았다. 하나님의 도우심으로 피난선에 올라탔다. 망망대해를 3일 동안 항해하였다. 지금 살아 있다는 것만으로도 감사를 드릴 일이다.

"아! 하나님! 감사합니다."

염기환은 하늘을 올려다본다. 감사의 기도가 감격의 눈물이 된다.

"감사합니다. 감사합니다."

사람의 운명이 이토록 빠르게 변할 수 있는 것인가? 불과 며칠 전에 전쟁의 소용돌이에서 어디로 갈 것인지 고민하고 있었다. 해방 후 공산당을 경험한 기독교 목사로서 북한에 계속 남아 있을 수는 없는 일이었다. 중공군이 곧 함흥에 들이닥칠 거라는 소문이 자자하고, 남들도 모두 피난을 하니까. 흥남항으로 피난을 하려던 차에 심정수를 만나게 한 것도 하나님의 은혜이고, 눈보라가 휘몰아치는 흥남부두에서 피난선에 올라탄 것도 은혜이다. 거제도에 도착해서 피난민들과 함께 눈물로 성탄 예배를 드리는 것도 모두가 하나님의 은혜이다.

'사람이 마음으로 자기의 길을 계획할지라도 그의 걸음을 인도하시는 이는 여호와시니라.'

성경 잠언서 말씀처럼 이 모든 일이 하나님의 섭리이다. 오직 하나님만이 우리를 주관하시는 하나님의 놀라우신 은혜이다. 염기환은 감사의 기도가 계속 나온다.

"하나님 감사합니다."

염기환은 감사의 기도를 하면서도, 아직 흥남에서 피난을 나오지 못한 사람들을 위해서도 기도를 한다.

"주여! 북녘땅에 남아 있는 우리 동포들을 굽어살펴 주시옵소서!"

거제도 땅에 수백 개의 움막이 펼쳐졌다. 나무와 풀로 얼기설기, 그저 몸만 피할 수 있을 정도의 초라한 움막이다. 수만 명의 피난민을 거제도에 계속 내려놨으니, 이제 살아갈 길이 막막하다. 염기환 부부도 거제도 야산에 땅굴을 판다. 추운 겨울을 지나는 데는 달리 방법이 없다. 그나마 움막이라도 구한 피난민들은 작은 움막을 치고 살아간다. 물 한 모금도 먹기 어렵다. 물을 구하기 위해 마을에 있는 샘에 긴 줄이 생긴다. 함흥댁이 긴 줄에 다가간다. 피난민들이 너무 많다. 피난민들은 미군들이 나눠 주는 구호품을 받기 위하여 긴 줄에 늘어섰다. 미군들이 나눠 주는 구호품을 차례대로 받는다. 구호품이 떨어지면 그야말로 굶고 지내야만 한다. 거제도에 도착한 염기환 일행도 피난민들에게 주는 구호품을 받아서 겨우 연명해 간다. 살길을 찾아야 한다.

거제도 벌판에 포로수용소가 지어진다. 허허벌판에 땅을 고르는 불도저 소리가 거제도를 흔들어 댄다. 포로수용소가 완성되자, 거제도 포로수용소에 포로들이 속속 도착한다. 시간이 지날수록 포로수용소 규모가 점점 커진다. 인천상륙작전의 성공으로 낙동강 전선까지 남하했던 인민군들은 38선을 향하여 후퇴하다가 포로가 되어 버렸다. 여러 곳에서 관리하던 포로들을 거제도로 이동시킨다. 날로 늘어나는 포로들을 수용하기 위하여 거제도 포로수용소는 규모가 점점 거대해지고 있다. 거대해진 거제도 포로수용소는 미군이 관리하고 통제를 한다. 남한군도 포로수용소 외곽 경비를 담당한다.

중공군의 한국전쟁 개입과 동시에 남한군과 유엔군은 참패를 당한다. 장진호 부근과 서부 전선에서 유엔군을 포함한 미군의 계속되는 참패는 유엔 참전국의 이목을 집중시킬 만큼 큰 참패다. 중공군과 더불어 갑자기 나타난 소련군의 공군 지원으로 압록강 변으로의 북진은 포기했다. 유엔군은 후퇴를 거듭한다. 장진호 전투에서는 극심한 추위까지 몰아닥쳐, 전투 중에 죽어 나간 병사 외에도 동상에 걸리는 병사들이 계속 늘어나 더 많은 사상자가 속출한다. 수많은 사상자를 내고, 흥남항까지 후퇴하는 과정에서 많은 병사가 죽거나 동상에 걸렸다. 미군이 장진호 부근에서 중공군의 공격에 완전 포위되어 몰살당하게 생겼다며, 전쟁에 참여한 종군 기자들에 의해 미국에 신속하게 타전된다. 미 언론들은 한국의 전쟁 상황에 대해 연일 대서특필한다. 중공군의 포위에서 겨우 벗어나 해상 철수를 하게 되자, 미국은 결단한다. 맥아더 사령관은 미국 합동참모본부에 30여 발의 원자 폭탄을 압록강, 두만강 일대에 사용할 계획이라고 의견을 보낸다. 중공군의 기습 공격으로 많은 희생자를 낸 미국은 중공군에게 복수하리라 다짐을 한다. 대만과 함께 이 기회에 중국 공산당을 몰아내려는 계획까지 세우게 된다. 미국은 마침내 한국전쟁에 원자 폭탄을 사용하겠노라고 미국 트루먼 대통령이 공개적으로 발표하기에 이른다. 그러자 세계 각국의 언론들은 미국의 원자 폭탄 사용 계획을 대서특필한다. 중공군과 소련군의 참전으로 한국전쟁은 새로운 국면에 접어들게 되자, 미국은 연일 죽어 나가는 미군을 보호하기 위해서 과감한 결단을 내리게 된 것이다. 수많은 사상자를 내고 후퇴라니? 미군 참전 역사상 엄청난 큰 피해를 본 것이다. 미군의 패배를 도저히 받아들일 수 없다는 것이다. 그러자 유엔군의 일원인, 참전 국가들의 반발이 거세게 일어난다. 원자 폭탄의 위력을 제2차세계대전을 통하여 경험했기 때문이다. 원자 폭탄 한 방이면 도시 전체가 쑥대밭이 되어 버리고, 수십만 명을 몰살시킬 수 있는 무시무시한 폭탄이다. 히로시마, 나가사키에 원자 폭탄 두 방으로 무조건 항복을 했던 일본을 상기시킨다. 원자 폭탄으로 공격을 감행하면, 중국은 무조건 항복할 것이라는 계산이다. 제2차세계대전 당시에는 미국만이 원자 폭탄을 보유하였고, 미국과 소련이 동맹국이었기 때문에 별문제가 없었다. 하지만 한반도와 중국과의 국경선 인근에 원자 폭탄 투하는, 애초부터 김일성을 조종하여 전쟁을 지원하였던 소련을 자극하여 제3차 세계대전을 일으킬 수 있다는 우려를 낳는다. 소련도 비밀리에 이미 원자 폭탄 실험에 성공하여, 원자 폭탄을 보유하고 있다는 것을 알고 있기 때문이다. 미국이 원자 폭탄을 한국전쟁에 투하한다면, 소련도 한국전쟁에 원자 폭탄을 투하할 거라는 우려를 나타낸다. 그렇게 된다면, 한국전쟁에 참여한 유엔군 군인들도 모두 몰살당할 수 있다. 한국전쟁 참전국들은 원자 폭탄 사용에 대해 강력한 반대 성명에만 머물지 않는다. 영국 총리는 미국까지 직접 날아간다. 미국 대통령을 만나서, 한국전쟁에 원자 폭탄 사용 금지를 설득하기에 이른다.

인영의 부대는 평양에서 후발대로 북진에 나선다. 신의주를 향하여 서부 전선으로 계속 북진을 한다. 북진의 선발대인 남한군 6사단이 함경도 초산 지역까지 점령하였다는 낭보가 날아든다. 초산 지역은 압록강 국경 지대이고, 이제 곧 남북통일은 시간 문제라고 기대에 가득 차 있다. 연이어 길주, 혜산, 청진을 차례로 점령하였다는 소식이 계속 전해진다. 인영의 부대가 청천강을 건넌다. 신의주로 향하는 서부 전선에서 남한군의 선발대가 운산 지역에서 중공군의 공습으로 큰 피해를 봤다는 소식을 접한다. 인영의 부대는 그 소식을 듣고 북진을 멈춘다. 서부 전선 선발대가 중공군의 공격으로 후퇴를 하고 있다는 소식이 전해진다. 인영의 부대도 후퇴 명령을 따라 평양으로 후퇴를 한다. 평양 탈환 1달여 만에 인민군에게 다시 평양을 내주고 후퇴를 한다. 중공군의 계속되는 남침으로 38선까지 후퇴를 한다. 중공군의 거센 공격에 서울도 지켜내지 못하고 후퇴를 한다.

1월 4일 중공군과 인민군들이 서울을 다시 침공한다고 하니, 서울 시민들은 너도나도 피난의 대열에 나선다. 추운 겨울이라 한강은 꽁꽁 얼어 버렸다. 꽁꽁 얼어붙은 한강으로 인해, 피난을 못하는 시민은 없다. 많은 서울 시민들이 얼음판의 한강을 걸어서 건넌다. 6월 25일 인민군이 남침하여 3일 만에 서울이 함락되었던 당시를 기억한다. 한강 철교의 폭파로 많은 시민이 피난을 못하고 공산 치하에 놓였다. 많은 시민이 인민군에게 강제로 징집이 되어 버렸다. 공산 치하에서 본의 아니게 공산당에 부역했다. 공산당이 총을 들이대는 바람에 부역을 피할 수도 없었다. 서울이 국군과 유엔군들에게 수복되고 나서, 부역자들이 처형되는 것을 목격한 시민들은 앞다투어 피난한다. 서울도 방어하지 못한 유엔군과 남한군은 37도 선인 평택, 원주, 삼척 라인까지 후퇴를 거듭한다.

37도 선에서 유엔군과 남한군은 재정비하여 다시 북진한다. 중공군이 서울에 포진해 있다. 서울 재탈환을 위하여 한강 근처까지 진격해 올라온다.

한강 도하에 성공한 인영의 부대는 탱크를 앞세우고 시가전에서 치열하게 공방전을 펼친다.

탕탕탕.

치열한 공방전을 펼치고 나서야 중앙청을 다시 점령한다. 중앙청에 태극기가 다시 게양된다.

서울을 재탈환한 유엔군과 국군은 38선을 향하여 계속 북진한다. 38선 부근에서 쌍방 간의 치열한 공방전이 계속된다.

염상석이 포로수용소로 이송된다. 신발을 신지 않은 맨발이다. 인민군 군복은 다 떨어진 누더기가 되어 버렸다. 머리는 씻지도 못하고, 깎지도 못해서 덥수룩하다. 포로들 대부분이 신발도 신지 않았다. 전쟁 중에 헐벗고, 굶주린 탓에 그야말로 행색이 거지꼴이다. 수용소에 도착하자마자 군인들에 의하여 하얀 가루 소독약이 온몸에 뿌려진다. 몸에 붙어 있을 이와 벼룩을 제거하려는 조치이다. 단체로 수용소 생활을 하려면 먼저 몸이 청결해야 한다. 전염병의 창궐을 막으려는 조치이다. 전투 중에 겨우 목숨을 부지하였지만, 너덜거리는 옷과 신발도 없는 채로 포로로 잡혔다. 포로들이 수용소에 각각 배치되고, 몸도 깨끗이 씻었다. 배급된 새 옷으로 갈아입었다. 차림새가 깔끔해졌다. 머리도 단정하게 깎았다. 포로들에게는 군복과 신발이 새것으로 배급된다. 염상석은 오랜만에 제대로 된 옷을 입어 본다. 속옷도 오랜만에 입는다. 그동안 군복 한 벌로 갈아입을 옷도 없이 전투에 임해 왔다. 포로수용소에 처음 끌려왔을 때와는 전혀 딴판이 되었다. 옷 상의와 하의 앞, 뒤에는 영어로 PW(Prisoner of War) 표시를 한다. 하얀 페인트로 영문 글씨로 큼지막하게 쓴다. 포로를 쉽게 식별하기 위해서다. 인천 상륙작전 이후에는 포로들이 기하급수적으로 늘어난다. 늘어나는 포로들을 수용하기 위하여 거제도에는 거대한 막사가 추가로 건설된다. 먼저 들어온 포로들은 매일 수용소를 건설하는 일에 동원된다. 염상석도 수용소 건설에 동원된다. 불도저가 바닥을 다지고 나면 포로들이 농기구를 가지고 평평하게 작업을 한다. 평평하게 바닥 공사가 끝나면 임시방편으로 군용 천막으로 포로수용소가 만들어진다. 거제도 들판은 수십 개의 포로수용소 천막이 자리를 잡는다. 수용소는 철조망으로 이중, 삼중으로 막아 놨다. 철조망 밖에는 군인들이 총을 들고 경계를 서고 있다.

겨울이 다가온다. 거제도 포로수용소 포로는 10만 명을 넘어섰다. 수용소 안은 아직 추위를 견딜 준비가 되어 있지 않다. 허허벌판을 바닥만 평편하게 고르고, 포로 막사를 임시방편으로 지어났다. 바닥에서는 습기가 아직 남아 있다. 습기가 올라오는 맨땅위에 짚으로 만든 가마니 거적때기만 깔아 났다. 땅에서 올라오는 차가운 냉기로 수용소 안은 썰렁하다. 가마니 거적때기 위에서 잠을 잔다. 냉기가 온몸을 파고든다. 덜덜 떨면서 추위와 싸운다. 염상석이 자다가 추위 때문에 잠을 깬다. 염상석은 포로들끼리 담요를 뒤집어쓰고 밤을 지새운다. 포로들은 열악한 환경에 견디지 못하고 죽어 나간다. 몸이 차가워서 이질에 걸려 죽는 것이다. 이질에 걸려 설사로 죽어 나가는 포로들이 계속 늘어난다. 사람이 죽으면 누가 시키지도 않았지만, 시체에 달려든다. 염상석도 포로들과 함께 우르르 시체에 달려든다. 시체를 놓고 그야말로 아귀다툼이 벌어진다. 포로들이 시체에서 옷을 벗겨 낸다. 서둘러 옷을 걸쳐 입는다. 상석도 함께 달려든다. 옷을 벗겨서 챙겨 입는다. 추위를 견디려면 남의 눈치를 볼 여유가 없다. 누가 먼저 옷을 획득하느냐에 달렸다. 살아남기 위해서는 죽은 사람의 옷이라도 재빠르게 벗겨서 몸에 꿰차야 한다. 죽은 사람의 옷이면 어떤가? 추위에 밤새 오들오들 떨고 있는 것보다 좋다. 상석은 매일 죽어 나가는 사람의 시체를 보니까 정신도 이상해진다. 나도 곧 죽을 수 있다는 공포감이 밀려온다. 공포가 몰려오자 몸은 점점 더 추위를 느낀다. 상석은 사람 시체에서 벗겨 낸 옷을 껴입었는데도 몸을 오들오들 떨기 시작한다. 정신이 혼미해진다. 상석이 고개를 흔들며 정신을 차리려고 애쓴다. 내가 여기서 쓰러지면 죽는다. 살아야 한다. 정신을 차려야 한다. 이겨 내야만 한다. 여기서 죽으면 안 된다.

"하나님! 저를 불쌍히 여겨 주시옵소서! 살려 주세요!"

그동안 잊고 있었던 기도가 저절로 터져 나온다. 상석은 계속 몸을 흔들어 댄다. 정신을 차리려고 안간힘을 쓴다. 시간이 지날수록 죽음의 공포에서 점점 벗어난다. 군인들이 들어와서 사람시체를 들것에 들고 나간다. 매일 죽어 나가는 시체를 포로들은 무심히 바라본다. 포로수용소 안에서 사람이 죽어 나가는 일은 예삿일이 되어 버렸다. 군인들이 시체를 포로수용소 철조망 인근 야산에 묻는다. 무덤의 수가 점점 늘어난다.

시간이 지날수록 수용소의 환경은 점점 좋아진다. 가마니 위에 얇은 방수포를 바닥에 깔아 놨지만, 땅에서 올라오는 차가운 냉기로 수용소 안은 썰렁하다. 가마니 거적때기 위에서 잠을 잔다. 냉기가 온몸을 파고든다. 덜덜 떨면서 추위와 싸운다. 염상석이 자다가 추위 때문에 수시로 잠을 깬다. 염상석은 포로들끼리 담요를 뒤집어쓰고 밤을 지새운다. 날이 밝아지고 햇살이 비치면 모두가 막사를 나와 철조망 가까이 간다. 밤사이 얼었던 몸을 녹이기 위해 모여든다. 배가 고파서 기운도 없다. 포로들에게서 생기를 찾기가 힘들다. 포로들의 모습은 동물이 철조망 사육장 안에서 햇볕을 찾아 옹기종기 모여드는 동물들의 모습과 흡사하다. 그야말로 포로수용소는 동물 사육장이나 마찬가지이다. 눈만 껌뻑거리며 살아 있을 뿐, 동물보다 못한 대우를 받고 있다. 아직은 십만 명이 넘는 포로들을 체계적으로 관리하기에는 인력과 시설이 부족하다. 포로들에게 배급하는 음식은 늘 부족하다. 음식을 서로 먹기 위한 아귀다툼이 계속 벌어진다. 포로수용소에서는 늘 추위와 배고픔의 싸움이 연속된다.

　포로수용소 95구역 막사에 배정된 염상석의 포로수용소 생활은 점점 자리를 잡아 간다. 땅바닥에서 냉기가 올라오지 않도록 거적때기를 이중, 삼중으로 깔았다. 나중에는 바닥을 나무판자로 평평하게 하여 침상처럼 만든다. 가마니 거적때기만 깔아 놓았던 초창기와는 환경이 많이 좋아졌다. 땅바닥에서 냉기가 올라오지 않는다. 허허벌판에 수십 개의 막사를 해결하기 위해서는 포로들은 매일 작업에 동원된다. 농기구를 들고 새로 지을 포로수용소 바닥을 고르는 작업을 한다. 돌멩이를 골라내고 평편하게 한 후, 바닥을 발로 다진다. 매일 노동에 동원되어 배가 고프다. 총탄이 빗발치는 전선에서 죽음의 공포에서는 벗어났지만, 수용소에서 제일 참기 힘든 일은 배고픔이다. 수천, 수만 명의 포로에게 식사를 배부르게 만족시키기란 현실적으로 불가능한 일이다. 겨우 끼니를 때우는 정도일 뿐이다. 그야말로 식사 시간은 한바탕 전쟁을 치른다. 음식을 받자마자 게눈 감추듯이 허겁지겁 먹어 치운다. 아무리 많은 식사를 준비한들 수만 명의 포로는 배가 고프다. 끼니마다 배급되는 식사량은 형식에 불과하다. 그런데도 포로들은 계속 거제도로 추가로 이송되고 있다. 포로 수는 기하급수적으로 늘어나고 있다. 식사를 해결하는 취사 시설과 배급 체계도 제대로 갖추지 못하고 있다. 상석도 총알이 빗발치는 전장에서 죽음의 공포를 벗어나기는 했지만, 제일 참기 힘든 일은 추위와 배고픔이다. 막사 안의 추위는 많이 좋아졌다지만, 매일 배가 고파서 잠을 이룰 수가 없다. 철조망 가까이 다가오는 떡 장사에게 입은 옷을 벗어 주고, 배고픔을 해결하는 포로들이 하나둘 늘어난다.

함흥댁은 거제도에 도착하여 목숨을 건졌지만, 먹고살 길이 막막하다. 거제도 땅에 일자리가 있는 것도 아니다. 오로지 미군이 나눠 주는 배급 구호 식량에만 매달리는 형편이다. 구호 배급품도 넉넉하게 주는 것도 아니다. 포로수용소가 들어서는 바람에 포로수용소가 먹고사는 길을 터 준다. 구호 식량을 아껴서 떡이나 빵을 만들어 포로들에게 파는 일이다. 밤이 되기만을 기다린다. 밤이 되자 여자들이 떡을 머리에 이고 포로수용소에 나타난다. 경계를 서고 있는 군인들을 피해서 살금살금 철조망 근처로 다가간다.

떡을 파는 여자들도 숫자가 많아진다. 여자들이 막사를 향해 포로들을 불러낸다.

"떡 사세요! 떡 사세요!"

여자들이 계속 소리를 지르자, 포로들이 막사 주위를 둘러보며 슬금슬금 나타난다. 포로들도 주위를 경계하는 것이다. 철조망 근처에 군인들이 보이지 않자, 여자들 곁으로 다가온다. 포로들이 나타나자, 여자들이 떡 사라고 더 크게 외쳐 댄다. 포로들도 제법 많아졌다.

"떡 사세요! 떡 사세요! "

포로들이 여자들과 떡을 흥정한다. 고개를 끄덕이던 포로들이 걸치고 있던 옷을 벗어 철조망 밖으로 건넨다. 덮고 있던 담요도 건넨다. 담요와 옷을 받아든 여자들이 철조망 안으로 떡을 건넨다. 떡을 받아든 포로들이 모퉁이로 가서 허겁지겁 떡을 먹는다. 여자들은 그 군복을 가져와 염색하여 상인들에게 내다 판다. 담요는 값어치가 나가는 물품이다. 장사하는 재미가 쏠쏠하다. 많은 피난민이 앞다투어 장사하는 일에 뛰어든다. 염기환 일행도 거제도에서 마냥 눌러앉아있을 수는 없다. 빨리 여비를 만들어 부산으로 나가는 게 목표다. 많은 피난민이 거제도를 떠나 도시로 향한다는 소문이 널리 퍼졌다.

겨울이 지나고, 만물이 소생하는 화창한 봄날이다. 날씨도 따뜻

해 봄기운이 완연하다. 함흥댁은 밤에 떡을 팔고, 낮에는 피난민들 틈에 끼여 줄을 선다. 구호 식량을 받기 위해서다. 구호 식량을 못 받으면 굶어야 한다. 피난민들이 모여 있는 거제도에서 살길을 찾아야 한다. 우선 살아내기 위해서는 피난민들이 하는 일을 따라 한다. 구호 식량을 가져와서 입에 풀칠하기도 바쁘지만, 아끼고 아껴서 떡을 만든다. 밤이 되자 또 떡을 가지고 포로수용소 철조망으로 다가간다. 포로들이 군용 물품을 몰래 가지고 나와 물물 교환을 한다. 포로들은 군복을 벗어서 떡과 바꾼다.

날이 어두워지자 염상석이 포로들과 함께 군복을 들고 철조망 가까이 다가간다. 배가 고파 견딜 수가 없다. 군복을 철조망 밖으로 건네주고, 떡과 바꿔 먹을 심산이다. 함흥댁도 철조망 밖에서 떡을 사라고 소리를 크게 지른다. 떡을 팔러온 여자들도 함께 외친다.

"떡 사세요! 떡 사세요!"

함흥댁이 더 크게 소리친다.

"떡 사세요!"

염상석과 함흥댁의 거리는 불과 몇 미터이다. 조금만 더 가까이 걸어가면 만날 듯한 거리이다. 염상석이 걸음을 멈춘다. 함흥댁이 있는 곳에 미치지 못한다. 떡을 사라고 소리를 지르는 여자에게 염상석이 군복을 건넨다. 여자가 잽싸게 옷을 낚아챈다. 옷을 챙긴 여자가 떡을 염상석에게 건넨다. 떡을 받아든 염상석은 돌아서서 동료들과 함께 떡을 게걸스럽게 먹는다. 허기진 배를 채운다. 떡을 다 먹은 염상석이 포로 막사로 돌아간다.

"떡 사세요!"

함흥댁은 계속 떡을 사라고 외친다. 포로가 군복을 철조망 밖으로 건넨다. 함흥댁이 달려가 옷을 챙긴다. 함흥댁이 웃으면서 포로에게 떡을 건넨다. 떡을 받아 든 포로가 돌아서서 떡을 급하게 먹는다. 함흥댁이 철조망을 뒤로하고 걸어 나온다.

함흥댁이 포로들과 교환한 군복에 검정 물을 들인다. 물들인 군복을 널어 말린다. 함흥댁이 떡을 팔아서 챙긴 군복이 여러 벌 모였다. 옷을 팔러 부산에 갈 채비를 한다. 염기환이 군복을 짊어진다. 함흥댁이 잘 다녀오라고 염기환을 배웅한다. 피난민들과 함께 염기환이 물건을 짊어지고 배에 오른다. 배는 거제도를 떠난다. 부산항에 도착한다. 부산항 인근의 산은 꼭대기까지 움막이 펼쳐져 있다. 피난민들의 움막으로 보인다. 전국의 피난민들이 부산으로 몰려들었다는 증거이다. 처음 와 보는 부산항의 규모에 놀란다. 전쟁 중이지만 부산항은 활기차게 움직인다. 부산항은 거대한 군함들이 곳곳에 정박해 있다. 수많은 배가 기적 소리를 내며 움직이고 있다. 등에 짐을 짊어진 염기환이 일행들과 국제시장에 들어선다. 국제시장은 전국에서 몰려든 사람들로 인해 인산인해를 이룬다. 사람들 틈을 비집고 시장 안으로 들어선다.

"어서 오이소!"

손님을 부르는 경상도 특유의 사투리다. 상인들과 손님들이 흥
정하는 소리가 시끌벅적하다. 사람들로 북적거리는 시장을 구경
한다. 가게마다 산더미처럼 온갖 물건들이 진열되어 있다. 가지런
히 놓여 있는 신발 가게에 눈이 휘둥그레진다. 신발 가지 수도 많
거니와 엄청난 양의 신발이 쌓여 있다. 옷 가게에는 옷이 걸려 있
고, 산더미처럼 쌓여 있다. 검정 물을 들인 군복도 쌓아 놨다. 잡
화를 파는 가게에도 물건이 산더미처럼 쌓여 있다. 물건을 흥정하
는 시장은 더 활기가 찬다. 시장 안으로 계속 걸어간다. 그야말로
북적거리는 수많은 사람에 놀라고, 산더미처럼 쌓여 있는 물건에
염기환은 놀란다.

"와!"

그야말로 입이 딱 벌어진다. 시장으로 들어가면 들어갈수록 생
전 처음 보는 광경에 놀라지 않을 수 없다. 미군 부대에서 흘러나
온 영어로 표기된 과자, 초콜릿, 깡통 햄, 커피가 곳곳에서 판매되
고 있다. 식품 외에도 미군 부대에서 흘러나온 각종 물품이 버젓
이 거래되고 있다. 골목에서 염기환이 가지고 온 바지를 상인들과
흥정을 한다. 한 푼이라도 더 받으려는 자와 한 푼이라도 덜 내려
는 자 사이의 흥정이 계속된다. 염기환도 아쉽지만, 상인에게 물
건을 건넨다. 돈을 받아 챙긴다. 돈을 챙긴 염기환이 국제시장을

빠져나온다. 부산 시내를 구경한다. 시청 앞을 지나 영도다리 앞에 선다. 다리를 들어 올리는 시간이다. 다리 상판을 들어 올리는 모습을 보려고 구경꾼들이 모여든다. 다리 상판이 올라간다. 다리를 들어 올리는 광경을 보고 놀란다. 참으로 진기한 구경거리이다. 다리가 올려지자 그 사이로 배들이 왕래한다. 영도다리를 구경하고 부산역으로 향한다. 부산역 앞에 앉아 있다. 전쟁 중인 부산역은 사람들로 인산인해를 이룬다. 전쟁 중에 나라와 민족을 위한 구국 기도회가 열린다는 초량교회를 찾아가야 한다. 지나가는 사람에게 초량교회를 묻는다. 친절하게 초량교회가 있는 쪽을 가르쳐 준다. 초량교회로 향한다. 초량교회 부근도 사람들로 북새통이다. 교회에서 피난민들에게 주먹밥을 나누어 준다. 배고픈 피난민들을 위해 그야말로 구제 사업을 매일 베푼다. 그 주먹밥을 얻어먹기 위해 긴 줄이 늘어서 있다. 염기환이 그 줄에 다가선다. 나누어 주는 주먹밥을 받아들고 나온다. 교회 계단에 앉아 주먹밥을 먹는다. 초량교회 바로 옆에는 초량국민학교가 있다. 학교에 미군 부대가 주둔하고 있다. 미군 부대에서 나오는 구호 물품을 초량교회에서 나누어 준다. 피난민들이 초량교회 인근으로 모여든다. 미군들이 구호 물품을 들고 초량교회 앞에 나타난다. 구호 물품을 받기 위한 아이들의 긴 줄이 늘어선다. 구호 물품을 받아든 아이들이 넙죽 절을 하면서 돌아선다.

구국 기도회가 열리고 있는 초량교회 안은 전국에서 피난 온 교인들과 목사들이 몰려들어 발 디딜 틈이 없다. 초량교회는 선교의 불모지인 부산 초량동 언덕에 선교사들이 설립한 교회이다. 정부 수립 때, 이승만 대통령은 초대 경남도지사로 초량교회 양성봉 장로를 임명하였다. 전라남도 도지사도 이남규 목사를 임명하였다. 정부 각료와 각 도지사들 대부분은 미션스쿨을 졸업한 지식인들이다. 교육의 불모지 조선에 선교사들이 세운 미션스쿨은 개화기에 신식학문은 물론 국가관을 심어 주는 데 큰 역할을 한 셈이다. 배재학당 미션스쿨을 졸업한 이승만과 기독교인들이 코드가 맞은 셈이다. 전쟁이 터지고 대통령이 부산까지 피난을 왔다. 양 장로는 경남도지사 관사를 대통령의 임시 거처로 내주었다. 그 관사에서 국정 업무를 보고 있다. 이승만 대통령은 별도로 마련된 미군 부대에서 예배를 드리기도 하고, 초량교회에 방문하여 가끔 예배를 드린다. 초량교회 안에서는 수시로 구국 기도회가 열리고 있다. 사람들이 모여서 통성으로 나라와 민족을 위하는 기도 소리가 교회 밖까지 우렁차게 들린다.

"주여! 주여! 주여!"

절박하게 외치는 기도 소리가 교회 건물이 들썩거릴 정도로 우렁차다. 간절하게 기도하는 모습이 그야말로 절박한 상황에 부닥친 대한민국을 일으켜 세울 기세다. 나라와 민족을 위하여, 개인이 통성으로 회개하는 기도 소리가 울려 퍼진다. 염기환은 초량교회 구국 기도회의 통성 기도 소리가 원산, 평양 대부흥 운동이

다시 일어나고 있음을 느낀다. 절망에 빠졌을 때 원망과 탄식만 할 것이 아니라 하나님께 회개하고, 간절히 부르짖으며 기도할 때이다.

평양 대부흥 운동의 시발점은 원산 대부흥 운동에서 시작되었다. 캐나다 출신의 선교사들은 함경도와 북간도 지역의 선교를 담당하고 있었다. 함경도 지역에 학교와 교회를 설립하고, 북간도에는 제창병원을 설립하여 조선 사람들을 돕고 선교를 하는 데 큰 기여를 했다. 하디 선교사가 주축이 된 선교사들끼리의 원산지역 기도 모임은 회개운동으로 이어졌다. 하디 선교사의 설교는 우선 나 자신부터 통성으로 회개하고 하나님 앞에 내 죄를 용서받는 것이다.

"하나님! 나는 허물이 많은 죄인임을 고백합니다. 이 죄인을 불쌍히 여겨 주시옵소서! 성도님! 저는 교만하기 이를 데가 없는 사람입니다. 인간이 자기의 힘과 노력으로 잘되겠다는 자만심은 믿음의 부족에서 연유된 것입니다. 성도 여러분! 기억하십시오! 아무리 높은 이상도 영적인 힘이 없다면 수행하기 어렵습니다. 우리의 체력이 날마다 음식물을 섭취함으로써 유지되는 것같이 우리의 영적인 강건함도 날마다 기도를 통해서만 유지될 수 있습니다. 하나님께 무릎을 꿇고 간절히 기도할 때, 하나님께서 우리와 함께하심을 믿습니다. 나의 모든 것을 하나님께 맡기어야 합니다. 내가 잘났다고 내 마음대로 하면 안 됩니다. 순간마다 하나님께 아뢰고 간절히 기도해야 합니다. 이때 우리의 목적은 인간의 영광으로부터, 하나님의 영광으로 초점이 바뀔 것입니다. 하나님께서 우리를 긍휼히 여기실 줄 믿습니다."

내가 잘나서 이루어진 일이라고 여기면, 교만에 빠지게 된다. 성공과 꿈의 실현은 만족을 못 한다.

"나는 지금부터 교만을 내려놓겠습니다. 나는 나의 잘못을 성도들 앞에서 계속 고백하겠습니다. 나는 그동안 자만에 빠져 있었습니다. 하나님을 증거하는 헌신의 마음보다 서양인이라는 우월감이 늘 있었습니다. 의사라는 자만심이 가득했습니다. 선교사 활동을 하면서도 마음 한구석에서는 조선 사람들을 깔보는 마음이, 마음 깊숙한 곳에 계속 남아 있었습니다. 선교사로서 하나님께 서약하고, 이 몸을 헌신하고자 이역만리까지 왔지만, 나는 헌신하는 마음이 부족했습니다. '힘으로도 되지 아니하며 능력으로 되지 아니하고 오직 나의 영으로 되느니라.' 구약 스가랴의 말씀처럼 오직 하나님의 영으로써만 가능하다는 걸 깨달았습니다. 하나님의 임재가 없이는 한 발자국도 나아갈 수 없습니다. 나를 비롯하여 우리 모두 통회痛悔하고 자복自服하는 기도를 시작하겠습니다. 하나님 앞에서 통회하는 자에게는 성령 충만함을 얻을 수 있습니다. 하나님께 향한 간절한 기도만이 살길입니다. 자, 우리 모두 다 함께 하나님께 간절히 기도합시다. 주여! 이 자리에 모인 우리 모두를 성령 충만하게 하여 주시옵소서!"

하디 선교사의 회개 운동은 성령 충만함을 얻기 위한 간절한 기도이다. 하디는 전국을 돌아다니며 회개와 성령운동을 전파했다. 하디 선교사의 설교는 평양 대부흥운동에 불을 지폈다. '동방의 예루살렘'이라고 여기는 평양은 순식간에 기도의 불길이 타올랐다. 평양 대부흥운동은 전국 각지로 퍼져 나갔다. 더 나아가서는 기독교인들의 영적 각성 운동으로 점화되었다. 기독교인들이 앞장서서 활동을 시작함으로써 사회 개혁 운동으로 퍼져 나갔다. 결국에는 각 교회의 부흥으로 이어졌다. 조선 전체에 기독교인들이 폭발적으로 늘어났다. 예배당으로 사람들이 몰려들었다.

염기환은 하디 선교사의 부흥 운동처럼 이 어려운 전쟁의 소용돌이 속에서 우리 민족이 다시 일어나기를 간절히 바란다. 이 기회에 회개 운동도 함께 일어나기를 바란다. 조선 땅은 남과 북이 전쟁 중이다. 간절한 기도가 필요한 시기이다. 목이 터져라 외치는 교인들의 기도 소리에 염 목사는 기운이 솟는다. 그야말로 물 만난 듯 가슴이 뜨거워지기 시작한다. 염 목사도 교회 바닥에 앉아 기도하기 시작한다. 기도를 시작하자 염 목사는 감격에 겨워 눈물부터 난다. 하나님께 먼저 감사의 기도가 흘러나온다. 전쟁통에 함흥에서 부산 초량교회까지 오게 한 운명도 기가 막힌 일이다. 흥남에서 피난선을 못 탔다면 어떻게 되었을까? 이제는 거제도를 거쳐서 부산까지 오게 되었다. 이 모든 일이 하나님의 뜻이라 여긴다.

"오! 하나님! 이 민족을 불쌍히 여겨 주시옵소서!"

교회 안은 기도의 열기로 가득 찬다. 국가와 민족을 향한 뜨거운 통성 기도 소리가 교회 곳곳에 가득하다. 각 개인이 처해 있는 현실을 돌파하기 위한 기도 소리가 끝이질 않는다. 밤낮을 가리지 않고 하나님께 향한 통성 기도 소리는 끊이질 않는다.

만식도 시간이 날 때마다 초량교회에 들러 기도에 동참한다. 기도가 끝나면 구호품 대열에 서서 구호품을 타 간다. 구호품이 아니더라도 미군 부대 일자리를 구하기 위해 초량교회 앞에 수시로 찾아온다.

오늘도 구국 기도회가 열린다고 하니 초량교회 안으로 들어가서 예배를 드린다. 만식의 옆자리에 염기환이 앉아서 울면서 통성으로 기도를 하고 있다. 만식도 혼자서 통성으로 간절히 기도한다. 만식은 아직 움막으로 돌아오지 않고 있는 기훈을 위해서도 기도한다. 기훈은 어디로 간 걸까?

"하나님! 기훈이가 돌아오지 않고 있습니다. 어디로 갔을까요? 부디, 무사히 돌아오게 하옵소서."

만식은 연락도 없이 갑자기 사라진 기훈을 위한 기도를 한다. 기도를 마친 만식이 교회 입구 계단에 선다. 염기환도 통성 기도를 마친 후 계단에 서 있다.

"안녕하세요."

"반갑습네다."

만식과 염기환은 웃으면서 인사를 나눈다.

"어디서 오셨능가요?"

정만식이 먼저 염기환에게 말을 건넨다.

"저는 함경도 함흥에서 왔수다."

"예? 함경도 함흥이라고요?"

정만식이 함경도식 사투리를 잘못 들었는지, 의심하면서 놀란 투로 재차 묻는다.

"예. 함경도 함흥 맞습다."

"함흥이라면 거시기… 이북 땅이지 않습니까? 그라면, 겁나게 먼 데서 피난을 와 뿌렀구만요."

만식은 놀란다. 함흥은 남한 땅도 아니고, 북한 땅 중에서도 함경도 끄트머리 아닌가? 어떻게 그 먼 곳에서 피난을 왔는지 궁금하다. 피난민 중에서 이북 사람을 만난 건 처음이다.

"그렇수다. 그라면 선상님은 어디서 오셨습네까?"

염기환도 정만식에게 어디서 왔는지 묻는다.

"예, 지는 쩌그… 전라도 구례에서 왔그만이라."

"전라도 구례라면 지리산 쪽 아입네까?"

"예. 맞습니다. 지리산 노고단 쪽 구례 맞당께라! 지리산이 워낙 방대하고 큰 산이라서."

지리산을 들먹거리자 만식은 반가운 기분이 든다.

"지리산 노고단을 들어 본 기억이 있습다."

염기환은 해방 이전에 노고단에 대한 기억을 떠올린다. 평양에서 신학교를 다니던 시절에 선교사들로부터 지리산 노고단 꼭대기에 선교사 수양관이 있다는 소식을 들은 기억이 있다. 지리산 꼭대기 높은 곳에 선교사 수양관이 있다는 소리에 특별히 호기심을 가졌던 기억이 난다. 산꼭대기에 어마어마한 시설의 선교사 수양관이라니? 정만식이 노고단이라고 들먹거리니 친근하게 다가온다. 둘은 서로 고개를 끄덕이며 웃는다. 전쟁 통이라 팔도 각지에서 몰려든 피난민들이 어디에서 피난을 왔는지는 그저 궁금한 사항일 뿐이다. 염기환도 마음을 누그러뜨리며 자신의 신분을 밝힌다.

"제가 사실은 목사입네다. 평양에서 신학교를 나왔습네다. 함흥에서 목회하다가 전쟁이 나는 바람에 구사일생으로 피난을 오게 됐습네다. 흥남항에서 운 좋게, 미군들의 도움으로 피난선을 타고 오게 되었습네다. 지리산 노고단은 선교사들의 수양관이 어마어마한 시설로 들어섰다는 소식을 익히 들어서 알고 있습네다. 무슨 산꼭대기에 수양관이 있다는 소리에 귀가 번쩍했습네다. 진짜로 산꼭대기에 어마어마한 시설이라고 들었습네다. 수영장, 정구장, 골프장까지 수십 채의 별장과 호텔, 예배당이 진짜로 있는지 궁금했습네다. 조선은 물론이고 인근 동아시아 선교사들까지 휴양차 지리산 노고단으로 향한다는 소식을 선교사님들에게 종종 들어서 알고 있습네다. 함경도에 계셨던 선교사님들도 여름이면, 무슨 대회와 모임이 거기서 있다고 했습네다. 여름 휴가를 노고단으로 다녀왔다는 소식을 종종 들었습네다. 함흥에서 가까운 원산 바닷가 명사십리에도 선교사 수양관이 들어섰습네다. 일제가 중일전쟁을 준비하면서 원산에 비행장을 건설한다고 명사십리에 있던 선교사 별장이 모두 철거되었습네다. 선교사들은 강원도 고성 바닷가 화진포에 별장을 새로 지었다는 소문을 들었습네다. 선교사들이 매년 여름에 노고단을 가야만, 조선에 나와 있는 많은 선교사를 만날 기회라고 들었습네다. 그래서 알지요. 그러지 않으면, 제가 지리산 노고단을 어떻게 알 수 있겠습네까?"

"아! 목사님이시군요. 제가 미리 알아뵙지 못하여 죄송헙니다. 지도 에렷을 때부텀 어머니를 따라서 교회를 댕겼거든요. 매년 여름성경학교도 선교사님들이 직접 오셔서 열어 주시고, 선물도 주셨습니다. 여름성경학교가 열리는 날만 손꼽아 기다렸었습니다. 아픈 사람들을 무료로 치료해 주시는 의사 선교사님들이 너무너무 고마웠습니다. 그라고, 노고단 선교사 별장이야말로 어마어마했습니다. 지도 여름에 일부러 구경하러 올라가 봤거든요. 육십여 채의 선교사 별장과 예배당, 호텔, 야외수영장, 정구장, 골프장까지 어마어마한 시설이 있어 브렀구만요. 그야말로 서양인 마을을 방불케 할 정도로 노고단 서쪽이 온통 건물들로 꽉 들어찼습니다. 수백 명의 선교사님이 모여서 축제를 하는 걸 봤습니다. 그런데, 지금은 모두 파괴되어 뿌렀그만요. 반란 사건이 일어나는 바람에 그 많은 건물이 몽땅 파괴되어 버려서, 참으로 아쉽당깨라."

만식은 노고단 얘기가 나오자 신나게 설명한다. 염 목사가 이북에서 목사를 했다는 말에 저절로 예의를 갖추고 싶어진다. 노고단 꼭대기에 선교사들이 지어 놨던, 육십여 채의 예배당과 별장 건물들을 생각한다. 반란 사건 중에, 진압군들에게 동원되어 노고단에 올라갔을 때, 그 모습을 보고 아쉬워했던 기억을 떠올린다.

"아이, 아입네다. 이런 전쟁 통에 목숨만이라도 부지하는 게 얼마나 다행입네까. 제가 목사라는 게 오히려 송구스럽습네다. 본의 아니게 통성명도 하기 전에 고향 얘기를 하다가 이렇게 됐군요. 이렇게 됐으니 얘기는 천천히 하고, 통성명이나 합세다."

"염기환임네다."

"정만식입니다."

염기환과 정만식이 서로 웃으면서 악수한다.

"목사님! 그란디, 그 멀리서 피난은 어떻게 내려오셨당가요?"

만식은 이북에서 피난을 왔다니까, 그 먼 곳에서 어떻게 피난을 왔는지 궁금해진다.

"피난요? 말도 마십쇼. 말을 하자면 사연이 너무나도 기가 막힙네다. 기적 같은 일이어서요. 이 모든 게 하나님의 도우심이 없으면 안 되는 일입네다. 그야말로 하나님의 기적을 처험했습네다."

염기환은 잠시 피난 생각에 울컥해진다. 흥남항에서 피난선을 타기 위하여 눈보라를 맞으면서 몰려 있던 피난민들을 생각하니 저절로 목이 멘다. 중공군이 곧 들이닥친다고 하니, 공산당 치하를 벗어나기 위하여 평생 살아왔던 고향을 뒤로했다. 피난을 위하여 눈보라가 휘날리는 흥남 부둣가에서 서성거리던 일을 떠올린다. 오로지 배를 타기 위하여 수만 명의 피난민들이 발을 동동 구르던 일을 생각한다. 전쟁 통에 오로지 살아남기 위하여, 배에 올라탔던 일은 그야말로 기적 같은 일이어서 그때 일을 생각하며 순간 울컥해진다. 본인도 모르게 눈물이 저절로 흘러나온다. 염기환이 잠시 눈물을 닦는다.

"목사님, 말하기 어려우면 나중에 하셔도 됩니다."

얘기를 듣고 있던 만식도 눈치를 챘다. 피난 얘기를 하면서 눈물까지 보이는 염 목사를 이해한다. 피난에 대하여 나중에 얘기해도 된다고 말한다. 이 전쟁 와중에 피난 얘기를 하자면 모두가 기적이고 하나님의 섭리라고 말하지 않을 사람이 어디 있겠는가? 모두가 전쟁의 와중에 목숨만이라도 살아 있는 일이 모두가 기적 같은 일이다. 만식도 구포 다리를 건너기 위해 우글거리는 수많은 피난민을 뚫고 다리를 건넜던 일이 생각난다.

"그야말로 기적 같은 일이 일어났습네다. 저는 죽은 목숨이나 마찬가지입네다. 흥남항에서 피난했던 일을 생각하면 끔찍하기만 합네다. 휴~"

염기환은 긴 한숨이 저절로 나온다. 불행 중 다행이랄까? 그때 일을 생각하면 지금도 가슴이 떨리고, 그저 하나님께 감사의 기도만 해야 한다는 생각이 저절로 든다. 수천, 수만 명의 피난민이 눈이 펄펄 날리는 흥남항을 향하여 걸음을 재촉하던 모습. 흥남항에서는 배에 올라타지 못하면 어쩌나 하는 불안감에 배에 올라타기 위하여 아수라장이던 흥남항의 모습이 떠오른다. 아, 그때 피난선을 올라타지 못했더라면, 죽은 목숨이나 다름없지 않았던가? 공산 치하에서 그동안 목숨을 걸고 지하에서 비밀리에 기도해 왔던 일도 눈에 선하다. 숨죽여 가며 예배를 드리고, 기도를 해 왔던 일을 떠올린다. 만식은 염 목사와 이야기를 한참 주고받는다.

"그렇습네다. 전쟁이야말로 사람들을 파리 목숨만도 못 여기게 만들어 버리는 무시무시한 일입니다. 그저, 평범하게 살아가는 사람들을 하루아침에 죽음으로 몰아넣어 버리는 일임네다. 누구를 위한 전쟁입네까? 중공군이 들어오는 바람에 흥남과 장진호 주변에 사는 사람들은 천당과 지옥을 오고 가 뿌렀습네다."

만식이 염 목사의 말에 고개를 끄덕이며 반응해 준다. 피난 이야기를 눈물을 흘려 가며 나눈다. 함께 있다 보니 둘은 금세 친해졌다.

"목사님, 그럼 어디서 지내고 계시는가요?"

"현재는 가족이 거제도에서 지내고 있습네다. 흥남에서 피난 나온 피난선을 거제도에 풀어 놨드랩네다. 거제도는 북에서 내려온 피난민들이 너무나 많아 모두가 어렵게 지내고 있습네다. 피난민들은 미군들이 주는 배급품 외에는 먹고살 길이 막막합네다. 북에서 피난선을 타고 온 사람 모두가 비슷한 처지입네다. 먹고살기 위해서는 뭔 일이라도 해야만 합네다. 거제도에는 피난민들만 있는 게 아니라 포로수용소가 어마어마하게 들어섰습네다. 사실은 그 포로수용소 안에 있는 포로들을 상대로 떡을 팔아서 생긴 군복을 가지고 부산으로 팔러 나왔습네다. 부산에 온 김에 초량교회를 찾아온 것입네다. 부산에서 사는 게 괜찮을지 알아보고 있는 중입네다."

"아, 그러시구나. 부산도 전국의 피난민들이 몰려들어서 가는 곳마다 사람 천지입니더. 거시기… 일자리는 구했나요?"

"차차 알아봐야겠습네다."

"그럼, 앞으로 어떻게 지내실라고요?"

"어디 일자리가 있으면 닥치는 대로 일을 해야지요. 이 전쟁 통에 일단 살아남아야 하지 않겠습네까?"

만식이 고개를 끄덕인다. 염 목사가 일자리가 절실하다는 것을 알아차린다.

"목사님, 이렇게 만난 것도 인연이구만이라. 지는, 가끔 초량교회가 교회 옆에 있는 미군 부대에 알선해 주는 일을 하고 있걸랑요. 그것도 피난민들이 워낙 많아서 가끔 교대로 순번이 돌아와야만 일을 합니다. 항구에 나가서 거대한 배에 올라가 군수 물품을 내리는 하역이걸랑요. 목사님도 할 수 있다고만 한다면, 지 뒤를 따라오면 된당께라. 미군들이 시키는 대로만 하면 돼요. 일을 해 보실랑가요? 보수도 짭짤해요. 하루 내내 어깨에 짐을 메고 날라야 하는 일이긴 하지만요. 그란디, 목사님이 힘든 일을 버틸랑가 모르것그만요."

만식은 목사님이 영 시원찮아 보인다. 힘든 노동일을 버틸는지 의문이 든다.

"아, 그렇습네까? 저도 그 일을 함께할 수 있게 도와주십시오. 전쟁 통인데 찬밥, 더운밥 가릴 게 뭐 있습네까?"

염 목사는 만식에게 적극적이다. 일거리만 있다면 힘들어도 해 볼 심산이다.

"그러시다면 좋습니다. 근디, 잠잘 곳은 있당가요?"

"없습네다."

"그럼, 일단 목사님. 제가 기거하는 움막으로 함께 갑시다요."

"고맙습네다."

만식은 염 목사에게 친절을 베푼다. 정만식과 염기환이 함께 초량교회 뒷산 비탈진 산길을 천천히 올라간다. 올라갈수록 가파른 경사길이다. 그야말로 엉금엉금 기어서 올라야만 하는 급경사다. 산꼭대기 움막에 도착한다. 초량동 뒷산은 온통 피난민들이 기거하는 움막으로, 발 디딜 틈이 없다. 산꼭대기까지 피난민들의 움막이 자리를 잡고 있다. 움막이라야 피난민 대부분이 맨땅에 비만 피할 수 있도록 나무막대기를 세워서 얼기설기 두꺼운

비닐로 하늘만 가린 움막이다. 그야말로 몸만 누울 수 있는 공간이다. 기훈은 아직도 소식이 없다. 염 목사에게 기훈의 얘기를 들려준다. 염 목사는 안타까워한다. 기훈이 있던 자리에 염 목사가 함께한다.

와! 와! 와!

포로수용소 운동장은 함성으로 가득하다. 염상석이 땀을 흘리며 운동장을 달리고 있다. 포로수용소 안에서 열리는 운동회에도 열심히 참여한다. 각 막사에는 수천 명씩 배정되었다. 수용소 안에서 딱히 할 일이 없다. 수용소 안에서 북한 출신의 포로들과 계속 마주친다.

"고향이 어뎁니까?"

한봉두가 가까이 다가와 묻는다.

"함흥입네다."

"아이구, 반갑습네다. 지는 고향이 청진입네다. 이곳에서 함경도 고향 사람을 만나니 더욱더 반갑습네다."

"지도 이곳에서 고향 사람을 만나니끼니 좋습네다."

염상석과 한봉두는 함경도 고향 사람이라고 반갑게 악수한다. 옆에 있던 포로에게도 한봉두가 말을 건넨다.

"고향이 어뎁니까?"

"지는 고향이 청진입네다."

주기영은 청진이라는 말에 웃으면서 다가간다.

"청진이라고예? 아이쿠, 진짜 고향 사람을 여기서 만나네요. 지도 고향이 청진입네다."

"아, 그럽습니까? 고향 사람을 여기서 만나다니, 어쨌든 반갑습니다."

한봉두와 주기영이 반갑게 악수한다. 옆에서 둘을 바라보던 염상석도 주기영 옆으로 가까이 다가간다.

"고향이 청진이라고요? 지도 고향이 함흥입네다. 청진이나 함흥도 함경도 아입니까. 반갑습네다."

"고향이 함흥이라고요? 같은 고향 사람을 만나니 반갑습네다."

"지는 고향이 원산입네다."

성기출도 옆에서 악수하는 것을 보고 적극적으로 끼어든다. 모두가 서로 고향을 말하며 악수한다. 염상석은 한봉두와 주기영, 성기출을 수용소에서 만나니 반가워 서로 악수한다. 포로로 잡혀와서 대화할 상대도 없는 마당에 고향이 함경도라는 것만으로도 반갑기만 하다. 타향살이의 신세가 외롭고 쓸쓸하지만, 고향 사람을 만난다는 것만으로도 순간적으로 기쁠 만큼 수용소 생활은 힘든 곳이다. 외로운 사람들끼리 모여 있는 곳이라서인지, 무슨 인연이라도 끌어당겨서 가깝게 하고 싶은 심정뿐이다. 네 사람은 수용소 안에서 마주칠 때마다 서로 알은체를 하고 지나간다.

포로수용소 안에서는 직업 훈련도 시킨다. 민간 정보 교육의 목적으로 민간인들을 강사로 채용한다. 전쟁이 끝나면 포로들에게 사회 복귀를 대비하기 위하여 기술 교육을 가르친다. 대장장이, 목수, 이발사, 구두수선, 양복장이 기술 교육이 이루어진다. 수만 명의 포로를 관리해 나가려면 이발사도 필요하다. 이발하는 사람을 뽑아서 일을 시키기도 하고, 가르치기도 한다. 목수는 포로수용소 안에서 필요한 물품들을 제작하여 자체적으로 해결하기도 한다.

땅땅땅땅땅….

대장간에서는 벌겋게 달군 쇠에 망치질이 계속된다. 대장장이 기술을 연마하는 포로들이 열심히 땀을 흘리고 있다. 수용소에서 필요한 장비와 물품, 농기구 등은 포로들이 직업 훈련을 한 기술로 해결한다.

퍽퍽퍽….

목공소에서는 나무를 자르고, 망치로 두들겨서 의자와 책상도 만들어 낸다.

탁탁탁….

구두를 만들고 수선하느라 망치질을 계속한다. 염상석은 옷을 만드는 양복장이 기술을 열심히 배워 간다. 기술 교육이 있을 때마다 양복 만드는 일에 집중한다. 바느질 솜씨가 점점 늘어 간다. 열심히 배워서 옷을 만드는 일이 점점 익숙해지고 있다.

포로들을 향한 정신 교육도 수시로 열린다. 포로 중에는 중공군 포로도 있다. 중공군 포로는 따로 분리되어 있다. 인민군 출신이 아닌, 대한민국 국민이 인민군에 강제로 징집되었다가 포로가 된 경우도 많다. 워낙 많은 포로가 잡히다 보니까 북한 출신과 남한 출신의 포로가 뒤섞여 있는 경우도 많다. 염상석은 인민군 출신 포로이다. 막사 안의 구성원도 인민군 출신 포로들로 채워졌다. 강연을 통한 사상 교육에도 수시로 동원된다. 공산주의와 사회주의의 허구성에 대한 교육이 연속된다. 교육을 통하여 민주주의의 우월성을 강조하려는 시도이다. 정신 교육을 통해서 염상석은 많은 변화를 느낀다. 중공군 포로를 교육하기 위해서 대만에서도 강사가 파견되어 별도로 교육을 진행한다. 기술 교육과 함께 이념 교육에 치중한다. 수시로 영화 상영도 한다. 외국 영화를 상영함으로써 은연중에 자유민주주의의 사상을 주입시키는 효과를 노린다. 포로수용소는 그야말로 자유분방하고, 다양한 서양 세계를 접하는 기회이다. 공산 포로들도 장기간의 영화 상영을 통해 공산주의의 허구에 대해 점점 반감을 품게 되는 계기가 된다.

　해방된 후에 북한은 소련군이 주둔하여 공산당이 정부를 장악하여 버렸다. 공산정권에 반대하는 많은 사람이 숙청되었다. 입이 있어도 공산당에 반대할 수가 없는 분위기였다. 민족 지도자들이 처형되는 일이 다반사다. 쥐도 새도 모르게 지식인들이 사상범으로 몰려 정치범 수용소로 사라져 버린다. 새파란 젊은 김일성을 소련의 꼭두각시로 내세워 공산국가를 세우기 위해서 무자비한 처형을 감행했다. 국민의 지지를 받는 민족 지도자나 지주들을 친일파로 뒤집어씌워 처형했다. 공산당을 철저하게 반대하는 지식인, 기독교 종교인들을 더 무자비하게 처형하였다. 공산당 정부를 세우기 위해서는 어쩔 수 없었다. 만민이 평등한 공산주의를 내세우지만, 허울뿐이다. 기득권을 움켜쥔 간부들에게 혜택을 누리게 해 주고는, 공산당은 젊은 김일성을 수령으로 치켜세운다. 북조선 인민공화국이 수립되자마자 '위대한 수령 김일성 동지'라는 칭호를 붙여 가며 김일성 1인 독재 체제를 확고히 해 나갔다. 인민을 위한 공산당이라고 하지만, 인민들은 희생양이 된다. 공산당 체제를 유지하기 위해서는 1인 독재 체제를 강요한다. 다양한 인민들의 의견은 들을 필요가 없다. 다양한 의견은 공산당 체제에서는 불필요한 존재다. 반대 의견을 제시하면 그건 숙청의 대상일 뿐이다. 살아남기 위해서는 획일적인 사상에 동조해야만 한다. 오로지 공산국가를 확립하기 위해 1인 독재 체제의 우상화에만 박차를 가한다. 김일성 독재 치하에서 많은 기독교인이 공산 체제를 견디지 못하고 남으로 탈출을 시도하였다. 반동분자로 몰려 숙청의 대상이 되었다. 종교의 자유가 허락되지 않은 곳에서는 살아남기 힘들다고 판단한 것이다. 염상석 가족도 차마 남으로 도망가지 못하고 있었다. 염상석은 목사인 염기환 아버지를 통해서 공산주의의 허구성에 대해서 들어 왔었다. 더더

구나 종교를 아편이라고 몰아세웠다. 가족이 함께 모든 걸 포기하고 남으로 피난하려 했지만, 그것도 쉽지 않았다. 해방되어 만주에서 돌아온 상석은 우선 학업을 계속하기 위하여 평양에 있는 대학에 진학하였다. 대학교를 다니던 중에 전쟁이 일어난 것이다. 염상석은 전쟁을 피할 수도 없었다. 인민군에 강제로 동원이 되었다. 종교 자체를 인정하지도 않고 김일성 우상 숭배에만 열을 올리는 공산당에는 실망한 상태다. 북한에서는 선택의 여지가 없었지만, 포로수용소에서는 본인 의사에 따라 얼마든지 사상의 선택이 가능하다. 남의 눈치를 볼 필요도 없다. 포로수용소를 관리하고 운영하는 미군의 주도하에 수시로 강연을 한다. 미군은 강연을 통해서 포로들에게 의도적으로 민주주의로의 의식 개혁을 은밀히 진행하고 있다. 염상석은 수용소 안에서 주기적으로 시행하는 강연을 귀담아듣는다. 공산 포로들을 향한 사상 교육이 반복된다.

검은 사제복을 입은 신부가 강연자로 나선다.

"하느님은 우리 모두를 사랑하십니다. 지위 고하를 막론하고 하느님 앞에서는 모두가 죄인입니다. 누가 잘나고, 못나고가 없습니다. 인간은 모두 인격적으로 평등하게 존중받아야 합니다. 공산당 제일주의를 내세우는 공산주의는 말로만 평등을 외칠 뿐, 공산당 1인 독재 체제를 수립하기 위해 인민을 희생양으로 삼습니다. 그래야만 1인 독재 체제를 유지할 수 있거든요. 해방 후, 소련 공산당이 지배하는 북한에서의 무상 몰수, 무상 분배 토지 개혁에 대해 검토해 보겠습니다. 북한 주민들은 처음에는 토지 분배로 공산당을 얼마나 좋아했습니까. 가난한 주민에게 농지를 공짜로 분배해 줬으니, 그때 그 기분이야 말할 필요가 없죠. 북한 주민들에게는 공산당이야말로 제대로 된 국가라고 환호를 했죠. 인간은 기본적으로 소유욕이 강합니다. 내 것이라는 인간이 가지는 소유의 기본 마음은 어느 누구도 막을 수 없는 심리입니다. 인간의 가장 기본인 소유욕을 채워 줬으니 좋아할 수밖에 없는 일이죠. 토지 분배의 깊은 속내를 들여다보면 얼마나 문제점이 많은지 알 수가 있습니다. 북한 군중들에게 토지를 공평하게 나누어 줬다고는 하지만, 경작권만 주어진 토지 개혁은 그야말로 허울에 불과한 일입니다. 소유권을 줬으면 경작권은 물론, 농작물 수확권도 농민들에게 주어야 마땅한 일입니다. 그러나 공산당은 수확권도 공산당이 몰수해 갔습니다. 공평하게 재분배시켜 준다는 명목이었습니다. 토지 개혁을 했다고 좋아했던 군중들은 실망했습니다. 식량 배급제를 하다 보니 오히려 토지 개혁 이전보다 불만이 더 쌓였습니다. 그 불만을 공산당은 억압하고 죽이기까지 하며 통치를 강화해 나갔습니다. 김일성 1인 독재에만 열중했습니다. 더 큰 문제는 토지 개혁은 자식들에게 상속권도 없다는 것입니다. 모두가 국가에 귀속된다는 것을 알았을 때는 실망이 이만저만이 아니라는 겁니다. 그동안 자유주의 체제에 수백 년간 물들었던 관습으로는 받아들이기 힘든 사실입니다. 사회 전반적으로 불어오는 공산당 체제의 불만을 북한 공산당은 인민을 죽여 가면서까지 체제 유지를 위해 억압하고 있었던 것입니다. 군중들은 아무리 생산을 열심히 해도 소유권이 몽땅 국가에 있는 현실에서는 생산 의욕이 떨어지고 맙니다. 생산 의욕이 떨어지는 것은 국가 전체적으로 총 생산량의 감소로 이어집니다. 국가 전체가 생산 의욕이 떨어지는 것은 당연합니다. 인간 본연의 자발적인 의욕이 상실되어 버리는 겁니다. 공산당 차제의 모든 사유 재산을 국가가 관리한다고 하는 것은, 공산당을 관리하는 소수의 관리자에게만 배를 불리게 되어 있습니다. 관리자가 권력이 되어 버리는 것입니다. 권력을 가진 관리자는 억압으로 군중들을 다스리려고 합니다. 관리자는 상부에 아부하기 위하여 하위 계급에는 억압으로 짓누르게 되어 있습니다. 억압은 억압을 낳고, 그 억압은 부정부패로 이어집니다. 권력을 주면 휘두르고 싶은 것이 인간의 속성입니다. 일반 대중의 감시 체제가 없는 공산사회에서는 더욱 그렇습니다. 부정부패는 만연하게 되어 있습니다. 체제 유지를 위해서는 힘없는 하위계층만 희생양으로 삼게 되어 있습니다. 만민의 평등을 외치는 공산주의 이론은 소리 소문 없이 무너져 내리고 있는 겁니다. 죽임과 약탈이 난무하는 암흑의 세계에서 권력자만 배를 불리고, 인민들은 계속 죽어 나가도 눈 하나 까딱하지 않는 게 공산주의의 속성입니다. 공산당 1위 체제만 유지되면 하층민은 죽어 나가도 상관없는 것이 공산주의입니다. 인간 존중은 아예 없는 세계가 공산주의 현실입니다. 오로지 김일성 우상화 정책이 자리 잡을 때까지 계속 억압과 살인만이 체제 유지를 위한 유일한 길이라고 관리자들은 명령체제를 강화하기에 혈안이 됩니다. 누가 먼저 일인자에게 충성하여 살아남아 권력을 유지할지만 궁리합니다. 민중을 통한 개혁의 소리나 하층민의 고통은 전혀 전달되지 않습니다. 오히려 공산 체제를 유지하기 위해서는 하층민의 민중들은 희생되어야 마땅하다고 선동까지 합니다. 1인 공산 체제만 유지되기만 하면 되니까요."

포로들은 신부의 강연에 고개를 끄덕이며 귀를 기울인다.

"사람은 인정받고 싶은 욕구가 있습니다. 성취 욕구도 있습니다. 내가 지은 농산물로 내 자식에게 배불리 먹이고 싶은 의욕이 살아날 때, 몸이 힘들더라도 더 열심히 일합니다. 내 자식을 위해서라면 어떠한 희생도 감내하는 것이 인간의 본성입니다. 더 많은 생산물을 수확하기 위하여 누가 시키지 않아도 땀을 흘립니다. 생산한 수확물이 내 것이 아니라고 여길 때는 생산 의욕은 발휘되지 않습니다. 인간의 성취 의욕은 점점 떨어지게 되어 있습니다. 보상이 주어지지 않는데 누가 노력하고 땀을 흘리겠습니까? 매너리즘에 빠져 소속감도 점점 없어집니다. 관리자가 강하게 억압할 때, 시늉만 내고 맙니다. 그저 대충 하다 보면 생산물은 점점 줄어들게 되어 있습니다. 국가적으로도 총 수확량은 점점 줄어들게 되어 있습니다. 관리도 문제입니다. 개인 사유제를 인정하는 민주주의는 본인들이 땀 흘려 생산한 수확물이기 때문에 본인들이 관리를 잘합니다. 그러나 내가 수확한 생산물이 국가의 것으로 생각하면, 빼돌리기를 하느라 온갖 술수를 쓰게 되어 있는 것이 인간의 속성입니다. 수확물을 수집하고 배분하는 관리자들은 어떻습니까? 그걸 빼돌리는 부정부패가 만연해집니다. 관리하라는 지위가 주어졌을 때, 먼저 빼돌리는 놈이 임자가 되는 겁니다. 인간의 속성이 그렇습니다. 그렇습니까, 안 그렇습니까?"

강연을 듣고 있는 포로들은 계속 고개를 끄덕인다. 염상석도 강연자의 강연에 금방 몰입된다.

"그런 성취 의욕이 떨어지면 개인적으로도 큰 손해요. 국가 전체적으로도 매우 위험한 수준의 성장으로 나타납니다. 총 생산물의 수확은 자동으로 급격하게 떨어지게 되어 있습니다. 억압하고 짓누른다고 인간의 기본 욕구를 다스릴 수가 없는 겁니다. 북한의 공산당이 토지의 무상 몰수, 무상 분배는 잠깐 하층민에게는 기쁨을 가져다줄 수 있는 정책이지만, 인간의 기본 욕구를 말살시키는 정책으로 아주 잘못된 정책 판단이었습니다. 그러나 자유주의 남한에서 하는 유상 몰수, 유상 분배가 국가적으로는 매우 효과적인 제도임이 틀림없습니다. 인간의 기본 욕구를 채워 주지 않은 공산주의 체제와는 완전히 다릅니다. 능력이 있는 만큼 실제 농지 경작자에게 유리한 조건으로 농지를 분배해 준 겁니다. 이 정책은 해방 후 총선 때 야당이나, 여당이나 모두 한목소리로 주장하고 나선 정책이었습니다. 좌, 우 성향이 있더라도 인간의 기본 욕구를 채워 주는 정책임에 틀림이 없었습니다. 과거를 청산하고, 너무 많이 가진 자의 것은 적절히 보상해 주고, 농민들에게는 유상 분배로 구입하게 해 줬을 때, 내 소유권이 됐을 때의 기분이라는 것은 말할 수 없을 정도로 생산 의욕이 넘쳐나게 되어 있습니다. 누가 시키지 않아도, 밤을 새워서라도, 땀을 흘려 가며 생산량을 증대시키기 위해 온갖 노력을 기울입니다. 또 더 큰 기대는 농지를 내가 처분할 수 있는 처분 권한도 주어졌고, 자녀들에게 물려줄 수 있는 상속 권한도 법적으로 보장해 주는 제도야말로 인간의 기본 욕구를 채워 주는 제도가 정상적인 제도입니다. 인간은 인정받고 싶은 욕구가 있으므로 누가 강요하지 않아도 자발적으로 땀 흘려 일하여 생산량을 증대시키면, 국가적으로나 사회적으로는 매우 높은 생산성과 성장성이 동시에 유지되고 국가는 점점 더 발전하게 되는 것입니다."

박성칠과 한봉두는 신부의 북한 체제를 비판하는 강연에 얼굴을 찡그리며 불쾌한 감정을 드러낸다. 그렇지만 염상석과 주기영, 성기출은 고개를 끄덕이며 신부의 강연에 몰입한다.

강연이 끝나자 포로들이 삼삼오오 모여서 숙덕거린다.

"우리가 공산당에게 속고 살았다니까."

"누가 아니래? 신부님 강연이 맘에 드는데."

성기출은 북에서 공산당에 짓눌러 본인의 속마음을 분출할 수가 없었다. 수많은 사람이 숙청당하는 걸 보면서 본인의 속마음을 억누르고 살아왔던 기억을 한다. 특히 원산은 기독교 교세가 평양 다음으로 강한 지역이었다. 해방 후, 공산당이 들어서자 기독교 교인들이 강하게 반발하고 나섰다. 그럴수록 공산당은 기독교인들을 무참히 처형하였다. 왜 그토록 기독교인들이 강하게 공산당 1인 체제를 반대하였는지 강연을 계속 듣다 보니 알아차린다. 1인 체제와 전쟁 준비에 광분한 김일성과 공산당에 대해 복수하리라 다짐한다. 전쟁 포로로 잡혀 왔지만, 이 기회에 공산당의 허구에 대해 화가 치민다. 포로수용소 안에서만큼은 내 맘대로다. 다행히 염상석과 주기영 동무와 맘이 통한다. 그 동무들과 친분을 쌓아 간다.

한봉두와 박성칠이 의견을 나눈다. 신부의 강연이 못마땅하였다. 공산당에 대해 부정적인 말을 쏟아 낼 때는 강연을 방해하고 싶었지만, 참고 앉아 있었다. 한봉두과 박성칠이 담배만 빡빡 빨아 댄다. 속상한 마음을 담배 연기로 달랜다.

"아! 까마귀 새끼가 열받게 하는구먼!"

"아! 나도 열받아서 겨우 참았드래요."

강연을 마친 검은 사제복을 입은 신부가 철조망 밖으로 걸어 나간다. 한봉두는 신부가 걸어 나가는 것조차 못마땅하다. 북조선을 비판하는 강연에 화가 가라앉지 않는다.

"야! 저기 검은 까마귀 새끼가 지나간다. 퉤퉤."

침을 뱉어 가며 신부를 향해 반감을 나타낸다. 한봉두와 함께 서 있던 박성칠을 비롯한 친공 포로들도 함께 신부의 퇴장에 못마 땅하여 얼굴을 찡그린다.

계속되는 강연에서도 검은 옷을 입은 신부가 전쟁의 상황에 대해서도 자세하게 설명해 준다.

"이 전쟁은 분명히 북한이 먼저 일으킨 전쟁이다. 남한은 전혀 준비되어 있지 않았다. 남북통일을 강하게 요구한 이승만을 견제하기 위해 미국도 남한이 북진을 할까 봐 군대를 현대화시키지도 않았다. 소련은 중국이 공산화되는 걸 보면서 조선을 공산화하는 일에 적극적이었다. 김일성은 소련에게 전쟁을 통해서 남북통일을 하여 조선 전체를 공산화시키는 일도 쉽게 되리라 믿었다. 북한은 소련의 적극적인 지원을 받았다. 김일성은 전쟁을 일으킨 오후에 평양 방송을 통해서 남한군이 먼저 공격을 하여 방어 차원에서 남으로 진격한 것이라고 거짓 방송을 한다. 소련에서 지원받은 탱크를 앞세운 인민군들은 탱크가 한 대도 없는 남한을 침범하여 3일 만에 서울을 함락시키는 데 성공하였다. 탱크의 위력은 남침에 대단한 성과를 이루는 데 한몫을 한 셈이다. 남한을 공산화하기 위한 전쟁이 일어나자 미국은 전쟁 당일에 유엔 안전보장이사회를 소집하였다. 무기까지 지원하여 전쟁을 적극적으로 지지한 소련은 안전보장이사회에 참석하지도 않았다. 뭔가 켕기는 게 있었다. 전쟁을 종용하고 지원하지 않았다면 당연히 유엔의 안전보장이사회에 나와서 이사국으로써의 지위를 발휘할 수 있었지만, 출석하지 않았다. 미국이 주도하는 유엔 안전보장이사회와 회원국은 한국 전쟁에 유엔군을 즉각 파견하여 공산당의 침략으로부터 공산당의 남하를 저지하기로 결의한다. 지금은 16개국의 나라에서 유엔군을 파병하여 전쟁을 벌이고 있다. 제2차 세계대전과 비슷한 양상을 띠고 있다. 이렇게 유엔군이 연합군을 구성하여 공산당을 물리치기 위하여 한반도에 파병하는 사례는 전례가 없던 일이다. 이 전쟁은 곧 유엔군의 승리로 끝날 것이다."

염상석은 그동안 몰랐던 전쟁의 시작에 대해 점점 알아 가기 시작한다. 공산당에 대한 정체를 서서히 알아 간다. 북한이 전쟁을 일으키지만 않았다면, 사람을 죽이는 이런 비극이 발생하지도 않았고, 본인도 이렇게 고생을 하지 않아도 될 일이라고 여긴다.

포로수용소 안은 수시로 외부 강연자를 모셔 와 강연한다. 포로들은 강연자들로부터 매일 반복되는 공산주의는 허구라는 강연에 점점 몰입된다. 자유민주주의의 우월성에 대한 비교 강연을 점점 받아들인다. 북한 땅도 민주주의 체제 안에서 살았다가, 해방 후 공산당 정부하에서 강제로 억압을 당해 왔기 때문이다. 해방 전에는 공산당이 제대로 발을 붙이지 못했다. 해방 후 소련이 진군하자 공산당이 득세했다는 것은 알고 있다. 인민군 포로들은 상석이뿐만 아니라, 많은 포로가 사상 교육을 통해 변해 간다. 북조선 인민공화국이 얼마나 많은 독립운동에 공로를 세운 민족주의자들, 지식인들과 종교인들을 공산당을 앞세워서 가차 없이 숙청하고 세운 정부인지 알고 있기 때문이다. 성기출과 주기영도 반복되는 강연을 통해 공산주의의 허구가 드러남을 인식한다. 김일성 우상화 정책에 의심이 가기 시작한다. 혈기 왕성한 젊은 나이에 북한 당국에 반항 한번 해 보지 못하고, 복종할 수밖에 없었던 기억을 떠올린다. 그동안 북조선에서 벌어진 일을 되새겨 본다.

가끔 교회 목사님이 군목 자격으로 수용소 안에 들어와 강연한다. 미군들은 천막 교회를 세워서 미국 군종병 목사들이 교회에서 예배를 드리고, 포로들에게 사상 교육도 한다. 예배에 참석한 포로들에게 먹을 것도 푸짐하게 나누어 준다. 공산당의 억압 때문에 북한 교회가 문을 닫았지만, 포로수용소 안에서의 천막 교회는 많은 반공 포로가 모여든다. 염상석도 가끔 천막 교회에 간다. 천주교 신부님들이 포로들의 사상을 전환하기 위해서 수시로 특별 강연을 한다. 염상석은 종교 강연에 열심히 참석한다. 종교 강연을 귀담아듣는다. 성기출과 주기영도 열심히 강연에 집중한다. 들으면 들을수록 새로운 생각이 드는 것이다. 종교 강연이 끝나자 염상석과 성기출, 주기영이 모여 담소를 나눈다. 셋은 모두 이북이 고향이다. 포로수용소 안에서 고향이 이북이라는 하나만으로 금방 친해졌다. 공산주의의 허구에 대해 점점 알아 가니까,

고향 출신의 사람들과 서로 마음을 터놓고 대화를 주고받는 것이다. 서로를 바라보면서 웃는다. 강연 얘기에 시간 가는 줄 모르고 세 사람은 고개를 끄덕인다. 포로수용소에서는 개인이 어떤 사상을 가져도 간섭하는 사람이 없다. 공산당처럼 강제로 사상을 강요하면서 서로 의심하고, 경계하던 일도 없다. 한 인간으로서 사상을 강요받는 일은 참기 어려운 일이다. 우리 민족이 수천 년 동안 이렇게 개인의 사상을 국가로부터 강요받은 적이 없었다. 김일성을 내세운 소련 공산당들은 북한 주민들에게 사상을 강요하고, 그 사상에 반대하면 죽이기까지 했던 정권이다. 얼마나 무섭고 비열한 일이었는지 자연스럽게 깨달아 가는 중이다.

염상석은 종교 강연 시간이 매번 기다려지기도 한다. 그렇지만 아버지가 목사라는 말은 누구에게도 꺼내지 않는다. 아버지와 달리 믿음이 많이 부족했던 과거가 반성이 되기도 한다. 아버지 믿음은 나와 상관없는 아버지의 믿음일 뿐이라 여겼다. 믿음 생활에는 부모님들처럼 열정적이거나 확신에 차지 않았던 게 사실이다. 전쟁이 터지기 전에 대학교를 다니기 위해 고향을 떠났다. 평양에 숭실대학교와 장로회 신학교가 선교사들이 세운 대학이란 걸 알고부터는 뒤늦게 철이 들었다. 선교사들이 조선 땅에 교육을 통하여 얼마나 다양한 지식인을 길러내고, 민족 자존심을 심어 줬는지 알게 되었다. 선교사들은 중등학교와 대학을 설립하여, 고등 교육을 통하여 인재를 길러 냈던 영향은 근대 조선에 엄청난 영향을 끼쳐 왔다. 평양 지역의 기독교 부흥은 특별했다. 일제 치하에서도 기독교 부흥에 힘입어 많은 선각자와 독립군들이 배출되었다.

포로수용소는 각 구역에 숫자 번호가 매겨져 있다. 포로수용소 관리는 거대한 천막에 수천 명씩 수용이 되어 있다. 각 구역 천막 수용소 안에서는 자치적으로 운영이 된다. 포로들을 각 구역으로 분리할 때, 남한 출신으로 인민군에 강제로 징집이 된 포로들은 가능하면 별도로 분리했다. 포로 대부분이 북한 출신 인민군들이다. 군인들은 천막 밖에서만 경계를 서고 있다. 천막 안으로는 들어가지 않는다. 천막 안에서는 포로들 간의 이념 대립 갈등이 심해진다. 포로수용소 안에서는 이미 반공조직인 '반공청년단'과 공산당 조직인 '해방 동맹'이 은밀하게 조직되고 있다. 포로수용소에는 인민군 출신의 공산 측 포로들이 대부분이지만, 이념 대립은 시간이 갈수록 심해진다. 포로수용소 안에서의 주도권을 잡기 위하여 수시로 갈등을 빚어 왔다. 반공청년단은 은연중에 국군과 유엔군의 도움을 받고 있다. 특히 종교 활동의 목적으로 포로수용소 안으로 들어와 종교 강연을 하면서 활동 중인 군종 목사님과 군종 신부님의 지원을 받고 있다. 물품을 조달해 주거나 연락 업무를 대신해 주는 역할까지 하고 있다. 해방 동맹 조직을 갖춘 공산 포로들도 휴전회담이 진행되자, 내부적으로는 돌멩이에 사연을 매달아 인근 수용소에 던져 줌으로써 연락을 취하거나, 환자를 가장하여 수용소 내 병원에 입원하여 연락을 주고받는다. 휴전회담이 장기화할수록 두 세력은 점점 대립이 심해진다. 포로수용소는 미군과 남한군이 관리하고 있지만, 17만 명의 포로들을 관리하는 데는 한계를 느낀다. 수용소마다 철조망으로 이중 삼중으로 분리를 시켜 놨다. 철조망 안은 수천 명씩 포로가 수용되어 와글거린다. 각 수용소를 통제하려면 그야말로 골치가 아플 일이다. 포로들도 목숨을 유지하고 살아가야 하므로 수용소 안에서 자체적으로 대표를 선정하여 자치적으로 관리를 한다. 포로들은 총을 들고 철조망 밖에서 경계를 서는 미군이나 남한군이 전달한 명령에 무조건 복종해야 한다. 그래야 목숨을 부지할 수 있다.

40
—
전
보

"비나이다. 비나이다. 비나이다."

절골댁은 새벽에 일어나 장독대에 물을 한 사발 떠 놓고 간절히
빈다. 이대길은 인민군들이 쏜 총에 맞아 죽었다. 가끔 총소리만
들려도 절골댁은 심장이 벌렁벌렁해진다. 혹시 누가 총에 맞아 죽
지는 않았는지. 이대길이 총에 맞아 피를 철철 흘리며 죽어 가던
모습이 떠오른다. 남편의 죽음을 목격한 트라우마가 생긴 것이다.
얼마나 무서운 전쟁인가? 피난을 나간 인철과 인영은 어떻게 되었
는지 알 길이 없다. 자식들은 제발 무사하기만을 간절히 빌고 또
빈다. 사관학교에 간 인호도 무사하기만을 간절히 빈다. 군인으로
나간 아들이다. 전쟁 통에서 인호가 아무 일이 없기를 간절히 빈

다. 절골댁 머릿속은 온통 막둥이 인호 생각뿐이다. 그 어린 것이 잘 있는지….

"비나이다. 비나이다. 비나이다."

미라도 부엌문을 통해서 절골댁이 빌고 있는 모습을 발견한다. 절골댁을 따라서 절을 하면서 함께 손을 모은다. 인호가 무사하기만을 간절히 빈다. 전쟁이 터진 지 수개월이 지났다. 미라는 가끔 인호를 생각하면서 어디서 무얼 하고 있을까? 무사하기만을 간절히 빈다. 사관학교가 서울에 있다던데, 인민군이 서울에 들어왔으면, 어디로 피난은 잘하였는지. 인호에게서는 그동안 편지 연락도 없다. 무소식이 희소식이라지만 전쟁 통이지 않은가. 그저 잘 지내고 있으리라고만 여기고 있다. 제발 무사하기만을 간절히 빌고 또 빈다.

미라는 방 안에서 철민을 눕혀 놓고 기저귀를 갈아 준다. 기저귀를 갈아 준 미라는 철민의 눈을 맞춘다.

"까르르르, 까꿍!"

철민은 미라와 눈을 맞추며 웃음을 짓는다.

"까꿍!"

미라는 철민과 시간 가는 줄 모르고 지낸다. 철민을 등에 업고 밖으로 나선다. 밖에서는 아이들이 마당을 뛰어다닌다. 시아버지도 돌아가시고 집 안이 썰렁하지만, 집안사람들은 바쁘게 움직인다.

"전보요!"

우체부가 전보를 배달한다. 김 서방이 우체부에게로 다가간다.

"이인호 사망 전보입니다."

김 서방이 우체부의 전보를 받으면서 '이인호 사망 전보'라는 말에 놀란다. 전보를 받아 급하게 마당을 가로질러 걸어간다. 우체부의 인기척에 미라가 아이를 업고 부엌에서 마당으로 걸어 나온다. 김 서방이 미라에게 전보를 전달한다. 미라가 놀라며 전보를 받아 든다. 무슨 전보인데 나한테 주지? 경자도 미라를 뒤따라 나온다. 함께 전보를 확인한다.

'이인호 사망'.

전보 내용을 확인한 미라가 그 자리에서 털썩 주저앉아 버린다.

"아이고, 아이고, 아이고…"

땅을 치며 통곡을 한다. 아이도 미라의 등 뒤에서 울음을 터트린다. 경자가 전보를 들여다보고 놀란다. 얼른 달려들어 아이를 끌어안고 일어선다. 경자도 미라와 함께 통곡한다. 난동댁이 다가온다. 경자가 아이를 난동댁에게 건넨다. 마른하늘에 날벼락도 유분수지. 인호가 죽다니. 미라는 슬픔이 한꺼번에 몰려온다. 미라는 인사불성이 된다. '인호의 사망'이라니 믿기지 않는 일이다. 세상에 이런 법은 없다. 미라의 통곡은 점점 깊어진다. 미라는 슬프다 못해 미쳐 버릴 것 같다. 미라는 너무 정신없이 울다가 보니, 머리카락이 산발이 되어 얼굴을 덮어 버렸다. 정신을 차릴 수가 없다.

"아이고, 어쩔까?"

난동댁도 울면서 아이를 안고 간다. 통곡 소리에 절골댁도 부리나케 방에서 나온다.

"뭔 일이다냐?"

"철민이 아부지가 죽었다는 전보입니다."

난동댁의 대답에 절골댁은 눈앞이 흐려진다. 버선발로 미라와 경자가 통곡하는 마당으로 내려선다.

"아이고, 아이고, 아이고…."

마당에 털썩 주저앉은 절골댁이 통곡을 한다. 여자들의 통곡 소리가 하늘을 울린다. 집안 식구들도 모두 눈물을 흘린다. 이대길 초상을 치른 지도 얼마 지나지 않았다. 이 무슨 난리란 말인가? 절골댁은 남편의 죽음에 이어, 막내아들까지 죽었다는 사실에 슬픔이 가라앉지 않는다. 기가 막힐 일이다. 얼마나 정신을 놓고 울었던지 절골댁은 머리가 흐트러져 버려 고개를 숙일 때마다 머리카락이 땅에 닿는다. 아들 인호를 생각하면 너무도 슬퍼서 울음이 그치질 않는다. 아들이 또 전쟁터에 나가서 죽어 버리다니. 조상님도 무심하시지. 인수가 전쟁 통에 끌려가 죽더니, 막내아들 인호까지 전쟁 통에 죽다니, 이게 무슨 날벼락인가?

"이이고, 이놈아! 이 에미는 어쩌라고. 흑흑흑…."

절골댁의 울음은 그칠 줄을 모른다. 결혼도 시키고, 사관학교에 입학해서 경사가 났다고 좋아했을 때가 엊그제 같은데, 전쟁 통에 죽어 버렸다니, 이 에미를 두고 먼저 저세상으로 가 버리다니, 이 불효막심한 놈 같으니라고. 절골댁은 너무 슬퍼서 인호 생각에 울음이 멈추질 않는다. 정신이 하나도 없다. 내가 전생에 무슨 죄를 많이 지어서일까? 아들놈을 두 명씩이나 먼저 보내 버리다니. 어미가 무슨 낯짝으로 조상님을 뵐지. 절골댁은 아무리 마음을 다스리려 해도 슬픔이 가라앉지 않는다. 자식을 먼저 저세상으로 보낸 어미의 부끄러움과 원망이 함께 몰려온다.

"아이고! 내가 먼저 죽어야 하는디…. 이 늙은이가 오래 살아서…."

절골댁은 내가 먼저 죽어야 하는데, 본인이 오래 살아서 자식들이 먼저 죽었다고 생각한다.

미라가 방 안에 멍하니 앉아 있다. 아이는 옆에서 자고 있다. 본인도 모르게 눈물이 저절로 흘러내린다. 남편의 죽음으로 인해 순간순간 슬픔이 저절로 밀려온다. 슬픔을 마음대로 조절할 수가 없다. 인호 생각에 잠을 이룰 수가 없다. 머릿속에는 인호 생각뿐이다. 내가 절망에 빠졌을 때 구세주나 다름없었던 인호다. 미라와 인호는 서시천에서 수시로 만났다. 인호만 보면 저절로 생기가 돌았다. 아버지의 부재와 어머니의 우울감으로 인해 미라가 우울감에서 헤어 나올 수 없을 때, 인호를 만났다. 모든 상심을 잊게 한 것도 인호였다. 나에게 다정하게 손을 내밀어 주었던 인호다. 이유 없이 인호에게 기대고 싶었다. 왜 사관학교를 갔을까? 사관학교가 아니고, 그저 평범한 직장이었으면 얼마나 좋았을까. 이놈의 전쟁은 얼마나 사람을 죽이고 끝날 것인가. 공산당 놈들은 얼마나 많은 사람을 죽여야 성이 찰는지. 공산당 때문에 아버지도 행방불명되어 버렸다. 그 여파로 어머니도 화병으로 시름시름 앓다가 일본으로 떠나 버렸다. 이제는 남편까지 앗아 가 버렸다. 별별 생각에 잠이 오질 않는다. 남편이 이제는 저세상 사람이 되었다. 인호가 없는 세상을 어떻게 살아간단 말인가?

"흑흑흑…"

밀려오는 슬픔을 주체하지 못하고 울음을 터트린다. 한참을 울던 미라가 흐르는 눈물을 닦는다. 정신을 차려야 한다. 이제부터 어떻게 해야 한단 말인가? 시체가 없어서 당장 장례를 치를 수도 없는 일이잖은가.

집 안에는 무거운 침묵이 계속 흐른다. 집안 남자들이 피난을 가고 없다. 경자가 나선다. 전보가 온 곳과 어디를 찾아가면 시신이라도 거둘 수 있는지 알아봐야 한다. 김 서방과 함께 전보를 챙겨서 면사무소로 향한다. 경자와 김 서방이 면사무소에 들어간다. 면서기에게 전보를 보여 준다. 면서기가 일행을 지서로 다시 안내한다. 면서기와 함께 경자와 김 서방이 지서로 들어간다. 경찰과 면담을 한다. 전보를 보여 준다. 경찰은 전보를 보고, 대구에서 발송된 전보임을 확인한다. 전화기를 돌려 사망 전보에 대해 문의를 한다. 전화를 끝낸 경찰이 다시 다가온다. 현재 육군 사령부가 있는 대구로 가보라고 안내해 준다. 거기에 가야만 확실한 안내를 받을 수 있을 거라고 말한다. 경자와 김 서방이 지서를 나와 집 안으로 들어선다. 누워있는 절골댁에게 자초지종을 알린다. 경자가 미라에게도 대구로 함께 가야 한다고 알린다. 대구까지는 누가 갈 것인가? 인철과 인영도 피난하여서 감감무소식이다. 전쟁 중이라서 집안의 남자를 보내야 한다. 글도 모르는 인석을 보낼 수도 없는 상황이다. 인철과 인영이 돌아올 때까지 기다릴 수도 없다. 고민 끝에 여자들끼리라도 대구를 당장 가야 한다고 결정한다. 미라 혼자서 전쟁 통에 대구까지 보낼 수는 없다. 그렇다고 김 서방과 미라를 보낼 수도 없다. 경자가 고민한다. 집안에서 미라와 함께 갈 사람은 경자밖에 없음을 알아차린다. 집안 친척의 남자들과 함께 미라를 보낼 수도 있지만, 미라를 생각해서라도 경자가 대구를 함께 가기로 결단을 내린다. 경자가 당차게 나서야 할 때다. 절골댁이 누워 있다. 인호의 죽음으로 절골댁은 기운을 차릴 수 없을 만큼 쇠약해져 버렸다. 경자와 미라가 누워 있는 절골댁에게 가까이 다가간다.

"어머님! 저희 댕겨오겠습니다."

절골댁은 일어나지도 못하고 누워서 말한다.

"어쨌든 조심해서 댕겨오니라. 아이고, 불쌍한 것…"

절골댁은 아직도 인호의 죽음이 믿어지지 않는다. 인호의 죽음은 받아들일 수 없는 일이다. 미라와 경자가 절골댁에게 인사를 하고 방에서 나온다. 미라는 누워 있는 철민을 쓰다듬는다. 점말이와 난동댁에게 철민을 부탁하고 집을 나선다.

대구까지 가려면 험난한 여정이 될 것이다. 유엔군의 반격으로 전세가 역전이 되었다고는 하지만, 아직 인민군들이 지리산 곳곳에 숨어 있으므로 함부로 돌아다니면 안 되는 분위기다. 구례에서 대구까지 가는 경로를 알아본다. 대구를 가려면 버스로 남원에서 함양을 거쳐 거창까지 가야 한다. 거창에서 고령을 거쳐 대구까지 가는 버스를 여러 번 갈아타야 한다는 것이다. 문제는 비포장도로에다가 고개 고개를 넘어야 하는 험난한 길이다. 산속에는 빨갱이들이 있어서 수시로 공격을 해 온다는 것이다. 버스 운행이 계속되고 있는지도 의문이다. 버스를 타고 남원에 도착한다. 전보 한 장을 손에 들고 대구를 찾아 나선다. 남원에서 여러 곳을 거쳐서 사흘 만에 대구에 겨우 도착을 한다. 육군 사령부를 찾아가야 한다.

사령부 앞에 미라와 경자가 기웃거린다. 사령부 앞에는 군인이 정문을 지키고 있다. 군부대 입구는 경계가 삼엄하다. 사령부는 차들이 급하게 지나간다. 군인들이 줄을 맞추어 걸어간다. 정문을 지키고 있는 군인에게 다가가 전보를 보여 준다. 군인은 미라와 경자를 군부대 안으로 안내한다. 미라와 경자가 대기하고 있는 곳에 군인이 나타난다. 거수경례를 한다. 인호에 대한 사망 경위에 대하여 상세히 설명한다. 이인호 중대장은 전투 중에 전사하였다고 한다. 워낙 많은 군인이 높은 고지에서 사망했다. 고지 쟁탈을 위한 치열한 전투로 인하여, 군인들의 시신을 모두 수습할 수가 없었다고 양해를 구한다. 이인호 중대장은 다부동 전투에서 전사하였다는 것이다. 전사자 중에는 인적 사항이 파악이 안 된 경우가 더 많다는 것이다. 이름도 없는 학도병도 있다고 한다. 이름도 없는 수많은 무명용사가 다부동 전선에서 죽어 나갔다. 군인이 아닌 주민들은 '민간인 지게 부대'를 만들어 음식과 탄약을 산꼭대기까지 짊어지고 날랐다. 민간인들도 전투의 한복판에서 함께 전투를 도왔다. 민간인들의 사망자도 셀 수가 없을 정도로 많다. 다부동 전선 곳곳에 신원이 파악도 안 된 시체가 아직도 곳곳에 방치되고 있다. 그만큼 다부동 전선을 지켜 내기 위한 싸움은 치열했다. 고지를 빼앗기고, 다시 공격하여 고지를 점령하기를 여러 번 반복하였다. 모두가 목숨을 걸고 인민군의 공격으로부터 낙동강 방어선을 지켜 냈다. 수많은 국군의 희생으로 다부동 전선을 지켜 냄으로써 인천상륙작전을 성공시킬 수 있었다. 다부동 전선이 무너져 버리고 대구가 점령당하면, 부산을 사수하기 위한 작전에 모든 전력을 투입하느라 인천상륙작전은 시도도 못 했을 것이다. 매일 계속되는 전투에서 죽어 나가는 병사는 헤아릴 수가 없다. 그 부족한 인원은 급하게 징집한 신병들로 매일 새로 보충한다. 새로 보충되는 신병들의 인적 사항은 파악도 제대로 안 되고 있다. 다행히 사관학교 출신인 이인호 중대장은 인적 사항이 파악되었다. 늦게나마 유족에게 연락할 수가 있었다는 것이다. 군인은 태극기로 감싼 임시 유골함을 미라에게 인도한다.

미라가 유골함을 들고 집 안으로 들어선다.
"아이고, 아이고, 아이고…."
절골댁이 달려 나온다. 유골함을 붙들고 통곡을 한다.
"아이고, 내 새끼! 이 에미는 어쩌라고?"
절골댁은 인호가 죽어서 돌아왔지만 믿을 수가 없다. 한 맺힌 설움이 밀려온다. 믿을 수가 없는 일이다. 차라리 내가 먼저 죽어야 하는데, 자식이 먼저 죽은 일을 받아들일 수가 없는 일이다. 에미가 오래 살아서 자식이 먼저 죽었다는 생각에 미안할 따름이다. 절골댁의 처절한 통곡 소리에 집안사람들도 모두 나와서 함께 울음을 터트린다. 이인석과 화개댁, 천변댁, 송정댁도 함께 울고 있다. 절골댁은 이제 울 기운도 점점 없어진다. 절골댁이 휘청거린다. 난동댁과 경자가 절골댁을 붙들고 안방으로 향한다. 절골댁이 안방에 누워 있다.

인호의 장례식이 치러진다. 전쟁 중에 두 번씩이나 초상을 치른다. 제상이 차려졌다. 마당에는 차일이 쳐진다. 이번 초상에도 인석이 혼자 상주 노릇을 한다. 음식을 만드느라 여자들이 바쁘게 움직인다. 문중들이 집 안으로 몰려온다. 마당 곳곳에 모여 머리를 맞댄다. 종갓집에 사람이 계속 죽어 나가고 있음이 심상치가 않다. 종손인 인철은 어디에 있는지 궁금하기만 하다. 종손이 집안에 없는 이씨 문중을 걱정하는 눈치다. 인철이 무사히 돌아오기만을 바란다.

땡그랑, 땡그랑, 땡그랑, 땡그랑.

"허농— 어허농— 어이가리— 어허농—."

"이제 가면 언제 오나. 황천길로 어서 가세."

상여꾼들의 상엿소리가 구슬프게 울려 퍼진다.

"아이고, 아이고, 아이고…."

인석이 상주가 되어 집안 식구들이 상여를 따른다. 미라가 울면서 상여를 따라간다. 경자를 비롯한 며느리들이 상복을 입고 상여를 따라간다. 문중 어른들도 상여 뒤를 따른다.

절골댁이 누워서 일어나지 못한다. 황필수가 절골댁 곁에 앉자 맥을 짚는다. 경자가 황필수 옆에서 무슨 말을 하는지 귀담아듣는다.

"기운이 많이 쇠약해졌습니다. 탕약을 때맞추어 드시게 하면 기운이 돌아올 것입니다."

"예."

황필수가 일어난다. 밖으로 나가자 경자가 따라나서 배웅을 한다. 경자가 화로에 한약을 올려놓는다. 화로를 불어 가며 정성을 들여 한약을 달인다. 한약을 그릇에 담아 안방으로 들어선다. 절골댁이 머리를 싸매고 누워 있다. 경자가 절골댁을 안고 천천히 일으킨다. 경자가 한약을 절골댁에게 떠먹인다. 한약을 떠먹이고 나서 절골댁을 다시 자리에 눕힌다.

"어머님, 빨리 쾌차하셔야죠."

"내가 정신을 차래야 되는디, 내가 왜 이런지 모르것다. 정신이 하나도 없다."

절골댁은 경자에게 대답하지만, 머릿속이 복잡하기만 하다. 몸이 천근만근이다. 움직이는 것도 귀찮다. 천장을 바라본다. 머릿속은 종일 뒤숭숭하다. 정신이 왔다 갔다 한다. 생각을 집중하려고 해도 집중이 안 된다. 원망과 한숨만 나온다. 스르르 잠이 든다. 경자가 절골댁 곁에 계속 앉아 있다.

이대길이 나타난다. 아무 말이 없이 그냥 지나친다. 돌아다 보면 말을 걸어 보고 싶은데, 말문이 트이지 않는다. 인수가 나타난다.

"인수야!"

어디 갔다 왔냐고 말을 건넨다. 인수는 바쁘다며 훌쩍 나가 버린다.

"인수야! 인수야, 이놈아!"

인수를 아무리 불러도 대답이 없다. 인수가 점점 멀어져 간다. 인호가 나타난다. 절골댁은 반가워서 인호에게 다가가려 한다. 인호도 절골댁을 보면서 지나간다.

"인호야!"

인호를 불러도 인호가 지나가 버린다. 금방 보였던 인호를 찾으러 걸음을 떼려 해도 발이 움직이지 않는다.

"인수야! 인호야!"

절골댁은 계속 인수와 인호를 부른다. 손을 내밀어 허공을 향해 계속 휘젓는다. 절골댁의 머릿속에는 죽은 집안의 귀신들이 우글거리고 있다.

"어머님! 어머님!"

절골댁이 잠을 자면서 손을 휘저으며 헛소리를 계속 지르자 경자가 절골댁을 깨운다. 절골댁이 눈을 뜬다.

"어머님, 괜찮으셔요?"

절골댁이 눈을 뜨자 경자가 보인다. 꿈속에서 보았던 인수와 인호를 생각한다. 그러자 눈물이 왈칵 난다.

"흑흑흑…."

절골댁이 갑자기 울음을 터트리자 경자가 놀란다.

"어머니! 왜 그러서요. 무슨 일이 있어요?"

경자가 놀라서 어찌할 줄을 모른다.

"나 좀 일으켜 다오."

경자가 절골댁을 안아서 일으킨다. 절골댁은 손으로 눈물을 닦는다.

"어머니, 꿈을 꾸셨나 봐요. 헛소리를 계속하시더라고요. 꿈속에서 누가 나타났어요?"

"흑흑흑…."

절골댁은 다시 눈물을 쏟는다. 경자가 눈물을 닦으라고 손수건을 건넨다. 절골댁이 눈물을 닦아 내며 정신을 차린다. 꿈속에 인수와 인호가 나타난 걸 기억해 낸다.

"아이고, 불쌍한 것들…."

절골댁은 꿈속에서 인수와 인호가 나타난 걸 못내 아쉬워한다. 에미가 잘해 주지 못한 죄책감이 밀려온다. 부모의 마음이 그런 건지. 세상을 떠난 자식들이지만, 부모는 자식을 보내고 싶은 마음이 없다. 수시로 꿈속에서 아른거린다.

인철이 유엔군의 인천상륙작전 소식을 듣고 부랴부랴 일본에서 관부연락선을 탄다. 부산에 도착한다. 부산에 도착하자마자 신문을 들여다본다. 유엔군이 인천상륙작전에 성공했다는 소식이 대서특필되고 있다. 서울이 탈환되어 중앙청에 태극기가 펄럭이고 있다. 인철의 기분도 덩달아 들뜬다. 역시 미군이 주축이 된 유엔군의 힘이 막강함을 느낀다. 인천상륙작전으로 한반도의 전황은 급하게 반전이 된다. 38선을 넘어 북진하기를 바란다. 압록강 부근 국경선까지 정복하기를 바란다. 이번 기회에 남북통일이 되기를 바란다. 단일정부가 들어서는 기회가 될 거라 생각하니 가슴이 설렌다.

낙동강 전선을 겨우 지켜 내고 있던 국군과 유엔군도 인천상륙작전의 성공으로 사기가 오른다. 인민군들이 후퇴한다. 인민군들을 북으로 밀어붙인다. 소문에 의하면 인천상륙작전을 성공시킨 유엔군과 국군이 남으로 진격을 시도하고 있다고 한다. 낙동강 전선까지 내려온 인민군을 남과 북 양쪽에서 협공한다는 것이다. 인민군들은 북으로 후퇴를 하지만, 인천상륙작전을 성공시킨 국군과 유엔군에 의해서 38선으로의 후퇴 길이 막혀 버린다. 북으로부터의 보급로도 완전히 차단당해 버린다. 오도 가도 못하는 신세가 되어 버린다. 후퇴하던 인민군들은 지리산과 덕유산 속으로 숨어들었다는 것이다. 국군과 유엔군이 서울을 탈환했다고 하지만, 남한 곳곳 산속에는 아직도 인민군들이 득세한다는 것이다.

고향 집은 어떻게 되었을까. 화개골에 숨어들었던 아버지는 아직도 화개골에 숨어 지내고 계실까? 제발 별일 없이 화개골에서 꼭꼭 숨어 계시기만을 간절히 바란다. 공산당들이 구례를 장악했다면, 남자들이 없는 집에 어머니와 아내는 무사한지. 반란 사건 때처럼 지주 집안이라고 남자들을 대신해서 인민재판을 당하지는 않았는지. 반란 사건을 겪은 인철은 공산당이라면 지주 집안의 가족들을 처형하고, 집안 창고를 털어 갔으리라는 짐작을 한다. 남자들이 없는 집안에 어머님과 아내가 잘 대처했을지.

인호는 사관학교에 갔으니까 전쟁이 발발하여 현역 군인으로써 최전선에 투입됐을 텐데, 어떻게 됐는지 궁금하다. 제발 무사하기만을 간절히 빈다. 인영도 부산에서 징집이 됐는데, 전선으로 투입되지는 않았는지. 나까지 집에서 피난을 와서 부산에서 이렇게 허송세월하고 있으려니 불안해서 견딜 수가 없다. 정세가 불안하여 급히 일본으로 피하였다가 일본에서 급하게 돌아왔지만, 갈 곳이 마땅치 않다. 당장 집으로 돌아갈 수도 없다. 아직도 전쟁 중이라 불안하기만 하다. 용두산 공원을 수시로 올라간다. 공원에서 바다를 바라보는 것만으로도 위안이 된다. 수시로 시청 앞에 들러서 전선의 상황을 귀동냥한다. 전선의 상황을 알 수 있는 곳이라면 이곳저곳을 돌아다니면서 정보를 듣는다. 인철이 부산역 광장으로 나온다. 부산역은 국제시장만큼이나 북새통을 이룬다. 부산으로 피난을 왔던 사람들이 고향으로 돌아가려는 사람들로 초만원이다. 낙동강 너머에서 대치하고 있던 인민군들은 밀려났다고 하지만, 내륙 지역으로 가는 것은 위험하다는 것이다. 아직 인민군들이 남한에서 제일 방대한 지리산 곳곳에 숨어들어 국군과 계속 대치하고 있다고 한다. 대구까지는 간간이 여객 열차가 움직인다고 한다. 부산에서 진주 방향으로 움직이는 경전선은 움직이지 않는다고 한다. 서울을 탈환했다고 하지만, 서울까지 열차는 아직 움직이지 않는다. 인철은 기차가 대전까지만이라도 운행되기를 바란다. 그래야만 대전까지 기차를 타고 갔다가 구례까지 가는 전라선 기차를 갈아타야 한다. 역 앞에서 사람들이 웅성거리고 있다. 인철이 가까이 다가간다. 웅성거리는 소리를 듣는다. 사람들끼리 웅성거리는 소리와 소문도 다 믿을 수는 없는 정보다. 인철은 고향으로 하루속히 돌아가려면 어쨌든 여러 가지 정보를 듣고 판단해야 할 처지이다. 그렇다고 누가 속 시원히 인민군들의 동태를 알려 주지도 않는다. 인민군들이 모두 도망하였는지, 낙동강 전선에 있던 국군과 유엔군은 어디까지 밀고 올라갔는지 궁금할 따름이다. 서울을 탈환한 유엔군과 국군이 합류는 하였는지 궁금할 따름이다. 하동, 구례 지역은 지리산을 끼고 있다. 반란 사건 때처럼 인민군들이 지리산 속에 숨어들었다면 이제부터 전쟁이 다시 시작되는 건 아닌지. 반란 사건이 일어났을 때도 여수, 순천은 금방 진압이 됐다. 반란군들이 숨어든 지리산 인근 구례에서는 새로운 전쟁이 시작됐었다. 4개 대대 병력이 투입되어도 반란군들을 쉽게 진압하지 못하였다. 오히려 반란군들에게 공격을 당해서 진압군들이 큰 피해를 보았다. 진압 초기에 반란군들을 과소평가했다. 간문학교에 주둔한 하사관 교육 중대가 밤사이에 반란군들에게 몰살을 당하고 포로가 되어 버렸다. 진압군 사령부가 주둔해 있는 학교를 향해 박격포를 쏘며 공격을 해 왔다. 보급 차량 10대를 기습 공격하여 무기와 보급품을 몽땅 탈취해 버릴 만큼 지리산 속에 숨은 적들은 안심할 상대가 아니다. 북으로 후퇴하는 길이 막혀 버린 인민군들이 지리산 속으로 숨어들었다면 아직은 인민군들이 활개를 칠 것이 뻔하다. 워낙 방대한 지리산이다. 지리산 인근의 구례는 아직 안심할 곳이 안 된다고 여긴다. 국군이 다시 점령했다 해도, 밤이 되면 다시 인민군들의 세상이 되는 건 뻔한 일이다. 아직은 인민군들로부터 안전한 곳이 못 된다고 판단한다. 집으로 돌아가야 할지, 말아야 할지 계속 갈등이 생긴다.

인철이 신문을 본다. 유엔군의 인천상륙작전 성공 소식이 신문에 대서특필되고 있다. 유엔군들과 국군이 서울을 점령하여 이승만과 맥아더 장군의 중앙청 환도식이 열리고 있다. 유엔군과 국군이 38선을 돌파하여 북진한다는 소식이 신문에 보도되고 있다. 이제 전쟁은 유엔군의 승리로 돌아서는 건가. 인민군들은 이미 퇴각하고, 남한 땅은 인민군의 수중에서 수복이 되었으리라 여긴다. 집

안 식구들이 어떻게 되었는지 궁금하다. 집으로 돌아가야 한다. 인철이 고향으로 향하기 위해 교통편을 수소문한다. 대전까지 가는 기차는 계속 운행이 안 되고 있다. 부산에서 구례까지 가려면 걸어가든지, 배편을 이용해서 여수까지 가야 한다. 부산항으로 향한다. 부산항에서 여수로 가는 배를 알아본다. 전쟁 통이라 여객선은 없고, 개인이 운영하는 통통배를 타고 가야만 할 상황이다. 개인이 운영하는 배로 여수까지 갈 수 있도록 수소문을 해 보지만, 워낙 먼 뱃길이라서 통통배를 구할 수가 없다. 배를 통해서 여수로 가는 방법은 포기하고 돌아선다. 이제 구례로 가는 방법은 마산을 거쳐 진주, 하동을 거쳐 걸어가야 한다. 하동까지만 가면 구례는 금방이다. 우선, 마산까지만이라도 자동차를 이용하는 방법을 찾아야 한다. 구포 다리 앞에 도착한다. 구포 다리는 아직도 군인들이 통제하고 있다. 구포에서 마산까지 가는 자동차를 수소문하였다. 인철 일행이 자동차로 마산에 도착하여 진주까지도 계속 자동차로 이동한다. 진주에서 하동의 상황을 점검한다. 하동은 아직 안전하지 않다는 것이다. 하동 읍내는 국군이 탈환했지만, 군부대가 주둔한 것도 아니란다. 하동을 거쳐 구례까지 가려는데, 군인들이 곳곳에서 검문검색을 한다. 지리산 근처라서 아직도 통제가 심하다. 하동과 구례의 도로는 아직도 작전 도로로만 이용된다. 개인별로 움직일 수가 없고, 단체로만 통행이 허락된다. 신분이 확인된 사람만 겨우 통행할 수가 있다. 지리산 속으로 숨어든 인민군과 국군의 교전이 수시로 일어나고 있다.

인철이 집 안으로 들어선다. 김 서방이 먼저 인철을 발견한다. 반갑게 다가가 인사를 건넨다.

"어서 오시게."

김 서방은 인철이 나타나자 울컥해진다. 그동안에 일어났던 일이 주마등처럼 스쳐 간다. 김 서방이 말을 건네려 하자, 경자와 아이들이 인철을 발견하고 우르르 달려온다. 인철이 달려오는 아이를 안아 들어 올린다.

"아부지!"

"그래, 우리 수지. 잘 있었어? 우리 철원이도 잘 있었어?"

인철이 아이들을 오랜만에 안아 본다. 웃는 얼굴로 아이들을 차례로 바라본다. 매우 흡족한 모습이다. 경자는 왈칵 울음이 쏟아진다. 고개를 숙이며 눈물을 흘린다. 주체할 수 없는 눈물이 나온다. 전쟁 중에 죽지 않고 남편이 돌아왔다. 반가운 일이기도 하거니와 그동안 종갓집에 초상을 두 번씩이나 치른 아쉬움의 눈물이기도 하다. 눈물을 주체할 수가 없다. 인철도 경자의 눈물 흘리는 모습을 보자 인철의 눈에서도 눈물이 왈칵 쏟아진다. 눈물을 흘리며 아이들을 내려놓는다. 인철이 경자에게 다가가 손을 잡는다. 인철이 경자의 손을 잡아 주자 경자는 더 서럽게 울음을 쏟아 낸다. 부부 간의 애틋한 정이 저절로 교감이 된다. 그동안 전쟁 통에 어디서, 어떻게 지내는지 궁금했다. 사람들이 계속 죽어 나가는데 살았는지 죽었는지, 생사를 알 길이 없어 궁금했다. 마음 조아렸던 기억이 한꺼번에 밀려온다. 한바탕 울음을 쏟아 낸 경자가 눈물을 훔치며 인철에게 말을 건넨다.

"어서 오세요."

인철도 경자의 인사에 경자를 바라보며 고개를 끄덕인다. 인철도 왈칵 쏟아졌던 눈물을 그치고 경자를 바라본다. 인철도 경자에게 미안하여 볼 낯이 없다. 전쟁 통에 피난하였지만, 가족에게 연락도 못 하고 이제야 집에 도착했다. 그동안 집안에 무슨 일은 없었는지 궁금하기만 하다.

"별일 없었소?"

인철의 별일 없었냐는 한마디에 경자는 만감이 교차한다. 그동안에 집안에서 일어났던 일을 생각하면, 사연이 너무 많아 헤아릴 수가 없다. 고개를 끄덕인다. 할 말이 너무 많아 그냥 고개를 끄덕임으로 대신한다.

"부모님은 어디 계신가?"

"어서 올라가 보셔요. 어머님이 안방에 누워 계십니다."

어머님이 안방에 누워 계신다는 말에 인철은 갑자기 불길한 예감이 든다. 전쟁 통에 지주 집안이라고 무슨 일이 있었던 건 아닌가? 그런 생각이 머릿속을 스친다. 인철이 서둘러 안방으로 들어간다. 경자가 인철을 뒤따라 들어간다. 집안사람들은 마당에 서서 함께 눈물을 닦아 낸다. 인철이 안방에 들어서자 절골댁이 눈을 감고 누워 있다. 인철은 놀라서 절골댁을 바라보며 멈칫한다. 뒤따라 들어온 경자를 힐끔 쳐다본다. 인철이 절골댁 옆에 앉는다. 어머니를 부른다.

"어무이."

인철의 부름에 절골댁이 눈을 뜬다. 인철이 눈앞에 아른거린다.

"인철아!"

절골댁은 벌떡 일어나 인철을 안아 준다. 이게 꿈인가, 생시인가. 큰아들이 보이자 갑자기 힘이 솟구친다. 언제 아팠냐는 듯이 정신이 번쩍 든다.

"어무이!"

인철은 어머니를 보자 눈물을 쏟는다. 절골댁은 몽롱했던 정신이 순식간에 돌아온다.

"어디 보자. 아이고, 내 새끼!"

절골댁은 인철을 바라보며 얼굴을 쓰다듬는다. 전쟁 통에 연락이 없던 자식이 눈앞에 보이자 확인하고 싶은 것이다. 큰아들이 돌아왔다는 기쁨에 눈물이 왈칵 쏟아진다. 인철의 볼을 쓰다듬는다. 절골댁은 전쟁 통에 집안에 줄초상이 났던 기억을 떠올린다.

"아이고, 인철아! 어쩌자고 이제야 왔단 말이냐?"

절골댁은 인철이 살아 돌아와서 기쁘기도 하지만, 아쉬움이 밀려든다. 이대길이 죽고. 인호마저 죽었다는 생각이 들자 다시 눈물이 쏟아진다.

"흑흑흑…."

인철도 함께 눈물을 흘린다. 인철이 계속 눈물을 흘리자 절골댁이 인철의 손을 잡아 준다.

"느그 아부지와 인호가…."

절골댁은 차마 말을 잊지 못한다. 인철은 절골댁의 말을 듣고 불안함이 스친다. 화개골에 계실 아버지를 생각한다.

"아부지는 지금 어디 계신가요?"

인철은 인제야 아버지의 안부를 묻는다.

"느그 아부지는 공산당에게 죽었다."

이게 무슨 청천벽력의 소리인가? 아버지가 돌아가셨다니. 인철은 고개를 돌려 경자를 바라본다. 경자는 눈물을 흘리면서 인철에게 고개를 끄덕인다. 돌아가셨다는 말을 확인시켜 준다.

"아부지가 돌아가셨다고요?"

인철은 믿을 수가 없다. 말도 안 되는 소리로 들린다. 인철이 피난을 가 있는 동안에 집안에 무슨 일이 있었단 말인가. 아버지는 화개골에서 숨어 있었는데, 잡혀 왔단 말인가.

"아부지!"

인철은 아버지를 부르며 목 놓아 운다. 아버지의 죽음이야말로 인철을 깊은 슬픔 속으로 몰아넣는다. 인철이 고개를 떨구며 서럽게

운다.

"흑흑흑…."

인철의 울음에 절골댁도 울고, 경자도 눈물을 흘린다. 아버지의 존재야말로 인철에게는 얼마나 소중한 존재였던가. 이씨 집안의 종손으로서 얼마나 많은 우여곡절을 겪으며 살아오셨던가. 이씨 종갓집에 있어서 종손으로 얼마나 위엄이 있던 분인가. 세상 풍파 모두 견뎌 내며 살아왔던 위대한 분이시다. 공산당에게 얼마나 시달렸던가. 그런 분이 돌아가셨다니, 슬프고도 슬픈 일이다. 아버지를 잃은 상실감과 슬픔이 한꺼번에 쏟아져 내린다.

"인호도 며칠 전에 초상을 치렀다."

절골댁이 눈물을 훔치며 인호의 죽음도 알린다. 인철은 고개를 숙인 채 계속 울음을 터트린다. 인호까지 죽었다니. 이 무슨 날벼락인가. 사관학교에 간 인호가 전투에 참전하였으리라 예상은 했었다. 전쟁은 인호까지 죽였다. 인호를 생각할수록 인철은 깊은 슬픔 속에서 헤어 나오질 못한다. 내가 집에 없는 동안, 전쟁 중에 줄초상을 치렀다는 일이 믿기지 않는다. 인철이 계속 눈물을 훔친다.

"인영이는 어디 있느냐?"

절골댁이 인영을 찾는다. 인철이 눈물을 닦으며 정신을 차린다. 인영이 군인으로 징집됐다는 얘기를 차마 꺼내지 못한다. 어머니를 다시는 놀라게 하고 싶지 않다. 시간이 지나면 천천히 알리고 싶다. 너무 많은 일이 벌어져 절골댁이 쓰러질까 걱정을 먼저 한다.

"인영이는 잘 있습니다. 곧 돌아올 것입니다. 너무 걱정하지 마십시오."

인철은 절골댁을 안심시키기 위해 둘러댄다.

인철이 퉁퉁 부은 얼굴로 안방을 나온다. 아이를 업고 마당에서 울고 있는 미라를 발견한다. 그 모습을 본, 인철은 다시 목이 멘다. 남편을 잃은 상심이 얼마나 크겠는가. 인철이 마당으로 내려서서 미라에게 가까이 다가간다. 고개를 숙여 인사를 건넨다. 미라도 눈물을 훔치며 인철의 인사에 함께 고개를 숙인다. 말을 건네기가 미안할 따름이다. 인철은 아이의 손을 잡아 준다. 제수씨에게 무슨 말로 위로가 되겠는가. 인철은 아이의 손을 잡아 주는 것으로 미라를 위로한다. 경자가 미라 곁으로 다가온다. 울고 있는 미라를 다독여 준다.

인철이 인영의 집에 들어선다. 경자도 뒤따라 집 안으로 들어선다. 천변댁은 인철이 집 안에 들어서자, 갓난아이를 둘러업고 반갑게 맞이한다.

"어서 오십시오. 언제 돌아오셨나요?"

"제수씨, 그동안 출산도 하고 고생 많았습니다."

"예."

천변댁은 인철이 나타나자 인영의 안부가 우선 궁금하다.

"인영이와 부산으로 피난하였었는데, 사실은 인영이 군인으로 강제 징집이 됐습니다. 저도 강제로 징집이 되었지만, 겨우 피할 수 있었습니다. 전쟁 통에 부산에서 길을 걸어가는 젊은 남자들은 마구잡이로 잡아갔습니다. 너무 갑작스러운 일이라 어떻게 손을 쓸 새도 없었습니다. 나도 같은 장소에서 끌려갔지만, 어깨에 부상 부위를 보여 주고 겨우 빠져나왔습니다."

인철은 혼자만 돌아온 것이 너무 미안할 따름이다. 미안하여 변명 아닌 변명을 늘어놓는다. 인영이 징집되었던 일을 소상하게 알린다. 천변댁은 인철의 말을 듣고 시무룩해진다. 인철이 천변댁에게 위로를 하지만, 위로가 되지 않는다. 전쟁 통에 인호가 죽어서 절골댁과 미라가 상심하고 있는 것이 생각난다. 인영만큼은 제발 군대에서 무사하기만을 바랄 뿐이다. 인영의 징집이 인철 본인의 잘못인 듯하여 미안하고 미안할 따름이다. 천변댁을 만나자 더욱더 그런 생각이 든다. 인철이 천변댁이 시무룩해진 걸 알아차린다.

"제수씨! 면목이 없습니다."

천변댁은 고개를 숙이고 아무 말이 없다. 인철은 더 미안할 따름이다.

"이왕 이렇게 됐으니, 인영이가 무사하기만을 빌어야겠네요."

"예. 큰집 서방님도 고상 많으셨그만이라."

"아, 저도 인영이 징집되는 걸 바라만 보고 있으려니 환장할 노룻이었습니다. 무사히 돌아오기만을 바래야지요."

"예."

경자가 다가와 천변댁 손을 잡아 준다.

인철과 경자가 돌아가고 나자 천변댁은 무기력해져 버린다. 인호가 죽었다고 했을 때도 남편은 인철과 피난하였기 때문에 무사하리라 믿었다. 남편이 군인이 됐다면, 인호 아재처럼 되는 건 아닌지. 걱정은 불안으로 계속된다. 천변댁이 부엌에 찬물을 떠 올린다. 물 사발을 향해 손을 비비며 고개를 숙인다.

"비나이다. 비나이다. 비나이다…"

마음속으로 남편이 무사하기만을 간절히 빌고 또 빈다. 천변댁의 기도는 끝날 줄을 모른다.

밤이 되자 경자와 인철이 초롱불을 켜고 방안에 앉아 있다.

"어머님이 이상해졌어요. 자꾸 헛소리를 하고, 정신이 오락가락 해요."

"언제부터 그러신가?"

"아버님이 돌아가실 때는 그런대로 괜찮았는데, 인호 삼촌이 죽었다는 전보를 받고 초상을 치르고서는 잠을 자다가 인호를 부르면서 헛소리를 자주 하셔요. 내가 놀라서 흔들어 깨우면 일어나서도 한참을 인호를 부르시거든요."

"막내아들을 잃어버린 상심이 너무 컸나 보지."

"가끔은 인수 삼촌도 부르면서 돌아다녀요."

인철은 고개를 끄덕인다. 자식을 하나도 아니고, 둘씩이나 전쟁터에서 잃은 어머니의 고통이 얼마나 크실까를 헤아려 본다.

"전쟁터에 아들을 둘씩이나 잃으셨는데, 상심이 크실 거야."

"그러긴 하는데, 얼마나 충격을 받았는지 꿈속에서 계속 아들들이 보이나 봐요. 눈을 떠도 헛것이 계속 보이나 봐요. 인수와 인호를 계속 부르고 계셔요."

"그러시겠지. 얼른 회복을 하셔야 될 텐데…."

경자는 그동안 집안에서 일어났던 일을 소상하게 말해 준다. 인철은 고개를 끄덕이며 듣는다. 사망 전보를 받고, 인호 시체를 찾으러 동서를 혼자 보낼 수가 없어서 여자들 둘이서 대구 사령부까지 갔다 왔던 일을 말해 준다. 군인들이 산속에서 죽었기 때문에 시체를 찾을 수가 없어서 빈 유골함만 가지고 돌아온 것이 못내 아쉽다고 말한다.

"인호 처가 상심이 크겠는데?"

"매일 옆에서 보기가 딱해요. 철민이 엄마도 가끔 멍하니 있을 때가 많아요. 남편을 잃은 상심이 얼마나 크겠어요. 옆에서 잘 챙긴다 해도, 그 슬픔을 잊으려면 한참 걸릴 거여요. 동서는 친정 부모님도 안 계시어서…. 앞으로 어떻게 해야 할지 모르겠어요."

"그나이나, 나 없는 사이에 자네가 애를 많이 썼네. 전쟁 중인데 여자 둘이서 대구까지 시체를 찾으러 갔다 왔다니, 대단한 일을 했네. 초상을 두 번이나 치르고, 어머니까지 저렇게 정신을 놓고 있으니… 자네가 아니었으면 큰일을 감당할 사람이 없을 듯싶네. 어쨌든 고상이 많았네."

"나야 당연히 며느리로서 해야 할 일을 했는데, 어머니도 어머니지만, 철민이 엄마가 걱정이에요. 앞으로 잘 견디어야 할 텐데…"

경자는 미라가 계속 신경이 쓰인다.

인철이 질매제 선산에 올라와 있다. 아버지 무덤에 절을 올린다. 무덤 앞에 고개를 숙이고 한참을 꿇어앉아 있다. 인철이 서서히 일어선다. 인호의 무덤에도 절을 한다. 인철이 질매제 언덕에서 연파리와 서시천을 바라본다. 저 멀리 서시천의 물길이 햇살에 반사되어 아스라이 반짝거린다. 이 전쟁은 언제 끝이 날지…. 참으로 답답하다. 수많은 사람이 죽어 간다. 불과 몇 개월 사이에 전쟁은 그야말로 혹독한 시련을 가져다준다. 아버지와 인호를 잃은 인철의 가슴은 먹먹하기만 하다. 가족을 잃은 슬픔은 참으로 견디기 힘든 일이다. 아버지를 생각하니 저절로 눈물이 흘러내린다. 순간적으로 주체할 수가 없는 눈물이다. 아버지의 임종도 지키지 못한 불효자가 되어 버렸다. 피난을 가 있는 동안에 아버지가 총살되었다고 하지만, 아버지께 미안하고, 미안할 따름이다. 반란 사건 때도 인민재판을 받았지만, 무사히 살아남았다. 그놈의 공산당을 생각하면 치가 떨린다. 공산당이란 작자들은 도대체 어떻게 된 놈들인가? 전쟁을 일으켜서 인류를 저버릴 만큼 사람들을 계속 죽여 나가고 있다. 전쟁으로 얼마나 많은 사람이 죽어 나가고, 건물을 파괴해야 하겠는가. 인수에 이어서 인호까지 전쟁터에서 목숨을 잃었다니 슬픔이 계속 밀려온다. 인철의 눈물이 멈추질 않는다. 가족을 잃은 상실감은 시도 때도 없이 눈물이 되어 버린다. 소식이 없는 인영도 걱정이 된다. 인영은 어디에 있는지 궁금하다. 전선에 투입됐을 텐데, 제발 무사하기만을 간절히 바란다.

염기환은 초량교회 사무실을 찾는다. 초량교회 목사님을 만나뵙고 싶다. 사무실에 노크하고 들어선다. 사무실에도 많은 사람이 계속 들락거린다. 초량교회는 전국에서 모인 피난민들을 돌보는 구제 사업도 해야 하고, 미군들과 협조하여 피난민들에게 일자리를 제공도 해야 하고, 구국기도회를 주관하느라 눈코 뜰 새 없이 바쁘게 움직인다. 함흥에서 피난 온 목사라고 인사를 한다. 초량교회 목사가 반갑게 맞아 준다. 서로 통성명을 한다. 초량교회 목사와 악수한다. 염기환이 사무실을 나온다. 염기환은 기회 있을 때마다 사무실에 들러 인사를 할 참이다. 거제도에서 부산으로 나오려면 초량교회 목사님의 도움이 필요하다. 일반 피난민처럼 교회만 기웃거리다가는 부산에서 정착이 어려울 것 같다. 본인을 자꾸 알리고 교회에서 필요한 부분이 있다면 헌신적으로 일을 해야 한다. 그러다 보면 언젠가는 일할 기회가 올 수도 있다고 여긴다. 염기환이 교회 앞 계단에 서 있다. 만식도 교회 안에서 기도를 마치고 교회 앞 계단으로 나온다.

"방금 교회 사무실에 들러서 초량교회 목사님께 인사드리고 나왔슴네다. 워낙 교회에서 하는 행사도 많고, 사람들도 많이 들락거려서 정신이 하나도 없는 것 같슴네다. 사무실 직원들에게도 인사를 하고 나왔슴네다. 내가 초량교회에서 도울 수 있는 일을 찾아보려고요."

"그러신가요. 잘하셨그만이라."

국군들이 서울까지 탈환했다고 하니, 만식도 이제 고향으로 돌아가야 한다. 산꼭대기 천막 안에서 함께 지내고 있는 염 목사를 혼자 두고 가려니 걱정이 된다. 염 목사가 초량교회와 연결이 잘 됐으면 한다. 부산에서 정착하는 데 도움이 됐으면 하는 바람이다. 힘든 노동 일을 계속할 수는 없는 일이다. 힘든 노동 일이지만, 계속할 수 있는 여건도 아니다. 북한에서 목회했으니까, 목회할 기회를 빨리 잡았으면 한다.

"목사님, 지는 이제 고향으로 갈랍니다."

"언제 가시게요?"

"소문을 들어 봉께로, 인천상륙작전으로 인민군들도 38선 이북으로 도망을 쳤다니깨로, 이제 고향으로 가 볼라고요."

"그래야지요. 집으로 돌아가서야지요. 언제 가시려고요?"

"당장 가려고 합니다."

만식이 당장 떠난다고 하니까 염기환은 그동안의 배려에 고맙고 미안할 따름이다. 정만식을 만나지 않았다면 잠잘 곳도 없고, 돈벌이도 어려웠을 텐데, 고맙고 아쉬울 따름이다.

"그동안 신세 많이 졌습다."

염기환이 고개를 숙이고 인사를 건넨다. 만식도 함께 인사를 한다.

"아이고, 목사님, 별말씀을 다 하십니다."

"지리산 노고단이 있는 구례로 가신다는 기죠?"

"예. 목사님, 우리 초량교회에서 이렇게 인연을 맺었는데, 다시 만날 수 있을까요?"

"할렐루야! 이 모든 것이 하나님의 은혜였습니다. 기회가 된다면 다시 만날 수 있잖죠."

"목사님은 계속 거제도에 계실 건가요?"

"글쎄요. 거제도에서는 계속 지내기가 힘들 것 같습니다. 워낙 많은 피난민이 거제도에 있어서⋯. 거제도에서는 먹고살 길이 없습니다. 수많은 피난민에게 조금씩 나눠 주는 배급품으로는 계속 살기 힘들 것 같습니다. 부산으로 나와서 자리를 잡아야 할 것 같습니다."

"그러겠네요. 어디를 가나 어렵겠지만, 목사님 말을 들으니 거제도는 배급 식량 아니면 먹고 살기는 힘들 것 같습니다. 기회를 봐서 부산으로 나와야 할 것 같습니다. 그래도 부산에서 일자리를 찾는 것이 거제도보다는 쉬울 것 같습니다."

"부산 길거리에 나앉을 뻔했는데, 정 선상님을 만난 것이야말로 하나님의 은혜였습니다. 잠자리도 제공해주고 일자리를 알선해 줘서 신세를 너무 많이 졌습다. 이 은혜를 어떻게 갚아야 할지…."

염기환은 정만식과 헤어진다고 하니 울컥해진다. 가슴이 먹먹해지고 눈물이 난다.

"아이, 목사님도…."

염기환의 목이 메는 소리를 들으니까, 만식도 울컥해진다. 잠깐이지만, 정이 들었다. 서로 마주 보며 뜨겁게 악수한다. 서로의 마음속에는 훈훈한 기운이 감돌고 있다. 헤어지기가 아쉬운 순간이다.

"목사님, 기회 되면 저희 고향에도 다녀가셔요. 노고단 아랫마을 '대전교회'를 기억하시면 됩니다."

"그렇게 하지요."

만식이 구포 다리를 건넌다. 구례 가는 길은 쉬운 일이 아니다. 피난 왔던 길이 떠오른다. 걸어서 가려면 며칠이 걸릴지 모른다. 전쟁 중이라 인민군들은 도망을 쳤다. 종전대로 일상이 회복되었다지만, 차량 편이 모두 끊어졌다. 전쟁 중이라 정기적으로 다니는 버스는 없다. 트럭을 얻어 타고 마산으로 왔다가, 마산에서 진주까지 도착한다. 진주에서 하동까지는 군인들이 통제하고 있다.

지리산 부근이라서 차량 이동도 거의 없다. 진주에서 하동까지도 우여곡절을 겪으며 걸어서 도착한다. 하동에서 구례까지는 차량 통행이 제한된 곳이란다. 무작정 걷는다. 곳곳에서 군인들이 검문검색을 한다. 이곳은 인민군들이 수시로 나타나는 지역이어서 통행에 제한을 둔다고 한다. 산속에 숨어 있는 인민군들을 잡기 위하여 민간인 통행 금지를 철저히 한다고 한다. 하동에서 구례까지의 대로변에는 개미 새끼 한 마리 얼씬거리지 못하게 군인들이 통제하고 있다. 만식은 한청단원증을 보여 주며 검문소를 통과한다. 신분 확인이 안 된 사람들은 군인들에게 별도의 장소로 끌려가서 조사를 받는다. 만식은 중간에 군용 트럭을 얻어 타고 읍내에 도착한다. 읍내에서 집까지 걸어서 간다. 집에 도착한다. 집 안은 엉망이 되어 있다. 만식은 지서와 면사무소에 들러 인사를 건넨다.

인철이 돌아왔다는 소식을 듣는다. 인철과 만식이 반갑게 만나 악수를 한다. 전쟁 통에 살아 돌아왔다는 반가움에 저절로 웃음을 짓는다.

"야! 살아 있었구나!"

"그래! 반갑다!"

"언제 돌아왔어?"

"열흘 정도 됐그만."

"피난은 어디로 갔었나?"

"지리산 화개골로 들어갔다가, 인민군들이 구례를 점령하였다는 소식을 듣고 인영이와 둘이서 진주로 가기 위해서는 지리산으로 올라갔지. 장터목. 천왕봉을 지나서 산청으로 내려와서 진주로 갔다가 부산으로 들어갔지."

"그래. 나는 기훈이와 걸어서 곧바로 하동을 거쳐서 진주로, 마산으로 해서 부산에 겨우 들어갔어."

"부산에서 구포 다리를 건너는데, 군인들이 통제하더라고. 겨우 건넜어."

"너도 그랬구나. 나도 구포 다리에서 막혀 있다가 물금 피난민 수용소를 거쳐서 다행히 한청단원증을 보여 주고서야 겨우 부산으로 들어갔어."

인철과 만식은 그야말로 무용담 같은 피난 이야기를 풀어놓는다.

"그런데 부산에서 인영이가 징집되어 버렸어. 나와 함께 시청 앞을 지나는데 남자들을 무작정 징집하더라고. 나도 잡혀갔었지만 부상당한 어깨를 보여 주고 겨우 빠져나왔고, 인영이는 그대로 징집을 당한 거야. 어떻게 손을 쓸 수가 없었어. 전쟁 중이라 어디에다가 하소연할 곳도 마땅히 없더라고. 나는 부산에 있다가는 군인으로 징집될 것 같아서 일본으로 건너갔지. 인민군들은 낙동강 전선까지 몰려오고 있다고 해서, 그 당시의 분위기로 봐서는 곧 부산에도 인민군들이 들이닥칠 것만 같았어. 일본에서 지내다가 인천상륙작전 성공 소식을 듣고 다시 부산으로 건너온 거야."

"아이고, 저런. 인영이가 안됐다."

"전선으로 끌려갔을 텐데, 집에 돌아와 보니 아직도 소식이 없었다네. 그래서 걱정이 이만저만이 아니야. 인영이도 그렇지만, 아버님도 공산당에게 총살당하시고, 인호마저 죽어서 초상을 모두 치렀더라고…."

인철은 상심한 듯 말을 흐린다. 이 무슨 청천벽력 같은 일인가? 만식은 눈을 크게 뜨고 놀란다. 공산당들이 장악하여서 몹쓸 짓을 하였으리라 여긴다. 그놈의 공산당들이 또 전쟁 통에 지주들을 죽였으리라 생각하니 분노가 솟구친다.

"아버님이 너희 집안 남자들과 함께 피난을 가지 않았나?"

"인석이 처가가 있는 화개골로 피난을 함께하였었는데, 인영이와 내가 부산으로 떠난 후에 붙잡혀 왔나 봐."

"그래? 그런 일이 있었구나. 식구들이 공산당들에게 죽임을 당해서 너 아주 괴로웠겠다."

인철이 대답 대신 고개를 끄덕이다. 만식이 다가와 인철을 안아준다. 순간적으로 분위기가 서먹해지고 우울해진다. 무슨 말로도 위로가 되지 않을 듯하다. 공산당에게 아버지를 잃은 심정이야말로 얼마나 분통이 터질까. 만식은 전쟁 전에 반란 사건을 겪으며 공산당에게 처와 자식을 몽땅 잃은 분노가 아직도 가라앉지 않고 있다. 인철의 분노를 이해할 것 같다. 아버지뿐만 아니라 인영과 인호에게 불행이 닥쳤다니, 인철의 고통이 짐작이 간다. 가족을 잃은 슬픔은 본인 스스로 통제가 되지 않는 법이다. 본인도 모르게 시도 때도 없이 슬픔이 밀려오는 법이다.

"인철아, 그래도 기운을 내야지."

인철이 고개를 끄덕인다. 인철은 만식의 위로에 고마움을 느낀다.

"나도 사실은 기훈이와 함께 부산으로 피난하였는데, 기훈이 어느 날 연락도 없이 사라져 버렸어. 밤이 되어도 움막으로 돌아오지 않는 거야. 초량동 뒷산에 움막을 지어서 지내고 있었거든. 어디로 갔는지, 강제로 징집이 됐는지, 무슨 사고라도 났는지, 아직도 알 수가 없어 답답할 뿐이야. 피난민들 천지인 부산 바닥을 뒤질 수도 없는 일이고…. 거주지가 분명하지 않으니까 급한 일이 있어도 부산에서는 연락할 방법이 없었을 거야."

"그랬구나. 기훈이도 인영이처럼 징집이 됐을 수도 있어. 인영과 나도 부산 시청 앞에 갔다가 많은 남자가 군인들에 의해서 길거리에서 강제로 징집을 당했거든. 갑자기 일어난 일이라서 어떻게 손을 쓸 수도 없더라고. 나도 겨우 몸을 다쳤다는 핑계를 대고 빠져 나왔지만…."

"그랬어? 시청 앞에서 강제로 징집을 해서 끌고 갔구나. 기훈이도 혹시 강제로 징집되지 않았을까? 나는 그런 일을 안 겪어 봐서 몰랐지. 기훈이가 도대체 어디로 가서 안 오는지 무척 궁금했었거든. 그런 줄도 모르고 혹시 무슨 사고가 났는지 계속 걱정을 하고 있었거든. 기훈이 어머니와 처를 만나서 얘기를 해 줘야 하는데… 볼 면목이 없을 것 같아…. 뭐라고 얘기를 해 줘야 할지 모르겠어."

"갑자기 연락이 없었다면, 기훈도 강제로 징집이 되었을 거야."

만식은 고개를 끄덕인다. 기훈도 군인으로 강제 징집 되었으리라는 짐작을 한다. 그렇지 않고서야 도대체 어디로 사라졌는지 궁금했었다. 무슨 일이 있었다면 움막으로 돌아와 만식에게 알리고 갔을 것이다. 기훈의 가족을 만나야 하는데, 선뜻 내키지 않는다. 만나서 뭐라고 말해야 할지 고민이다. 아직도 기훈이 어떻게 됐는지 알 길은 없다. 다만 짐작할 뿐이다.

"이 마을에 큰일은 없었나?"

"인민군들이 이곳을 장악하고 나서 인민재판이 열렸다 하더라고."

"그랬겠지. 반란 사건 때 보다 더 심했을 거야."

"인민군들이 들이닥쳐서 교회를 인민군 야전병원으로 사용했나 보더라고. 한 목사님이 공산당을 강하게 반대를 하는 바람에 인민재판을 받고 총살을 당했다 하더라고…."

만식은 인철과도 교회에서 운영하던 야학 선생으로 인연이 있었던지라 한 목사의 소식을 전한다.

만식이 기훈의 초가집에 들어선다. 기훈이 부산에서는 갑자기 사라졌지만, 집에는 연락이 와 있을 수 있기를 기대한다. 제발 그랬으면 한다. 전쟁 중에 어디를 갔더라도 무사하기만을 바란다. 집 안에는 아이들이 마당에서 뛰어놀고 있는 모습을 기훈 처가 웃으면서 바라보고 있다. 만식이 마당으로 들어선다. 부산댁이 만식을 보고 반가워한다.

"어서 오이소."

부산댁은 만식을 반갑게 맞이한다. 혹시 함께 피난 갔던 기훈의 소식을 가지고 오지 않았을까 하는 기대를 한다.

"예. 별고 없으셨어요?"

만식은 멋쩍은 표정으로 부산댁의 인사를 받는다. 방 안에서 인기척을 느낀 구만리 댁이 방문을 열고 나온다.

"누구여?"

"접니다."

"아니, 쩌그… 그랑깨로… 만식이 아니라고?"

"예, 만식입니다."

"어서 오니라. 그란디, 전쟁 통에 우리 기훈이와 항꾸네 피난을 가지 않았나?"

"예. 기훈이와 피난을 항꾸네 갔습니다."

"언제 돌아왔대야?"

"며칠 됐그만이라."

"우리 기훈이는 같이 안 왔나?"

"예. 기훈이랑 같이 부산에서 지냈는데, 어디 간다는 말도 없이 갑자기 없어졌습니다. 그래서 기훈이 혼자서 집에 돌아왔나 해서…. 혹시나 하고 와 봤습니다."

"아니여. 우리 기훈이는 아직까지 연락이 없어. 전쟁 통에 어디로 갔는지 궁금했었는디…. 너랑 같이 지내다가 헤어져 버렸다 이거지?"

"예."

"그럼, 우리 기훈이는 어디로 가서 아직 집에 안 돌아온다냐?"

만식은 구만리 댁과 기훈 처에게 부산에서 있었던 자초지종을 얘기한다.

"지도 궁금한 깨로, 기훈이 집에 돌아오면 제가 다녀갔다고 전해 주셔요."

"잉, 알았다."

만식이 구만리 댁과 부산댁에게 인사를 하고 밖으로 나온다. 기훈은 어디로 간 것일까? 전쟁 중이지만 분명히 어디선가 잘 견뎌 내리라 본다. 만약에 인철의 말처럼 군인으로 강제로 징집됐더라도 무사하기를 간절히 빈다.

만식이 국민회관으로 들어선다. 마을 사람들이 모여 있다. 회관에는 인민군들이 도망간 후에, 곧바로 한청단이 소집되었다. 만식이 문을 열고 들어오자 모두가 일어선다. 웃으면서 만식을 반긴다. 서로 반가운 얼굴로 악수한다.

"아따, 오랜만이시. 어딜 갔다 인제 온 거야?"

송기섭이 만식을 반갑게 맞이한다.

"이장님도 무사하셨네요."

"말도 마소. 나도 피난 갔다가 죽을 고비를 여러 번 넘겼네."

송기섭은 피난 가서 도망 다녔던 일을 생각하면, 끔찍하다. 마을 이장이면서 청년단장을 했던 관계로 좌익들이 집요하게 쫓아다녔다. 여동생이 있는 여수로 피난을 갔다. 어떻게 알아냈는지 여수까지 좌익들을 보냈다. 여수에서 배를 타고 섬으로 도망을 쳐서 간신히 몸을 숨길 수 있었다.

"자네는 피난을 어디로 갔었나?"

"예. 지는 기훈이와 부산으로 피난을 갔습니다."

"그랬었구먼. 나는 여수에서 섬으로 피난하였는데, 아, 그 좌익 놈들이 어떻게 알아냈는지 여수까지 쫓아왔더라니까."

좌익들은 한청단 단원들과 가장 적대시했던 터라 한청단 임원들을 잡아서 인민재판장에 세우려고 혈안이 됐었다. 가족들을 협박해서 구례가 아닌, 여동생이 있는 여수까지 수소문해서 사람을 보냈다. 만식은 부산까지 피난하였기 때문에 찾다가 포기를 한 것이다. 만약에 가까운 곳으로 피난을 갔었다면, 수소문해서 쫓아왔으리라 여긴다.

"그럼, 기훈이도 돌아왔나?"

"기훈이는 아직…."

"아직이라니? 무슨 일이 있나?"

"기훈이랑 부산으로 피난을 갔었습니다. 함께 지내다가 기훈이 갑자기 나타나지 않는 겁니다. 부산에서 지내는 동안 계속 기다려도 소식이 없어 궁금했습니다. 무슨 사고라도 났는지 걱정만 하다가 고향으로 돌아왔습니다. 부산으로 피난을 갔던 인철이도 돌아왔다기에, 들어 보니까… 부산에서는 전쟁 통이라 마구잡이로 젊은 남자들을 길거리에서 징집해서 끌고 갔다는 겁니다. 인영이가 군대로 끌려갔답니다. 그 얘길 듣고 보니까… 지금까지 연락이 없는 걸 봉께로, 기훈이도 징집이 되지 않았을까 싶어요."

만식은 본인이 직접 확인하진 않았지만, 기훈이 징집되었으리라 예상한다.

"어찌 됐든 간에 살아 돌아왔으니까 방갑네. 우리 한청단으로 다시 열심히 해 보더라고. 우리 마을을 지키려면, 우리가 나서야 하지 않겠는가?"

"그랍시다."

국민회관에는 각 마을의 한청단 임원들이 수시로 소집된다. 경찰이 한청단원들에게 각 마을을 지키는 방법과 비상 연락망을 알려 준다. 인천상륙작전의 성공으로 인민군들이 퇴각했다고 하지만, 38선으로 후퇴를 하지 못하고 지리산 속으로 숨어든 것이다. 보급이 끊긴 인민군들이 식량을 구하기 위해 밤이 되면 마을 곳곳으로 숨어들고 있다. 경찰서와 지서를 습격하는 일도 종종 벌어진다. 국군과 유엔군들은 전선에서 전투를 벌이느라 후방을 챙길 여력이 없다. 지리산 속에 숨어든 인민군들과 싸울 수 없는 상황이다. 후방은 경찰들과 한청단원들이 맞서야만 한다. 한청단은 경찰들과 함께 각 마을을 지키는데 동원된다. 반란사건 때와 마찬가지로 각 마을 입구에 철조망을 치라고 지시를 내린다. 밤사이에 빨갱이들이 마을로 들어오는 것을 감시한다. 해가 넘어가면 각 마을의 한청단원들이 지서로 모여든다. 각 마을 사람들은 집에서 기르는 소를 몰고 지서 앞 광장으로 모여든다. 농가에서 기르는 소를 산 속에 있던 인민군들이 총을 들이대며 밤에 내려와 몰고 가 버리기 때문이다. 각 마을에서 몰고 온 소로 인해, 광장은 그야말로 우시장을 방불케 한다. 경찰은 한청단원들에게도 총을 지급한다. 총을 들지 않고 마을 보초를 서면, 빨갱이들이 나타나도 아무 소용이 없다. 총을 들지 않은 한청단원들이 계속 죽어 나가고 있기 때문이다. 총을 받아든 한청단원들은 반란 사건 때와 똑같이 보초를 선다. 빨갱이들이 나타나면 즉시 총을 쏘든지, 동태를 파악하여 지서에 보고하라는 지시가 떨어진다.

수환과 철환은 전쟁을 피해서 지리산 속에서 지낸다. 곳곳에서 포격 소리가 간간이 들려온다. 일단 산속으로 피했기 때문에 인민군들이나 좌익들과 마주칠 일이 없다. 수환은 전쟁이 나면 젊은 남자들을 강제로 징집하리라는 예상된다. 그래서 산속으로 피난을 한 것이다. 미리 준비한 미숫가루로 버티고 있다. 식량이 떨어지면 집에 연락할 참이다. 식량이 준비되는 대로 다시 산속으로 들어올 계획이다. 아직은 지리산 속이 안전하다고 판단한다.

만식은 대전교회에 수시로 들른다. 한 목사는 공산당에게 끌려가 처형당했다. 한 목사가 없는 교회는 썰렁하다. 수개월째 목사가 없는 대전교회는 교인들끼리 예배를 드리고 있다. 정만식은 교인들과 목사 초빙에 대해 논의를 한다. 새로운 목사를 초빙한다는 결정이 났고, 순천지역을 비롯하여 호남 곳곳에 목사 초빙을 한다. 몇 달째 아무런 소식이 없다. 인민군들이 구례 지역을 장악하다가 인천상륙작전의 성공으로 인민군들이 물러갔다. 유엔군의 도움으로 인민군들이 도망을 쳤지만, 아직도 38선 부근에서는 전쟁이 계속 벌어지고 있다. 인민군들이 도망갔지만, 많은 인민군이 지리산으로 몰려들었다. 지리산은 아직도 곳곳에서 총소리가 나고 있다. 지리산 속에 숨어든 빨치산들이 수시로 산중 마을로 내려오고 있다. 빨치산들에 의하여 민간인들도 계속 희생되고 있는 지역이다. 아직도 빨치산들이 수시로 출몰하는 지역이다. 그런 소문 때문에 지리산 인근의 대전교회로 지원하는 목사가 없다. 대전교회는 아직도 목사가 없는 상태가 계속된다. 정만식은 부산으로 피난 갔을 때 만난, 염기환 목사를 생각한다. 북에서 피난을 내려온 목사지만, 만식과의 인연이 남다른 목사이다. 인품도 괜찮고, 아직 교회를 정하지 못했다면 대전교회로 초빙하는 것도 괜찮은 일이라고 여긴다. 교인들에게 부산으로 피난을 갔을 때 초량교회에서 만난 염 목사에 대하여 교인들에게 설명한다. 교인들은 누가 됐든 간에 하루속히 목사님을 초빙해야 한다고 의견을 모은다. 부산에서 만난 염 목사를 초빙해도 된다는 허락을 받는다. 교인들로부터 염 목사의 초빙을 허락받은 만식은 부산 초량교회로 급하게 연락을 한다. 초량교회로부터 연락을 받은 염 목사 부부가 대전교회로 들어선다. 만식이 염기환 목사 부부를 반갑게 맞이한다. 교인들도 염 목사 부부를 환영한다. 염 목사의 부임으로 대전교회는 활기를 찾는다.

44

쥐잡이 작전

송진혁과 김정규, 심탁 일행은 산속에서 부대를 정비한다. 한바탕 공중 폭격과 남한군들의 공격을 당하고 나서 북으로 갈 계획을 해 본다. 인민군과의 연락 체계는 무너져 버렸다. 현재 전시 상황이 어떻게 돌아가는지 궁금하다. 라디오를 구해 오라는 지시를 내린다. 부하들이 변장하고 산 아래로 내려간다. 사람들이 북적거리는 화개 장터에 들어선다. 신문과 라디오를 구한다. 시장을 돌아다니면서 동태를 파악한다. 군부대는 주둔하지 않고 있다. 경찰들과 한청단원들만 지서를 지키고 있다. 부하들이 신속히 산으로 복귀한다. 산사람의 흔적을 최대한 남겨서는 안 된다. 시장을 다녀온 부하들이 지리산 아래의 상황을 송진혁에게 보고한다.

송진혁이 구해온 신문을 들여다본다. 유엔군과 남한군이 38선을 돌파하여 평양까지 정복하였다는 소식이 신문에 대서특필되고 있다. 이승만이 평양광장에서 평양 시민 환영대회를 하는 모습이 보인다. 라디오를 통해서 시시각각 전쟁의 상황도 듣는다. 시간이 지날수록 남한군은 압록강 초산까지 도달했다는 것이다. 지리산은 워낙 방대한 산이라서 어디에 누가 숨어들었는지 모른다. 인민군의 지휘 체계도 무너져 버렸다. 송진혁은 화개골을 피해 달궁계곡으로 숨어든다. 달궁계곡은 송진혁이 그나마 가장 잘 알고 있는 계곡이다. 어디에 무슨 장소가 있는지, 어느 방향으로 가면 동굴이 있는지, 어느 정도 파악이 된 계곡이다. 반란 사건 때 달궁계곡에서 지냈던 일이 많아 달궁계곡으로 은신처를 잡은 것이다. 송진혁이 연락병을 시켜 지리산 계곡 곳곳에 숨어 있는 인민군 지휘관들을 노고단으로 소집한다. 어느 부대원들이 지리산으로 도피를 했는지 파악해야 한다. 어느 지휘관이든 지리산에 있는 동안에는 서로 정보를 주고받을 수 있는 여건을 마련해야 한다고 판단한다. 송진혁이 지리산 지리를 누구보다도 잘 알고 있으리라 본다. 송진혁이 먼저 인민군의 상황을 파악하고자 해서이다. 밤이 되자 지리산으로 숨어든 인민군 대표들이 노고단으로 집결을 한다. 지리산 계곡 곳곳에 인민군들이 숨어들었다는데, 조직을 재정비하고자 한다. 노고단에 모인 인민군들은 많지가 않다. 그나마 살아남은 인민군들도 아직 조직적으로 연락이 되지 않고 있다. 반란 사건 때는 남한군에게 무전기 통신 시설도 안 되던 시절이고, 미군의 폭격기도 지원이 쉽지 않았던 때라 비행기의 위력을 크게 느끼지 못하였다. 지금은 상황이 달라졌다. 인민군의 움직임이 조금이라도 발각이라도 되는 날에는 미군 폭격기가 순식간에 날아와서 공중 폭격을 한다. 그래서 최대한 인민군들의 흔적을 남기지 않으려고 한다. 북조선이 저렇게 쑥대밭이 되어 버린 상황이라, 보급의 길은 막혀 버렸다. 북조선에서는 남쪽으로 진격한 인민군들이 북으로 후퇴를 하지 못하고 남아 있는 인민군들에게까지 신경을 쓸 겨를이 없다. 상부의 명령 체계도 없다. 연락이 두절되어 버렸다. 인민군들이 힘을 합하여 남한군들에게 타격을 입히거나 경찰에 타격을 가하는 일이 쉽지 않다. 산속에 남아 있는 인원을 파악하여 조직을 재정비하여야 한다. 산속에서 지내려면 식량도 계속 조달해야 한다. 보유한 식량도 점점 줄어들고 있다. 현재 남아 있는 부대원을 다시 조직하여 산간 마을로 침투시킨다. 마을에 침입하여 식량을 구하고 다시 산으로 돌아온다. 남한의 경찰력은 아직 조직적이지 못하다. 전쟁 통에 경찰들도 모두 도망하였었던 터라, 아직은 모두가 혼란에 빠져 있다. 남한군과 유엔군들도 38선 이북을 탈환하기에 바쁘고, 후방은 아직 뒷전이다. 북진하는 데 전력을 모으고 있다. 이 혼란을 틈타 지리산 부근의 경찰서를 공격한다는 계획을 세운다. 경찰서는 아직 잘 정비가 되지 않았으리라 판단한다. 송진혁은 후방을 계속 교란한다는 작전을 세운다.

송진혁 부대를 따라다녔던 심탁도 지리산으로 숨어들었다. 부대
원들은 북한 출신의 인민군들과 남한 출신의 인민군들이 섞여 있
다. 해가 기울자 노고단으로 모여든다. 노고단에서 산 아래를 내려
다본다. 서시천이 실오라기처럼 보인다. 중방들 안쪽으로 광의면 연
파 마을에 남아 있을 점말이 문득 생각난다. 전쟁만 아니었으면 이
대감에게 점말이와 혼례를 시켜 달라고 했을 판인데, 전쟁으로 모
든 게 물 건너가 버렸다. 본인으로 인해 이 대감까지 죽게 했으니
심탁의 마음은 뒤숭숭해진다. 점말을 한 번만이라도 만났으면 좋겠
다는 생각이 계속 든다. 점말은 어떻게 지내고 있을까? 지금이라도
점말을 데리고 나올까. 어떻게 하면 점말을 먼발치에서라도 볼 수
있을는지. 점말이 지금이라도 나에게 마음이 있다고 하면, 그 자리
에서 엎고 아주 멀리 도망을 쳐 버릴까. 점말이 자꾸만 눈에 밟힌
다. 광의면 쪽으로 보급 투쟁을 나간다면 점말이 얼굴만이라도 보
고 오리라 다짐을 한다.

"고향이 지리산이라 들었는데, 고향이 어딘가요?"
김정규가 화개골에서 염상석에게 고향이 지리산이라고 했던 말
이 소문이 났다. 심탁에게도 김정규가 전라도 사투리를 쓰는 것
을 보고, 김정규가 전라도라는 것을 이미 알고 있었다. 그동안 가

깝게 지내지 않아서 대화를 나누어 보지 않았다. 송진혁 부대원들이 워낙 많은 병력이고, 인민군 출신들이 득세하고 있어서 계속되는 전투에 친해질 사이가 없었다.

"산동이 고향이구만이라!"

"지는 고향이 광의면입니다."

심탁은 인민군 중에서 고향 사람을 만났다는 반가움에 정규와 반갑게 인사를 나눈다.

"와따! 반갑구만요!"

"겁나게 반갑구만이라!"

정규와 심탁은 서로의 사투리가 정겹기만 하다.

쾅, 쾅, 쾅.

비행기가 지리산 상공을 지나가더니 노고단 너머 하동 쪽에서 폭음이 들려온다. 전쟁이 계속되고 있지만, 한동안은 포격 소리가 잠잠했었다. 달궁계곡으로 몸을 피한 수환과 철환은 전쟁 상황이 어떻게 돌아가고 있는지 궁금하다. 동굴에서 나와서 하늘을 두리번거린다. 최근에는 비행기가 수시로 하늘을 지나간다. 무슨 비행기지. 폭음 소리는 뭐지. 전쟁은 어떻게 된 거지. 인민군들이 부산까지 정복했는가? 심원계곡에 있는 수환은 궁금하기만 하다. 수환이 궁금하여 철환과 수환이 동굴 속을 빠져나와 심원마을로 접근한다. 심원마을은 그야말로 화전민 몇 가구가 사는 깊은 산중이다. 반란 사건으로 반란군을 소탕하기 위하여 진압군들이 집을 모두 불태워 버렸다. 주민들을 면 소재지로 이주시켜 버렸다. 경찰이 마을로 들어가는 것을 막고 있지만, 농사를 짓기 위하여 반란 사건 이후에 다시 들어와 움막을 지어서 사람들이 살아가고 있다. 화전으로 일군 농토를 그냥 놀릴 수는 없는 일이다. 몇 가구 살지 않는 화전민 마을이지만, 심원마을은 평화롭기만 하다. 수환은 필요한 물품은 심원마을 사람들과 물물 교환을 하여 해결한다. 물품을 교환한 철환은 짐을 짊어지고 동굴로 향한다. 수환이 마을 동태를 살피기 위하여 동굴을 나선다. 철환이 수환을 배웅한다. 수환은 지게를 지고 심원마을을 지나서 요봉재를 넘는다. 산동 시장으로 향한 사람들 틈에 끼어든다. 산동 시장으로 은밀하게 다가간다. 지게 위에는 나무를 짊어지었다. 얼굴은 수건을 둘러쓰고 나무꾼으로 변장하였다. 수건을 벗지 않으면 얼굴을 쉽게 알아보지 못하도록 하였다. 산동 시장으로 향하는 길에 혹시라도 좌익들의 눈에 띄면 안 되기 때문이다. 좌익들의 눈에 띄면 전쟁 중이라 징집을 당할 염려가 있다. 다행히 수환을 알아보는 사람이 없다.

산동 시장에 도착한다. 산동 시장에서 주민들의 이야기를 슬며시 듣는다.

"미군들이 인천상륙작전에 성공했다네."

"그럼 어떻게 되는 거여?"

"아, 미군들이 인민군들을 물리쳐서 인민군들은 도망치느라 정신이 없다 하드만."

"그럼, 인민군들을 북으로 몰아내면, 전쟁이 이제 끝날랑가?"

"그럴 테지. 하지만, 아직은 잘 모르겠구망."

"아, 그래서 도망을 못 간 인민군들이 몽땅 지리산 속으로 숨어들어 빨갱이가 되어 부렀다는 소문이 돌더라고. 그놈들이 빨갱이가 되어 다시 내려오면, 반란 사건 때처럼 수시로 마을로 내려와서 우리를 괴롭힐랑가?"

"아직은 조용한 거 봉께로 산속에서 견딜 만한가 보구먼. 그나이나, 별일 없었으면 싶구먼."

"좌익들이 득세하더니만 꼴 좋구먼! 이제 국군이 들이닥치면 어떻게 될랑가?"

"글쎄…."

주민들은 말을 하면서도 고개를 두리번거린다. 주변을 둘러보면서 눈치를 본다. 말조심하는 것이다. 아직은 좌익들이 완장을 두르고 어슬렁거리고 있다. 완장을 두른 좌익들이 다가오자 주민들이 서로 눈짓을 하며 슬금슬금 자리를 피한다. 수환도 고개를 숙이며 지게 근처로 다가간다. 미군이 인천상륙작전을 했다면, 어떻게 되는 건가. 인민군들은 이제 물러나는 건가. 수환은 나무를 서둘러 처분한다. 수중에 있던 돈으로 물품을 구입하여 지게에 짊어진다. 인근 야산으로 일단은 몸을 피한다. 날이 어두워질 때까지 숨어 있다. 날이 어두워지자 깊은 산속으로 향한다. 수환은 고향 집에도 지리산 속에 숨어 있다는 것을 알리지 않았다. 전쟁 동안에는 집에 계속 연락을 안 하는 것이 오히려 더 좋을 것 같았다. 고향에 내려온 것이 괜히 알려지기라도 하면, 젊은 청년들을 군대에 보내라고 부모님들을 못 살게 할 것이 뻔하기 때문이란 걸 알고 있다.

수환이 심원계곡 동굴 속으로 돌아온다. 철환이 동굴 안에서 수환을 반긴다. 철환에게 현재의 전쟁 상황을 알린다. 수환은 산동시장을 다녀왔지만, 인민군들이 38선으로 향하여 후퇴하지 못하고 지리산 속으로 숨어들었다는 정보를 아직 모른다. 산속에서 인민군들을 만나더라도 당황하지 않도록 알린다. 유엔군의 인천 상륙작전이 성공하였으면, 전쟁이 곧 끝나리라 예상한다. 조금만 더 산속에서 버티다가 집으로 내려갈 계획이다.

송진혁이 부대를 이끌고 숨어든 달궁계곡은 인적이 없는 깊은 산속이다. 노고단에서 발원한 계곡물은 물살이 제법 거세고, 우렁차게 흐른다. 달궁계곡에서 노고단 쪽 깊은 곳으로 계속 들어간다. 화전민들이 사는 심원마을 근처 가까이 들어간다. 계곡 깊이 더 들어갈수록 산세는 험준하고 인적이 전혀 없다. 부대원들에게 반란 사건 때 숨어 지냈던 동굴을 찾게 한다. 동굴 근처에 숨어 있으면 발각될 염려도 없고, 적이 깊고 험준한 계곡까지 들어올 수도 없는 곳이다. 부대원들은 달궁계곡을 거슬러 올라가서 안쪽 깊숙이 있는 심원계곡에 주둔시킨다. 심원계곡에서 조금만 더 오르면 노고단이다. 심원계곡이야말로 험준한 산악 지역이다.

심탁은 인민군과 둘이서 계곡을 따라서 계속 올라간다. 더 안전한 은신처를 찾기 위해서다. 일행들과는 점점 멀어진다. 계곡을 따라가다 보니 바위 밑에 동굴 입구가 보인다. 총구를 동굴 쪽으로 향하고, 동굴 가까이 다가간다. 동굴 속에서는 사람 인기척이 들린다. 사람 말소리가 동굴 밖으로 새어 나온다. 잠시 걸음을 멈추고 소리에 집중한다. 지리산 깊은 계곡 속에 웬 사람이지? 심탁과 인민군이 서로의 얼굴을 바라보며 고개를 끄덕인다. 동굴 안에서는 사람이 대화를 나누는 소리가 분명하다. 동굴 가까이 다가갈수록 사람들이 나누는 대화가 계속 들려온다. 총을 겨누며 동굴 가까이 다가간다. 바짝 긴장하면서 걸음을 멈춘다. 동굴 안에 사람이 있는 게 분명하다. 심탁이 총을 겨누고 동굴 속으로 천천히 접근한다. 동굴 안에서는 수환과 철환이 인민군들이 접근하고 있는 것을 모른다. 평소처럼 수환과 철환이 담소를 나누면서 동굴 밖으로 걸어 나온다. 동굴 밖에서는 인민군들이 총을 겨누며서 있다.

수환과 철환이 깜짝 놀란다. 깊은 산속에 사람 인기척이 없었던
터라 더욱 놀란다. 이 깊은 산속을 어떻게 찾아냈는지도 궁금하
다. 동굴까지 접근하려면 어려운 일이기 때문이다. 며칠 전에 산
동 시장을 다녀오면서 인천상륙작전이 성공을 거두었다는 소문을
들었던 터다. 인천상륙작전 성공으로 인민군들이 지리산 속으로
숨어들었을 거란 예감이 든다.

"손 들엇!"

심탁이 수환과 철환을 향해 소리를 지른다. 심탁의 고함에 두
손을 높이 든다. 인민군들이 총을 겨누며 동굴을 향하여 점점 접
근해 오고 있다. 수환은 총을 겨누며 다가오는 인민군 복장을 보
고 겁에 질린다. 서울 혜화동에서 봤던 인민군 복장이다. 인민군
들이 지리산까지 내려왔다는 사실에 바짝 긴장한다. 인민군들의
모습도 후줄근한 모습이다. 지리산으로 들어온 인민군들의 패잔
병이라는 걸 직감한다. 산동장에 갔을 때, 인천상륙작전이 성공했
다는 소식을 기억한다. 인민군들이 인정사정없이 총을 쏠 기세다.
수환은 인민군이 총구를 들이대자 심장이 마구 뛴다.

"살려 주십시요!"

수환이 총구를 들이대는 인민군들을 향해 살려 달라며 소리친
다. 심탁이 총을 겨누며 동굴 가까이 걸어온다. 수환과 철환이 무
장을 하지 않았다. 차림새도 허름하다. 심탁 일행은 무장하지 않
은 민간인임을 알아차리고 긴장을 늦춘다.

"여기서 뭐 하는 사람인가?"

"전쟁을 피해서 서울에서 피난을 온 사람들입니다."

"서울?"

심탁은 서울서 피난 온 사람이라는 말에 귀를 의심한다. 서울에서 지리산까지 피난을 왜 왔는지 궁금하다.

"서울서 지리산까지 피난을 왔다는 말인가?"

심탁이 재차 확인한다.

"예. 저희들은 고향이 구례입니다. 서울에 있는데, 전쟁이 터져서 피난을 오다가 지리산 속으로 숨어들었습니다. 고향으로 가면 국군이나 인민군에게 징집을 당할까 봐 산속으로 피난을 와서 지내고 있습니다."

심탁이 고개를 끄덕인다. 고향이 구례라는 말에 친근함이 느껴진다. 심탁은 금세 긴장이 풀린다. 상대방이 거짓말을 하지 않은 것 같다. 전쟁을 피해서 아예 산속으로 피난을 온 사람처럼 보인다. 옷차림새도 허술하고 전혀 무장도 하지 않았다. 상대는 총을 들고 있지 않다.

"동굴 안에 먹을 것이 있나?"

심탁은 우선 경계감을 풀며 먹을 것부터 찾는다. 차림새를 보니 민간인들이 피난을 와 있는 게 분명하다. 피난을 왔다면 동굴 안에 먹을 것이 분명히 있을 거란 예감이다

"예. 동굴 안에 미숫가루와 먹을 것이 조금 있습니다."

"얼릉 먹을 것을 가져와!"

심탁은 우선 먹을 것을 해결하는 것이 급선무다. 배가 고프다. 먹을 것을 가져오라고 재촉한다. 철환이 후다닥 동굴 안으로 들어간다. 신속하게 먹을 것을 챙겨서 나온다. 철환의 손에는 미숫가루 봉지가 손에 들려 있다.

"여기, 미숫가루 있습니다."

미숫가루라는 말에 심탁 일행은 얼굴에 화색이 돈다. 심탁 일행은 무척 배가 고프다. 먹을 것이 보이자 서두른다. 미숫가루를 받아들자마자 총을 어깨에 메고 입속으로 미숫가루를 털어 넣는다. 입속에 넣은 미숫가루를 계속 오물오물한다. 입 주위에는 미숫가루로 범벅이 된다. 미숫가루를 오물거리며 정신없이 먹어 치운다. 심탁 일행이 동굴 안으로 천천히 들어간다. 동굴을 살핀다. 동굴이 제법 아늑하다. 두 사람이 누워 지내도 될 넓은 공간이다. 그야말로 천연요새다. 동굴 입구를 위장만 해 놓으면 폭격을 받아도 끄떡없을 만큼이다. 동굴 안에는 감자와 곡식도 눈에 들어온다. 먹다 남은 감자가 한쪽에 놓여 있다. 음식을 발견하자마자 앉아서 허겁지겁 먹어 치운다. 수환과 철환도 동굴 안으로 들어와 음식을 계속 챙겨 준다. 음식을 먹어 치운 심탁과 인민군이 동굴 안에서 몸을 눕힌다. 동굴 안이 제법 따스하다. 수환과 철환에 대해 경계를 풀어 버린다. 동굴 안에서 계속 몸을 눕힌다. 동굴 바닥은 나뭇잎이 수북이 깔려 있어 푹신하다. 오랜만에 느껴보는 편안함이다. 몸을 눕히자 긴장이 풀리면서 몸이 느슨해진다. 음식을 허겁지겁 먹어 치운 탓에 배도 부르고, 식곤증이 몰려온다. 산속을 계속 헤치고 다닌 탓에 피로감이 몰려온다. 당장 전투를 해야 하는 시간도 아니다. 한숨 자고 부대원들이 있는 곳으로 돌아갈 계획이다. 시간이 지체되더라도 길을 잃었다고 둘러대면 된다. 해도 기울어져 날이 점점 어둑해지고 있다. 날이 어두워지면 동굴 속에서 밤을 지새우고, 날이 밝아오면 움직여도 된다고 판단한다. 동굴 안에는 먹을 것이 있어서 잠시나마 행복한 순간이다. 동굴 안은 대낮인데도 어둡다. 몸을 눕히자마자 순간적으로 스르르 잠이 들어 버린다. 해가 기울어지는 시간이어서 산속은 빠르게 어둑해진다. 심탁은 드러눕자마자 피곤했던지, 코를 골며 잠이 들어 버린다. 인민군도 심탁 옆에서 잠이 들어 버린다. 동굴 밖도 어두워졌다. 수환과 철환은 인민군들이 잠들어 있는지 가까이 다가가 확인한다. 잠이 들어 있음을 재차 확인한다. 서로에게 고개를 끄덕이며 신호를 보낸다. 이들이 잠들어 있는 틈을 이용하여 도망쳐야 한다. 살며시 짐을 챙긴다. 짐을 살며시 챙겨도 인민군들은 깨어나지 않는다. 인민군들은 깊은 잠에 빠져 있다. 수환과 철환은 심탁 일행이 잠들어 있는 틈을 타서 동굴에서 빠져나온다. 인민군들이 잠에서 깨어나면 무슨 해코지를 할 줄 모르는 일이다. 인민군에 입대하라고 강요할지도 모르는 일이다. 그렇다고 인민군들이 가지고 있는 총을 빼앗아 인민군들을 위협할 생각은 없다. 어둑해진 산속을 향해 급하게 움직인다. 최대한 빠르게 이곳을 벗어나야 한다. 수환은 수개월 동안 이곳 지리가 익숙해진 곳이라 쉽게 심원계곡을 벗어난다. 요봉재를 넘어선다. 산동을 지나서 금성재를 넘어선다. 광의면에 들어선다. 연파리로 향한다. 마을 가까이에 도착하자 마을 입구 초소에 한청단원들이 보초를 서고 있다. 보초들이 긴장하고 소리를 지른다.

"손 들엇!"

수환과 철환은 손을 들고 걸음을 멈춘다. 보초들이 다가온다. 수환과 철환을 초소 안으로 데리고 간다.

광의면 온동마을에서 좌익 1명을 경찰에 신고하여 처형했다는 소식이 들려온다. 송진혁은 식량 보급을 해 오면서 온동마을에 보복해야 한다는 명령을 내린다. 출동하기 전에 오후에 이미 온동마을과 연파마을에 대한 설명과 한청단이 보초를 서고 있을 초소 위치도 이미 알려 주었다. 이번 기회에 광의 지서를 함께 공격하여 경찰도 살해한다는 계획이다. 대규모 인원을 소집한다. 송진혁과 심탁, 김정규와 많은 동지가 함께 온동마을로 향한다. 온동마을은 지서와 멀리 떨어져 있어서 보급 투쟁을 하기에도 좋은 곳이다. 온동마을 청년단도 경찰들의 지시로 마을 전체에 울타리를 쳤다. 마을 입구나 마을 뒷산으로 가는 길목에 초소를 만들어 청년들이 보초를 교대로 선다. 심탁 일행이 온동마을로 점점 다가간다. 마을은 불빛 하나가 보이지 않는다. 마을은 쥐 죽은 듯이 정적 속에 묻혀 있다. 심탁을 중심으로 선발대가 마을 가까이 다가간다. 보초를 서고 있던 청년이 움직이는 검은 물체를 발견한다. 검은 물체가 초소 앞으로 점점 다가온다. 총을 든 사람의 모습이다. 분명히 밤손님이다. 사람 모습임을 확인하자 초소와 연결된 철조망을 급하게 흔들어 댄다.

딸랑, 딸랑, 딸랑….

다른 초소에서도 깡통이 흔들리면서 계속 '딸랑, 딸랑, 딸랑'거린다. 반대편 초소에 빨갱이가 나타났다는 신호다. 서둘러 청년들이 총을 들고 반대편 초소를 향해 움직인다. 초소에 도착한 청년들이 손가락으로 앞을 가리킨다. 빨갱이들이 나타났다고 한다. 청년들이 긴장하고 앞을 뚫어져라 바라본다. 빨갱이가 나타나면 바로 처치할 태세다.

심탁 일행이 초소 가까이 다가간다. 마을 입구 초소를 발견하고 걸음을 멈춘다. 심탁이 신호를 보낸다. 뒤를 따라오던 동지들이 걸음을 멈추고 땅바닥에 엎드린다. 심탁이 땅바닥에 엎드려 초소를 계속 바라본다. 초소에는 2명이 보초를 서고 있다. 뭘 하는지 움직임이 보인다. 사람 2명이 추가로 후다닥 초소 안으로 들어선다. 반대편에서 달려온 사람들이다. 초소 안에서는 움직임이 점점 심해진다. 초소 안의 사람들은 서로를 쳐다보며 계속 움직인다. 심탁은 보초들에게 발각되었음을 눈치챈다. 보초들은 4명뿐이다.

보초들이 움직이기 전에 신속하게 제압하여야 한다. 심탁은 전우들과 함께 빠르게 초소를 향해 일시에 움직인다.

"손 들엇! 움직이면 쏜다!"

심탁이 갑자기 소리를 지르자 보초들은 놀라서 손을 든다. 초소에 있는 보초들을 제압한다. 아직은 총 쏘는 경험이 없는 청년들이다. 심탁 일행이 보초를 서고 있는 청년들을 제압한다. 후발대와 함께 송진혁이 천천히 마을로 들어선다. 송진혁 지시로 마을 사람들을 초소 앞에 집합시킨다. 마을 주변에 총을 들고 송진혁 부대원들이 감시한다. 혹시 마을 사람 중에 혼란한 틈을 타서, 마을을 빠져나가 지서에 연락하는 것을 철저히 막아선다. 횃불을 켜서 주변을 밝힌다. 마을 사람들을 집합시키자 송진혁이 나선다. 무슨 연유로 좌익을 경찰에 신고하여 살해하였는지 묻는다. 마을 사람들은 총을 들이대는 산사람들에 의하여 벌벌 떨고 있다. 군인과 경찰은 공비들을 잡으려고 혈안이다. 마을에서는 경찰의 지시 때문에 좌익을 신고했을 뿐이다. 경찰은 각 마을의 청년단원들 협조를 얻어 좌익들을 뿌리 뽑으려 하는 것이다. 공비들의 연락병 노릇을 하는 좌익들은 가차 없이 주민들의 신고 대상인 것이다. 그도 그럴 것이, 반란 사건을 경험한 구례 사람들은 경찰들에게 협조 안 하면 어떤 보복을 당하는지 경험했기 때문이다. 온동마을은 반란 사건 때 큰 소란 없이 피해 갔다. 송진혁이 마을 이장이나 청년단장을 주민들 앞으로 끌어낸다. 마을 이장과 청년단장이 끌려 나온다. 좌익을 밀고하여 경찰에 넘긴 만큼, 청년단장을 주민들 앞에 나오게 한다. 좌익을 경찰에 신고하면 어떻게 된다는 것을 보여 주려고 한다. 가장 활동적인 청년단장을 마을 사람들 앞에 세운다. 청년단장은 손이 뒤로 묶인 채 고개를 푹 숙이고 서 있다.

"반동 짓을 하면 어떻게 되는지 보여 줘!"

"예!"

송진혁이 명령을 내리자 인민군이 총을 쏜다.

탕!

청년단장은 총을 맞고 피를 흘리며 쓰러진다.

"악!"

주민들은 총소리에 놀라고, 청년단장이 피를 흘리며 쓰러지는 모습에 놀라 비명을 지른다. 인민군들은 이장을 앞으로 끌고 나온다. 이장은 겁에 질려 손을 비비며 살려 달라고 애원한다. 이장도 총살을 당할까 봐 인민군들의 눈치만 살핀다.

"살려 주십시오!"

인민군들은 이장에게 쌀과 이불과 각종 물품을 조달해 오라고 시킨다. 명령이 떨어지자마자 마을 사람들이 바쁘게 움직인다. 골목 곳곳에 인민군들이 총을 들고 따라다닌다. 인민군들과 함께 마을에서 가져온 각종 물품이 마을 앞에 쌓인다. 마을 사람들에게 물품을 짊어지게 하고 산으로 향한다. 낮에 지서 인근으로 몰고 가지 못한 소가 농가에 남아 있다. 농가에 있던 소도 1마리를 몰고 산으로 향한다. 인민군들이 총을 겨누며 뒤를 따른다.

송진혁은 광의 지서를 공격하라는 명령을 내린다. 경찰에게 보복 공격을 감행하려는 계획이다. 일행들은 온동마을 사람들을 한곳에 몰아세운다. 지서를 점령할 때까지 총을 들이대며 움직이지 못하게 한다. 심탁이 선두에 서서 지서를 향해 조심스럽게 다가간다. 출동 인원도 많이 보강했다. 지서를 공격하려면 박격포와 무기도 챙긴다. 지서를 습격하는 일은 쉬운 일이 아니다. 연파 마을은 면 소재지 마을이어서 150여 가구가 사는 규모가 큰 마을이다. 공북, 하대, 상대, 신지리, 선월리까지 500여 가구의 마을이 연결되어 있어서 공격하기는 쉽지가 않다. 지서 가까이 다가왔다. 지서는 초소를 지나서 자리를 잡고 있다. 마을 외곽 초소에는 보초가 2명이 서성거리고 있다. 연파리는 면 소재지 마을이면서, 지서, 각종 관공서와 학교, 오일장터까지 포진해 있다. 마을 입구 초소도 5곳이나 만들어져 있다. 보초를 서고 있는 청년단원들도 많다. 경찰까지 합하면 꽤 많은 인원이다. 청년단들은 지서 앞 초소에서도 보초를 서고 있다. 송진혁이 지서 안에 순경이 몇 명이 근무하는지 파악한다. 순경 2명이 근무 중이다. 송진혁은 동지들이 수십 명이기 때문에 일시에 공격하면 지서쯤이야 얼마든지 큰 타격을 입힐 수 있다고 판단한다. 잘하면, 지서에 있는 무기고를 습격하여 무기도 탈취해야 한다. 무기를 지서에서 보유하고 있는지는 아직 파악되지 않았다. 무기고의 탄약과 소총 몇 자루라도 획득하면 된다.

심탁은 마을이 점점 가까워지자 가슴이 두근거린다. 밤이지만, 이 대감집 옆, 오포대가 있는 뒷동산이 멀리 보인다. 단숨에 달려가면 도착할 수 있는 거리이다. 점말이 있는 곳에 가까이에 왔다고 생각하니 가슴이 설레는 것이다. 지서를 습격하는 작전 중에는 점말을 만날 수 있는 시간이 없다. 특히 산속에서는 남녀 간의 연애는 금지되어 있다. 남한을 해방하는 혁명 사업에 방해가 되기 때문이다. 심탁은 '동지들에게서 혼자 이탈하여 점말이 얼굴만 보고 오면 안 될까? 금방이면 될 텐데…. 점말이 잘 있는지, 얼굴만이라도 보고 싶다.'라고 생각한다. 전쟁 통에 살아 있다는 것을 알려 주기만 하면 된다. 심탁 머릿속은 온통 점말 생각뿐이다. 곧 지서를 점령하는 작전이 시작되면, 혼란에 빠질 텐데…. 심탁은 작전에 집중이 되지 않는다. 오포대를 향하여 달려갈 궁리뿐이다. 잠깐만이라도 점말이 얼굴만이라도 보고 오면 그만이라는 생각뿐이다. 점말이와 뒷동산에서 약속했던 말과 빨래를 깨끗이 빨아서 옷 보따리를 건네주던 일이 생각난다. 땅을 무상 분배 받아 쌀농사를 수확하면 결혼을 하자고 했을 때, 좋아하던 점말의 모습이 떠오른다. 점말을 데리고 나와서 멀리 도망하여서 살자고 할까? 심탁은 오로지 점말 생각뿐이다.

　송진혁이 지시를 내린다. 심탁은 면사무소 뒤쪽 온당리 방향 초
소를 향한다. 지서와 제일 가까운 초소이다. 정규는 구만리 방향
의 장터 입구 초소로 향한다. 장터 입구 초소는 장터 마당과 연결
된 국민회관이 있는 곳이다. 그곳은 청년단의 사무실이 있는 곳
이기도 하다. 일시에 마을에 진입하여 양쪽에서 지서를 습격하는
것이다. 심탁이 초소 입구에 다다르자, 보초가 시야에 들어온다.
지서를 공격하려면 초소에 있는 인원을 먼저 제거해야 한다. 동지
들과 함께 살금살금 초소 가까이 다가간다.
　초소에 있던 보초가 바스락거리는 소리에 총을 겨눈다. 전방에
검은 물체가 나타났는데, 밤이라 가물거린다. 헛것을 봤는지, 다
시 집중하여 전방을 주시한다. 검은 물체가 초소를 향해 점점 가
까이 다가온다. 보초는 초소에서 졸고 있는 동료를 깨운다. 잠에
서 깨어난 보초가 함께 전방을 주시한다. 갑자기 나타난 검은 물
체는 사람이 분명하다. 놀란 보초가 각 초소와 연결된 철삿줄을
잡아당긴다.
　딸랑, 딸랑, 딸랑….
　초소 곳곳에서 딸랑거리는 소리가 요란해진다. 공비가 나타났다
는 소리이다. 시장통 초소에 근무하던 청년단들도 일시에 소리가
나는 초소를 향해 달린다. 숨을 몰아쉬며 면사무소 뒤쪽 온당리

방향 초소로 모여든다. 숨을 몰아쉬며 달려온 청년단에게 손짓하며 공비들의 출현을 알린다. 청년단들이 우르르 몰려드니 초소가 비좁다. 청년단들이 우왕좌왕하는 사이에 심탁이 보초들에게 총을 들이댄다.

"손 들엇! 움직이면 쏜다!"

심탁의 고함과 총을 겨눈 공비들이 빠르게 몰려든다. 보초들은 놀라서 총을 버리고 손을 든다. 밤중이라 모두가 손을 들고 있는지 파악이 안 된다. 한 명의 보초가 공비들임을 알고 방아쇠에 손을 넣는다. 공비들을 향해 총을 발사한다.

탕!

총소리가 요란하게 울린다. 심탁의 동료가 총을 맞고 쓰러진다. 심탁은 총소리에 순간적으로 땅바닥에 엎드린다. 보초가 총을 쏘자 심탁 일행들이 순식간에 초소를 향해 총을 쏜다. 초소에 있던 보초들이 총에 맞고 계속 쓰러진다.

탕, 탕, 탕, 탕, 탕…

순식간에 총소리가 요란해진다. 심탁 일행들은 총을 쏘며 물러난다. 컴컴하여 잘 보이지 않지만, 초소를 돌파하지 못한다. 지서에 있던 한청단원과 경찰이 총소리를 듣고 경계 태세에 돌입한다. 일부 경찰과 한청단원은 고개를 끄덕이며 초소를 향한다. 송진혁 일행이 지서를 습격하려던 일이 어려워져 버렸다. 심탁은 초소 돌파를 포기한다. 한 발 물러선다. 송진혁도 지서 습격은 나중으로 미룬다. 경찰과 싸움에서 쌍방 간의 전투가 치열해지면 무기도 소진되고 피해를 입을 수 있다는 판단이다. 송진혁은 심탁 일행을 장터 쪽으로 이동시킨다. 경찰과 보초를 서던 한청단원들이 모두 한곳으로 집중하며 몰려든다. 다른 초소들은 텅텅 비어 있다. 청년단들이 주로 사용하는 국민회관이라도 박살을 내야 한다. 심탁 일행은 후퇴하여 그쪽으로 향한다. 장터 쪽에서 진입을 시도하던 일행들과 만난다. 송진혁은 김정규에게 국민회관에 불을 지르라고 말한다. 정규가 고개를 끄덕이고 장터로 점점 다가간다. 초소에는 보초가 아무도 없다. 총소리가 났던 초소로 이미 떠난 후다. 심탁과 김정규는 신속하게 국민회관 근처로 다가간다. 한옥으로 지어진 국민회관에 불을 지른다. 불을 지른 후에 신속하게 구만리 방향으로 달아난다. 뒤를 돌아본다. 국민회관이 활활 타오르고 있다.

"불이야! 불이야!"

국민회관이 활활 타오르자 면사무소 뒤편 초소에 집중되어 있던 청년단들이 장터를 향해 달린다. 청년단 일부는 공비들의 공격에 대비하여 온당리 방향 초소를 떠나지 못한다. 의용 소방대가 지서 건물 옆에 준비해 놓은 방화 도구를 챙긴다. 방화 도구를 가지고 국민회관으로 달려간다. 물을 퍼 담을 물동이와 긴 장대에 굵은 새끼줄을 동여매 놓은 털게를 가지고 힘차게 내리친다. 연과보에서 물을 퍼 나른다. 불길을 향해 계속 뿌리지만, 불길을 잡지 못한다. 국민회관의 불길은 점점 더 거세진다. 활활 타오른다. 목조 건물인 국민회관은 잿더미로 변해 버린다.

똑, 똑, 똑, 똑, 똑….

"나무아미타불 관세음보살, 나무아미타불 관세음보살…."

칠흑 같은 어둠 속에서 목탁 소리가 울린다. 대웅전에서 명학의 불경 소리가 절간에 메아리친다. 전쟁 중이라 절간은 인적이 끊어졌다. 군인과 경찰이 곳곳에서 통제하는 바람에 민간인들이 절에 출입할 수가 없게 되었다. 절간에서 천도재를 지내거나, 간절히 소원을 빌고 등을 달기 위해서 절간이 꼭 필요한 중생들의 발길도 허락하지 않고 있다. 군인과 경찰이 곳곳에서 검문검색을 하고 있다. 산중으로 향하는 모든 사람은 빨치산과 내통하는 사람으로 오인하여 조사를 당한다. 온갖 누명을 씌워 절간 출입도 못하게 하는 것이다. 명학은 그야말로 식량이 바닥이 났을 때만 바랑을 등에 메고 움직인다. 식량도 목숨을 연명할 만큼만 마을에서 시주를 받아 온다. 시주가 과하면 오히려 중생들에게 나누어 주고 절로 돌아온다. 명학은 산속에서 총소리가 들려와도 아랑곳하지 않고 매일 제시간에 맞추어 불공을 드린다. 명학이 서너 명의 스님과 함께 화엄사 절간을 지켜 내야 한다. 수백 년간 유지해 온 절간을 목숨처럼 지켜 내야 한다. 밤이 깊었다. 풀벌레의 울음소리는 밤의 시간을 찬란한 소리의 세계로 펼쳐준다. 소리는 어두

울수록 빛이 나는 것이다. 수많은 미물이 살아가기 위하여 밤에도 바쁘게 움직이고 있다.

　절간에서 명학이 불공을 드리고 있는 사이에 검은 그림자 2명이 절간으로 천천히 다가온다. 산에서 내려온 밤손님이다. 총을 들고 있다. 조심스럽게 절간에 사람이 있는지 확인을 하느라 발걸음이 점점 더 느려진다. 절간에 인기척을 느끼면 바로 산으로 도망갈 준비를 단단히 하는 중이다. 경찰에게 발각되기라도 하면 바로 총알이 날아온다. 절간에 군인이나 경찰이 없다는 것을 확인한다. 최근에는 절간에도 경찰이 잠복하고 있었기 때문이다. 밤손님들은 배가 고프다. 허기를 채우기 위해서 목숨을 걸었다. 산중에서 가까운 절간을 찾은 것이다. 스님이 불공을 드리고 있다는 것을 확인한 밤손님들은 절간 곳곳을 부지런히 뒤진다. 공양간을 찾는 중이다. 공양간에 남은 음식이 있는지 부지런히 탐색한다.

　쨍그랑!

　깜깜한 공양간에서 그릇 떨어지는 소리가 난다. 그릇 떨어지는 소리에 밤손님도 놀란다. 명학은 불공을 드리면서도 소리에 민감하다. 공양간에서 나는 인기척에도 신경 쓰지 않는다. 불공을 계속 드린다. 불공을 드리고 나자 불상을 향하여 절을 한다. 절을 하면서도 신경은 온통 공양간에 가 있다. 밤손님들이 볼일은 다 보았는지, 빨리 불공을 마치고 공양간에 남아 있는 음식을 대접해야 한다. 음식이 남아 있지 않다면, 차라도 한잔 대접해야 한다는

마음뿐이다. 명학이 대웅전을 나선다. 공양간으로 향한다. 공양
간에서 검은 그림자와 마주친다. 산에서 내려온 사람임을 알아차
린다. 누구냐고 신분을 물어보지도 않는다. 물어보지 않는 편이
오히려 밤손님에게 편안할 듯싶다. 명학이 걸음을 멈추고, 밤손님
들에게 합장하며 고개를 숙인다.

"나무아미타불 관세음보살!"

밤손님들도 명학의 합장을 따라서 엉거주춤하며 두 손을 모은
다. 합장하며 인사를 한다. 명학은 밤손님이 무얼 찾는지 알고 있
다. 부처님께 시주를 올리고 남은 음식을 찾아서 밤손님들에게 대
접한다.

"여기… 요기라도 허시지요."

불을 켜지 않고 명학과 밤손님과의 교감이 계속 이어진다. 명학
이 일부러 불을 켜지 않는 것이다. 밤손님이 얼마나 배가 고팠으
면 절간을 찾았을까 헤아린 것이다. 명학은 좌익과 우익의 구분이
없다. 모든 중생이 부처님 앞에서 평등하다고 여긴다. 밤손님이면
어떻고, 국군과 경찰이면 어떤가? 누구든 절간에 발을 들인 이상,
모두를 공평하게 대접해야 한다. 모든 미물을 구제하는 일이 명학
의 본분이라고 여긴다. 생명은 귀한 것이다. 남은 음식을 찾아서
밤손님에게 내어놓는다. 밤손님들이 허겁지겁 음식을 먹는다.

"천천히 드십시요. 시방, 절간에 아무도 없습니다."

명학은 밤손님들이 음식을 급하게 먹다가 체할까 봐 천천히 드

시라고 한다. 명학은 밤손님들이 허겁지겁 음식을 먹는 동안, 식은 녹차를 내어놓는다.

"여기, 녹차가 식었지만, 음미하면서 천천히 드십시오."

"스님! 감사합니다."

명학은 중생들로부터 얻어 온 식량을 아낌없이 밤손님들에게 내어 준다. 음식을 먹어 치운 밤손님들은 명학에게 허리 숙여 인사를 하고 산속으로 사라진다.

날이 밝자 밤에 아무 일이 없었다는 듯이 명학이 바랑을 메고 목탁을 챙긴다. 절에서 내려와 마을로 향한다. 불자들이 절로 오는 길이 통행금지가 되었다. 명학이 마을로 시주를 나선다. 경찰에게 검문검색을 당한다.

38선 부근 전선에서는 중공군과의 치열한 공방전이 연일 계속되고 있다. 유엔군과 국군의 전력이 모두 38선 돌파에 집중되고 있다. 후방에서는 인천상륙작전 성공으로 38선 이북으로 후퇴하지 못한 인민군들이 산속으로 숨어들었다. 좌익 민간인들과 함께 빨치산이 되어 수만 명이 후방을 계속 교란하고 있다는 보고가 계속 올라온다. 38선 돌파에 집중하느라, 38선 이남에 군부대를 주둔시키지 못할 상황이다. 무기를 보유한 빨치산들이 언제라도 세력을 규합하여 38선 부근으로 공격을 해 올 수도 있다는 우려도 생긴다. 그런 상황이 벌어지면 적들이 38선 부근에 전선을 형성하고 있는 국군과 유엔군을 향해 양쪽에서 협공을 얼마든지 벌일 수가 있는 것이다. 북진을 향해 전선을 계속 탈환하는 것도 중요하지만, 후방을 교란하고 있는 인민군들의 잔당들을 없애 버려야 한다. 인민군들은 보급이 끊어진 관계로 후방 마을에 수시로 내려와 식량을 조달하면서 주민들을 괴롭히고 있다. 곳곳에서 경찰들과 수시로 큰 싸움이 벌어지고 있다. 지서와 경찰서가 수시로 습격을 받고 있다는 보고가 계속 올라온다. 특히 빨치산들은 후방 보급로인 철로를 무력화시키는 일이 종종 벌어지고 있다. 공비들의 공격을 받아 전라선과 호남선, 경부선, 경전선 철도는 수시로 끊긴다. 기차에 실려 있는 물품들이 인민군들에게 약탈당하기도 한다. 38선 부근 전선에서 일진일퇴의 치열한 전투가 벌어지고 있는 상황에서 군인들을 후방으로 이동시키는 일은 간단한 문제가 아니다. 그렇지만 후방의 교란을 잠재우는 일도 시급한 일이다. 미군과 협의하여 후방 산속으로 숨어든 빨치산들을 소탕한다는 작전 계획을 세운다.

백수찬 장군은 중공군과 대치하고 있는 전선은 다른 지휘관에게 맡기고, 후방에 있는 인민군들을 소탕하라는 명령을 받는다. 전쟁 중의 모든 작전권은 미군에게 있다. 후방 작전 지휘도 미군 주도로 이루어진다. '백 야전전투사령부'가 조직된다. 작전을 전개하기 위해서는 비밀리에 신속하게 전개해야 한다. 작전 지역 일대에는 계엄령이 선포된다.

작전명은 '쥐잡이작전(Operation Rat Killer)'이다.

빨치산을 쥐로 여기는 것이다. 쥐잡이작전은 녹음이 없어지고 잎이 떨어지는 시기를 기다린다. 산야에 조금이라도 시야가 더 확보되는 때로 잡는다. 1차 작전은 지리산을 먼저 공략한다는 작전이다. 지리산이 워낙 방대하고 빨치산들이 가장 많이 숨어들었을 거라는 판단이다. 2개의 사단 병력을 투입시키는 작전이다. 38선의 치열한 전투도 중요하지만, 2개의 사단 병력까지 투입해 빨치산들의 후방 교란 작전을 먼저 소탕하는 게 우선이라고 여긴다. 1개 사단 병력은 전주에 집결한다. 밤이 되자 은밀하게 전주에서 남원으로 이동하는 것이다. 쥐잡이작전이 노출되어선 안 된다. 최대한 보안을 유지한다. 적에게 작전이 노출되어 빨치산들이 지리산을 빠져나가 버리면 작전은 허사가 되기 때문이다. 남원에 주력부대가 주둔하고 남원, 함양, 구례에 부대를 배치한다. 쥐 잡듯이 지리산을 샅샅이 뒤지면서 토끼몰이를 하는 방법이다. 다른 1개 사단 병력은 마산과 여수에 병력을 우회시켜 지리산 남쪽에서 접근시킨다. 산청과 하동지역에 부대를 투입한다. 쥐잡이작전은 2개 사단이 동시에 양공 작전을 펼친다. 전투경찰대도 각 도에서 수천 명씩 연대 단위로 조직된다. 군인들과 함께 후방에서 작전을 수행하기 위한 준비를 한다. 공중에는 비행기가 계속 날아다닌다. 지리산 곳곳에 삐라가 뿌려진다. 삐라는 여러 종류로 뿌려진다. 삐라의 크기와 종류도 제각각이다. '귀향증'도 뿌려진다. 지리산을 향한 총공세를 펼치기 전부터 계속 자수를 권유한다. 산속에 숨어 있는 인민군들이나 좌익들을 자수시키려는 작전이다. 산속에는 인민군들도 있지만, 짐을 지고 끌려가 있는 민간인들도 많이 붙잡혀 있다는 정보다.

신변 안전 보증서

김일성 괴뢰군 장병들이여 쏘련놈들과 김일성 도당들에게
기만되어 아까운 목숨을 버리지 말라!
이 보증서를 가지고 유엔군 및 대한민국 국군 편으로 넘어오라!
이 보증서는 다음과 같은 것을 당신들에게 보장하여 주는 고귀한 증서이다!

1. 신변의 안전을 절대로 보장한다.
2. 충분한 식사와 주택을 보장하여 준다.
3. 적당한 치료와 피복 및 일용 필수품을 급여하며 오락 시설의 리용을 보장한다.

이 증명서는 한 장으로 몇 명이든지 사용할 수 있다.

조국 통일과 평화를 위하여 무기를 놓고 유엔군이나 대한민국 국군 편으로 넘어오라!

이 보증서를 가지고 넘어오는 사람에게는 신변을 보호하며 우대할 것이다.

주한유엔사령부. 한국지구 연합군사령부.

'귀향하면 살고 저항하면 죽는다'

'뉘우치면 죄 없다. 너도, 나도 대한 남아'

비행기에서 삐라가 수시로 뿌려진다. 삐라의 종류와 크기도 다양하다. 삐라가 산을 뒤덮을 기세다. 산속에서 숨어 지내는 빨치산들을 회유시키는 작전이다. 쥐잡이작전을 시작하면 빨치산들은 무조건 몰살시킬 계획이다. 그 전에 인도적인 차원에서 빨치산들에게 기회를 주는 작전이기도 하다. 단 한 명의 빨치산이라도 자수시켜 대한민국의 국민으로 대우해 주자는 것이다.

송진혁이 삐라를 주워서 읽는다. 여수, 순천 혁명 사건 때와 비슷하게 삐라가 하늘을 뒤덮는다. 송진혁은 공중에서 계속 뿌려지는 삐라가 신경 쓰인다. 인민군들이 삐라를 보고 동요하는 것을 막아야 할 일이지만, 뾰족한 방법이 없다. 수시로 부하들에게 엄포를 주는 수밖에 없다. 만약에 자수를 하면 끝까지 추적하여 사살하고, 가족까지 몰살시킨다는 엄포를 계속 내린다. 자수하지 못하도록 서로 감시를 계속하라는 지시를 엄하게 내린다. 자수는 곧 죽음이라고 계속 압박한다. 자수하면 총살시킨다는 명령에 자수는 생각도 못 하게 만들어 간다.

김정규도 삐라를 주워서 읽어 본다. 삐라의 내용은 자수하면 살려 준다는 내용이다. 김정규도 마음의 동요는 있지만, 겉으로 표시를 내지 않는다. 삐라 내용을 잊으려고 애를 쓴다. 산속에서는 인민군들에게 자수하면 총살한다는 교육이 반복되고 있다. 비행기를 통해서 며칠째 삐라가 하늘을 뒤덮고 있다. 종이가 귀중한 산속이라 삐라를 여러 장 주워서 배낭에 꾸겨 넣는다. 산속에서 불을 피울 때 불쏘시개로 요긴하게 쓰기 위해서다. 물자가 귀한 종이는 산속에서 귀중한 것이다. 급할 때는 대변 후에 밑을 닦거나, 담배말이 용도로도 쓰인다. 정규 마음 한구석에서는 반란 사건 때 산속에 도망 다니다가 홀로 되었던 걸 기억한다. 배고프고 지쳤을 때 삐라를 읽어 보고 자수를 했던 기억을 떠올린다. 반란 사건을 겪은 정규는 산으로 내려가 자수하고 싶지만, 티를 내지 않는다. 지금은 자수할 여건이 되지 못한다. 자수하면 바로 총살감이다. 자수하여 집에 간다 해도 산속의 동지들이 찾아와 가족까지 총살할 수 있기 때문이다. 그 생각을 떨치기 위해 삐라를 주섬주섬 주워서 배낭 속을 꽉 채운다.

귀향증

(귀향 방법)

국군과 경찰은 대한민국의 품 안을 찾아오는 사람들을 특별히 보호하여 우대하라.

- 귀향증을 가지고 오라. 한 장을 가지고 여러 사람이 같이 와도 좋으며, 한 장도 가지지 못하였으면 '삐라' 뿌린 것을 보고서 귀순하였다고 말하라.
- 무기를 가지고 있던 사람은 무기를 버리지 말고 등에다 메고 오라. 그리고 국군이나 경찰이 있는 곳에 두 손을 높이 들고 가까이 오면서 '대한민국 만세'를 부르라.
- 무기를 가지고 오는 사람에게는 상을 준다.

대한민국 육군총참모장. 백 야전전투 사령관.

인민군들이 북으로 가지 못하고 지리산에 많이 숨어들었음을 감안하여, 유엔사령부는 '북한 장병들에게'라는 제목으로 보내는 삐라도 수시로 뿌려진다. 어떻게 해서라도 인민군들을 설득하여 귀순하게 하려는 조치다. 진압 작전이 시작되어 공중 폭격을 시작하면, 수많은 목숨이 희생되는 걸 방지하기 위함이다.

안전보장 증명서

SAFE CONDUCT PASS

북한군 장병들에게

살려면 지금 넘어오시오

1. 밤에 부대를 떠나서 날이 새거든 국제연합군이나 한국군 쪽으로 넘어오시오.
2. 큰 도로나 작은 길을 걸어오시오. 도로나 길이 없으면 들판을 걸어오시오.
3. 손을 머리 위로 들고 이 '비라'를 흔들든지 또는 될 수 있으면 흰 물건을 흔들면서 오시오. 이렇게 하면 국제연합군은 당신이 귀순하는 줄을 알고 당신에게 사격을 하지 않을 것입니다.
4. 귀순할 때는 이 '비라'를 가지고 오지 않아도 좋습니다.

주한 UN 사령부

삐라를 공중에 뿌리고 나서 작전을 시작한다. 삐라를 뿌리는 한 달 동안 '쥐잡이작전' 개시일은 극비리에 진행된다. 작전 날짜가 새어 나가면 안 된다. 작전이 새어 나가면 지리산에 숨어 있는 빨치산들이 다른 곳으로 도망가기 때문이다. 작전하기 전까지는 빨치산들을 지리산 속에 머물게 해야 한다. 부산과 대구를 제외한 대전 이남 전역에 계엄령을 선포한다.

51년 10월부터 준비를 시작한 작전은 12월 2일 오전 6시를 기해 극비리에 기습 작전 명령이 내려진다. 낙엽이 지고, 산속의 시야가 많이 확보되는 시기를 기다려 왔다. 국군은 남원, 구례, 함양, 산청, 하동에서 동시에 출발한다. 국군 2개 사단 병력이 지리산 전체를 포위하면서 토끼몰이식으로 정상을 향해 일시에 움직인다. 날이 밝아오자, 우선 비행기를 통한 공중 폭격이 이루어진다.

쾅쾅쾅….

지리산 곳곳에는 공중 폭격으로 인해 연기가 피어오른다. 국군과 전투경찰대가 일시에 지리산을 향하여 오르기 시작한다. 국군은 산에 오르기 전에 곳곳에서 포 사격을 시작한다. 우선은 공중폭격과 포 사격으로 산속에 숨어 있는 빨치산에게 공포감을 주는 작전이다. 지리산 전체를 포위하고 있다는 알림이기도 하다. 어느 한곳도 빈틈이 없이 지리산을 향하여 공격하고 있다.

"공격하라!"

공격 명령이 떨어진다. 일시에 남한군이 움직인다. 아직은 해가 뜨지 않았다. 서서히 2개 사단 병력이 일시에 움직인다. 남한군은 빨간색과 흰색의 천으로 대공포판 표시를 등에 걸고 산을 오른다. 공중에 떠 있는 아군 비행 조종사에게 남한군의 표식을 알리려는 방편이다. 넓은 지리산에 아군들이 어디에 포진해 있는지, 적군에게 공중 폭격을 가할 때, 엉뚱하게도 남한군에게 공중 폭격을 가하는 실수를 막기 위한 전략이다. 무전을 통해서 폭격 지점을 신속하게 알려 주지만, 남한군의 등에 표시된 대공포판을 한 번 더 확인한 후에 폭격하라는 것이다. 산을 그냥 오르는 게 아니고 계곡 곳곳을 샅샅이 뒤지면서 적들을 찾아낸다. 고지를 점령하는 일보다도 적군을 찾아내어 사살하든지, 산 정상으로 토끼몰이식으로 도망을 치게 하는 작전이다. 적들이 정상을 향하여 오르는 것이 확인되면, 공군에게 무전으로 연락을 하여 적들을 향해 공중 폭격을 하도록 하는 작전이다. 산속에서 적들이 보이기만 해도 가차 없이 사격을 가한다. 움직이는 모든 것은 사살 대상이다. 지휘부는 생포하면 포상을 준다고 하지만, 산속에서 적들도 무기를 들고 있다. 생사가 달린 긴급한 상황에서 생포는 어려운 현실이다. 아군이든 적군이든 먼저 발견하여 총을 쏴서 죽여야만 하는 전장터다. 인도주의니, 생명 존중이니 하는 말이 통하지 않는 싸움터다. 먼저 발견하여 먼저 쏘는 사람이 살아남는 것이다. 그야말로 살아남기 위한 처절한 약육강식의 논리만 통한다. 공중에는 정찰기가 수시로 떠서 아군의 위치나 적군의 위치를 파악하여 무전으로 연락을 취하고 있다. 빨갱이들이 발견되어 무전 연락을 받으면 즉시 출동하여 가차 없이 공중 폭격을 가한다.

송진혁 부대는 갑작스러운 공중 폭격과 포 사격에 깜짝 놀란다. 3년 전 여수, 순천에서 시작된 혁명 사건 때와 같은 방법으로 적들이 지리산 전역에서 공격해 오고 있음을 알아차린다. 그때 송진혁은 남형석과 함께 지리산 천왕봉 정상으로 도망치다가 다행히 벽송사로 숨어들었다. 벽송사에서 대구 팔공산에서 반란을 일으키고 도망친 6연대 대원들과 합류하여 북으로 올라갔다. 그때와 마찬가지로 지리산 전체를, 그야말로 토끼몰이식으로 사방팔방에서 공격해 오고 있다. 경험이 있는 송진혁은 적군의 공격 방법을 알아차린다. 우선 겁내지 않는다. 침착하게 부하들을 집합시킨다.

"지금 적들이 남원, 구례, 하동, 산청, 함양 지리산 전역에서 토끼몰이식으로 올라오고 있다. 많은 병력이 동원됐으리라 본다. 적들은 비행기를 통한 공중 폭격을 하고 있다. 적들과 최대한 맞서지 말고 피해야만 살아남는다. 적들을 만났을 때도 전면전을 벌이면 안 된다. 우리는 무기도 부족하다. 최대한 적을 피해서 자리를 계속 이동해야 한다. 지리산 각 능선 꼭대기로 도망치면 안 된다. 꼭대기 능선으로 가면, 산으로 올라오고 있는 적에게 쉽게 노출될 수 있다. 항공 정찰에도 쉽게 노출된다. 8부 능선을 타면서 적들을 피해서 다른 계곡 속으로 숨든지, 적을 피해서 오히려 내려가야 한다. 내려갈 때도 등산로는 피해야 한다. 적들은 대부분 등산로를 이용해 산으로 오르고 있다. 적과 최대한 마주치지 말아야 한다. 적과 마주치면 총을 쏘지 말고 육박전을 벌여 적을 죽여야 한다. 적과 마주친 자리에서 최대한 빠르게 다른 계곡으로 몸을 숨겨야 한다. 어쩔 수 없는 경우에만 사격하라. 사격하면 적들에게 우리의 위치를 알려 주는 꼴이 된다. 최대한 몸을 숨기고 있다가, 적들이 지나가면 다른 곳으로 이동을 하기 바란다. 정신만 똑바로 차리면 적의 공격을 무서워할 필요가 없다. 지리산을 벗어날 수 있으면 최대한 멀리 벗어나라. 지리산만 벗어나면 살아남을 수 있다. 무조건 살아남아야 한다. 알겠나?"

"예."

송진혁은 지리산 일대를 어느 정도 알고 있다. 적들을 피해 달아나면 그만이다. 최대한 적들에게 노출시키지 말아야 한다. 적들과 맞서면 노출이 되어서 집중 공격을 받을 수 있다. 예전과 달리 적들은 무전기를 통한 통신 연락이 원활하다. 적에게 노출되면 최대한 빨리 자리를 이동해야 한다. 공중 폭격을 당하지 않아야 한다.

탕탕탕…. 쾅쾅쾅….

계곡 곳곳에서 총소리, 포 소리가 요란하게 울린다. 지리산 사방팔방에서 들리는 소리는 울림이 되어 공포감을 자아낸다. 송진혁 부대는 등산로가 아닌 계곡으로 이동을 한다. 계곡 속에 몸을 숨기고 적들의 동태를 파악하고 있다. 적들이 총을 쏘며 고지를 향해 계속 올라오고 있다. 대부분 등산로를 따라서 오르고 있다. 송진혁 일행은 계곡 깊은 곳에 몸을 숨기고 있다. 워낙 가파른 산길이어서 등산로가 아닌 길로는 고지를 향해 오르기 힘들기 때문이다. 적들이 모두 지나갈 때까지 숨죽이고 숨어 있다. 적들이 요란하게 고지를 향해 올라간다. 송진혁 부대는 올라오는 적들을 피해서 다른 계곡 속으로 몸을 피한다. 적에게 발견되지 않아 전면전은 피한다. 지리산 곳곳에서는 전투가 벌어진다. 총소리가 요란하다. 인민군들은 고지를 향해 도망치다가 우회하여 반대 계곡으로 숨어든다. 일부 부대원들은 지리산을 빠져나간다. 지리산 주변의 산으로 피해 버린다.

쾅쾅쾅….

경험이 없는 인민군들은 고지를 향해 도망을 친다. 발각된 인민군들을 향해 공중 폭격이 가해진다. 인민군들은 포격을 받고 죽는다. 살아 있는 자들도 고지에서 생포된다. 생포된 빨치산들이 포박되어 국군과 함께 산에서 내려온다.

백수찬 장군은 남원에 사령부를 설치했다. 작전이 시행되자, 시시각각 지리산에서의 작전 상황에 관한 결과가 보고된다. 수천 명의 공비가 지리산 속에 숨어 있으리라는 예상과는 다르다. 사살하거나 생포한 빨갱이들의 숫자는 미미하다. 첫날은 성과가 거의 나타나지 않는다. 빨치산들은 국군을 피해 계속 도망을 다닌다.

백수찬은 작전 회의를 소집한다. 지리산 속에 숨어 있는 빨치산들이 지리산 주변 산으로 도피하지 못하도록 전투경찰대에 임무를 부여한다. 국군의 지리산을 향한 협공은 계속된다. 전투경찰대는 후방에서 빨치산들이 도망치지 못하도록 퇴로를 계속 차단한다. 국군은 계속 빨치산 행방을 찾기 위하여 서로 무전 연락을 취하며 지리산 곳곳을 누빈다. 지리산 곳곳에서 총격전이 매일 벌어진다. 빨치산들의 세력도 만만치 않다. 민간인 좌익들도 있지만, 대부분 무기를 가지고 있는 인민군 세력이다. 국군과 전투경찰대의 사상자도 매일 나오고 있다. 백수찬 장군은 최대한 빨리 쥐잡이작전을 마치고 38선 부근 전선으로 2개의 사단 병력을 신속하게 이동시켜야 하는 절박함이 있다. 쥐잡이작전 성과를 내기 위해서 수시로 작전 회의가 열린다. 쥐잡이작전의 가장 어려운 부분은 빨치산들이 민간인들과 가까이 있다는 것이다. 수시로 민가에 내려와 민간인들을 협박하고, 식량을 조달하고 있다. 민간인들도 밤에 빨치산들이 나타나 총을 들이대면 목숨을 부지하기 위하여 시키는 대로 해야 하는 어려움이 있다. 빨치산들에게 반항하는 민간인들에게는 가차 없이 총살하고 있다는 보고가 계속 올라온다. 산간 마을에 사는 민간인들은 낮에는 국군과 경찰이, 밤에는 빨치산들이 괴롭히고 있다. 그렇다고 쥐잡이작전을 통해서 빨치산을 잡기 위하여 민간인들이 사는 산간마을을 몽땅 폭격하여 없애 버릴 수는 없는 일이다.

작전 회의가 열리는 모습은 무겁고 진지하다. 쥐잡이작전이 시작되어 며칠이 지났는데도 성과가 신통치가 않다. 빨치산들을 소탕하기 위해서는 더욱더 강력한 지시를 내린다. 산간 마을 사람들을 지서가 있는 면 소재지 마을로 이주시키라는 명령을 내린다. 주민들의 이주가 끝나는 대로 산간 마을을 몽땅 불태워 버리라는 지시다. 빨치산들이 수시로 내려와서 식량을 조달하고, 주민들을 협박하는 근거지를 없애 버리라는 것이다. 견벽청야堅壁淸野 작전 명령을 내린다.

명령이 떨어지자마자 군인들이 산간 마을로 우르르 들이닥친다.

탕탕탕….

공포탄을 쏘아 대며 주민들을 공포에 떨게 한다. 총을 들이대고 마을 입구에 주민들을 집합시킨다. 현재 지리산에서 벌어지고 있는 작전에 대하여 설명한다. 주민들을 강제로 면 소재지로 이주하라는 명령을 내린다. 주민들은 집을 떠나려고 하지 않는다. 반란 사건 때도 마을에 불을 지른 것은 반란군이 아닌, 진압군이었다. 반란 사건의 여파로 아직도 움막에서 생활하고 있거나, 이제 겨우 초가삼간을 지어 사는 산간마을 주민들이다. 정든 집을 떠나라는 산간 마을 주민들은 억장이 무너진다. 군인들이 총을 들이대며 독촉을 한다. 마을 사람들은 군인들의 눈치를 보며 움직임이 더디다. 주민들에게 가재도구를 챙기라 이르며 마을 앞으로 집합시킨다. 짐을 짊어지고 마을을 떠나는 주민들은 울면서 자꾸만 뒤를 돌아본다.

탕탕탕….

군인들은 주민들을 향해 공포탄을 쏘아 댄다. 반란 사건 때와 마찬가지로 집을 버리고 떠나는 심정이 슬프기만 하다. 주민들이 떠난 산간 마을 곳곳에는 군인들이 불을 지른다. 마을이 불길에 휩싸인다. 마을에서 연기가 피어오르자 마을로 돌아가려는 주민들이 생겨난다. 군인들이 총을 들이대고 주민들을 막아선다.

상관 마을에도 군인들이 우르르 몰려든다.

탕탕탕….

공포탄을 쏘아 댄다. 주민들은 공포탄에 놀라 귀를 막고 몸을 숨기느라 정신이 없다. 군인들이 골목을 우르르 몰려다니며 주민들을 마을 앞으로 집합시킨다. 원촌댁도 겁에 질린 얼굴로 마을 앞으로 끌려 나온다. 다행히 박민국은 미리 산속으로 몸을 피신했다. 한청단원들이 징을 치며 마을 사람들을 마을 입구로 계속 내몰고 있다.

징징징징징….

"짐을 챙겨서 마을 입구로 모이세요!"

"짐을 챙겨서 마을을 떠나야 합니다!"

"아니, 뭔 일이대야?"

마을 사람들은 짐을 챙겨 마을을 떠나라는 군인과 한청단의 엄포에 눈치만 슬금슬금 보면서 움직인다. 원촌댁이 집을 떠나기가 싫어서 자꾸만 뒤를 돌아본다. 마을 사람들은 어떻게 해서라도 마을을 떠나려고 하지 않는다. 아무리 빨갱이들을 소탕하기 위하여 마을을 비우라 해도, 평생 살아왔던 터전을 버리고 떠날 수는 없는 일이다. 이 엄동설한에 마땅히 지낼 곳도 없다. 주민들이 계속 머뭇거린다. 군인이 인상을 쓰며 총구를 하늘로 향하여 총을 쏜다.

탕탕탕.

"아이고매!"

총소리에 놀란 주민들이 소리를 지른다. 군인들은 인정사정없다. 작전을 신속히 수행해야 한다. 총소리에 놀란 주민들이 고개를 숙이며 마을을 떠난다. 군인들이 총을 들이대며 마을 사람들을 마을에서 계속 몰아내고 있다. 반란 사건 때 보다 더 엄하게 군인들이 주민들을 닦달하고 있다. 마을 입구에 모인 주민들을 면 소재지로 끌고 간다. 마을에는 개미 새끼 하나 얼씬거리지 못하게 한다. 사람이 거주하지 못하도록 만들어 버린다. 마을에는 사람의 왕래가 없어진다. 빨갱이들이 밤에 산에서 내려오더라도 마을에서 식량을 조달하지 못하도록 철저히 봉쇄한다.

원촌댁이 복자 집에 들어선다. 큼지막한 보따리를 머리에 이고, 손에도 큼지막한 보따리를 들고 있다. 우선 급한 대로 챙겨 온 물건이다.

"아이고, 성님! 어서 오세요. 어쩐 일이시다요?"

이평댁이 원촌댁을 반갑게 맞이한다. 복자와 사포댁도 짐을 받아들면서 원촌댁을 반긴다.

"고모! 어서 오세요!"

"그나이나, 내가 제명이 못 살고 죽게 생겼다. 군인들이 빨갱이를 소탕한다고 반란 사건 때처럼 군인들이 우르르 몰려들더니, 다짜고짜 우선 급한 대로 짐을 챙겨서 우리 마을을 비우라고 해서 마을 사람들이 몽땅 쫓겨나 부렸구만."

"아이고, 저를 어째야 쓸까! 잉!"

"그렁깨로 말이여. 빨갱이들 때문에 제명에 못 살게 생겼구만."

"누가 아니래요. 우리 집도 그놈의 공산당 때문에 자석들을 모두 잃게 생겨 부렸소. 산속에 숨어 있던 작은아들도 공산당에게 잡혀가 뿌렀는데, 어디서 살았는지 죽었는지, 통 소식이 없어서 답답해 죽겠구만이라. 피가 말리게 생긴 이 속을 누가 알아준다요."

"정규가 공산당에게 잡혀가 뿌렀다고? 아니, 정규는 우리 민국이랑 산으로 숨지 않았능가?"

"전쟁이 터져서 민국이랑 밤재로 숨었었는디, 공산당들이 들어와서는 총을 들이대고 정규를 찾아내라고 닦달을 하는 바람에 우리 정규가 공산당에게 잡혀가 뿌렸당깨라. 공산당들이 남조선을 해방시킨다고 해싸면서 남쪽으로 밀고 내려갔다는 소문이 들리더니만, 요새 와서는 어찌 된 일인지 빨갱이들이 산속으로 모도 도망을 쳤다고 하드라고요. 우리 정규가 아적까지 통 소식이 없당깨라. 무슨 놈의 팔자가 요로케도 사나운지."

이평댁은 정규가 공산당에게 잡혀가서 어떻게 됐는지 궁금하기만 하다. 제발 살아 있기만을 간절히 바란다.

"아니, 그럼, 우리 민국이는 어떻게 됐능감?"

원촌댁은 정규와 민국이 산속에서 숨어 있는 줄로만 알고 있었다. 정규는 공산당에게 잡혀갔다 하더라도, 아들 민국이가 어떻게 됐는지 더 걱정이다.

"민국이는 아적도 산속에 숨어 있겠지라. 아이고, 우리 정규는 어디로 갔을꼬?"

이평댁은 정규의 행방을 몰라 답답하기만 하다. 금방이라도 울음이 터질 듯한 모습이다. 아들 둘이 모두 공산당들 때문에 사라지게 됐으니 복장이 터질 일이다. 다행히 며느리가 정규가 없는 동안에 아들을 낳아서 잘 크고 있다. 사포댁이 아기를 업고 바쁘게 몸을 움직이고 있다.

"올케! 그러면, 정규한테서 우리 민국이 소식은 못 들었능가?"

"성님, 저도 경황이 없어서 민국이 소식은 잘 모르겠그만이라."

"그나이나, 우리 민국이가 무사해야 될 텐데…."

원촌댁은 민국이 생각뿐이다. 원촌댁은 그나마 친정으로 몸을 피해서 올케 가족들과 지내고 있지만, 민국이 행방이 궁금하기만 하다. 비좁은 오두막집에는 갓난아이와 여자들만 복작거린다. 남자들은 모두 죽거나, 산속으로 몸을 피했다. 산동면의 산간 마을 가족들이 반란 사건과 전쟁을 겪으면서 남자들은 모두 죽거나 없어졌다. 여자들만 남은 가족들이 대부분이다.

원촌 시장 근처와 다리 밑에는 산간 마을에서 쫓겨난 산동 사람들의 움막이 점점 늘어난다. 산동교회 마당에도 움막이 계속 늘어난다. 원촌마을 면 소재지는 피난민촌이 되어 가고 있다.

해가 기울면 마을 사람들은 소를 몰고 지서가 있는 원촌마을로 모여든다. 각 마을의 한청단원들과 함께 지서로 향하는 발걸음이 장관을 이룬다. 농가에서 기르고 있는 소를 빨갱이들에게 빼앗기지 않기 위해서 미리 준비하는 것이다. 원촌마을 주변 학교에는 군인들이 주둔하고 있고, 경계가 삼엄하다. 마을 입구 초소에는 경찰과 한청단원들이 총을 들고 보초를 서고 있다. 산동 전 지역은 이미 통행금지가 내려져 있다. 군인과 경찰의 허락 없이는 통행도 불가한 지역이다. 군인과 경찰 주도로 행해지는 쥐잡이작전에 주민들도 철저하게 동원되고 있다.

밤골에 숨어 지내던 박민국이 총소리에 놀라 밤골을 내려온다.

밤골과 가까운 계척 마을 친척 집으로 숨어든다. 친척의 도움으로 헛간에서 숨어 지낸다.

광의면 각 마을에도 비상이 걸렸다. 한청단원들을 소집한다. 각 마을을 지키게 한다. 반란 사건 때처럼 각 마을에 울타리를 치게 한다. 한청단원들을 밤에 밤손님이 나타나면 무조건 총을 쏴야 한다는 교육을 단단히 받은 상황이다. 해가 기울고 소를 몰고 광의 지서로 향할 때는 마을 사람들은 청년단들과 함께 움직이도록 지시를 내린다. 혼자서는 절대로 움직이면 안 된다는 지침을 내린다. 혹시나 빨갱이들의 습격을 대비하기 위해 마을 사람들이 모여서 함께 움직인다. 혼자 움직이다가 빨갱이들의 표적이 되는 것을 방지하기 위해서다. 각 마을의 농부들도 소를 몰고 함께 지서 앞 광장에 모여든다. 해가 기울어지면 각 마을의 한청단원들이 지서로 몰려든다. 지서 앞은 몰려드는 한청단원들과 농부들이 모여들어 북새통을 이룬다. 광장에 소를 매어 놓는다. 광장은 수십 마리의 소가 모여들어 우시장을 방불케 한다. 날이 밝아오면 각 마을에서 지서로 향하는 발걸음이 분주해진다. 쥐잡이작전이 벌어지는 동안에는 군민들과 경찰, 군인들이 빨갱이를 잡으려고 모두가 힘을 합한다. 빨갱이들이 밤에 마을로 들어와서 식량을 조달하지 못하도록 철저히 방어하는 것이다. 빨갱이들이 밤에 내려와서 가축을 몰고 산으로 가는 사례가 빈번해서 소를 지켜 내기 위해서 묘안을 짠다. 밤에는 산간 마을에 소를 아예 없애는 것이다. 지서 앞 광장에 소를 몰고 와서 지키는 것이다. 농가에서 재산 목록 1호인 소를 지켜 내기 위해서 면민 전체가 사력을 다한다.

백수찬 장군은 노고단에 군 주둔지를 만들도록 지시한다. 1948년 해방 후 3년 만에 남한만의 대한민국 정부가 수립되던 해에 발생했던 여수, 순천에서 일어난 반란 사건을 기억한다. 반란군들이 지리산 속으로 숨어들어 지리산 인근 지역에 엄청난 피해를 줬다. 그때도 지리산 전체를 토끼몰이식으로 작전을 구사하여 반란군들을 몰아냈다. 산 아래에서부터 산 정상을 향한 토끼몰이식은 한계가 있다. 빨치산들은 요리조리 잘도 피해 버린다. 지리산이 워낙 방대하여 빨갱이들을 소탕하기는 쉬운 일이 아님을 알고 있다. 2개 사단까지 투입하여 쥐잡이작전을 했는데도 성과가 신통치가 않다. 쥐잡이작전을 빨리 완료하고 부대를 38선 전선으로 투입시켜야 하는 절박한 상황이다. 작전의 성과를 내기 위해서는 지리산 속으로 군부대를 주둔시켜야 한다. 방대한 지리산 중에서도 가장 접근성이 쉽고, 과거 반란 사건 때와 마찬가지로 군부대를 주둔시켰던 경험을 살려 노고단 분지에 군부대 주둔을 결정한다. 군부대 주둔을 시키려면 진지를 구축하여야 한다. 노고단에서 가장 가까운 구례 젊은 남자들의 동원령을 지시한다. 각 면에서 수백 명씩 젊은 남자를 동원시킨다. 명령을 하달받은 구례 경찰서장은 각 면의 청년단원들을 동원시킨다. 화엄사 입구에는 구례지역 8개 면에서 동원된 수천 명의 젊은 남자들이 모였다. 지게를 진 사람, 농기구를 가지고 있는 사람, 톱을 가지고 있는 사람, 밧줄을 가지고 있는 사람들이 모여 있다. 군인들의 지시를 따라 면별로 노고단을 향하여 이동을 시작한다. 웅성거리며 노고단을 향하는 민간인들의 모습이 장관을 이룬다. 노고단 부근은 눈이 내려 있다. 추운 날씨다.

만식은 한청단장이 되어 광의면 한청단원을 이끌고 있다. 반란사건 때도 노고단 고지에 군부대 진지를 구축했던 경험을 살려 한청단원을 이끌고 노고단으로 향한다. 각종 농기구와 지게를 메고 산으로 향한다. 화엄사를 지나서 노고단을 향하여 오른다. 나무가 울창한 지역에 다다르자 나무를 자르기 시작한다.

팍팍팍⋯ 쓱싹, 쓱싹, 쓱싹⋯ 윙~ 윙~ 윙~ 윙 윙⋯

도끼로 나무 찍는 소리, 톱질하는 소리, 나무를 자르는 기계 소리가 요란하게 들린다. 순식간에 커다란 나무가 퍽퍽 쓰러진다. 자른 나무를 노고단 정상까지 옮기는 일이 문제다.

"영차, 영차, 영차⋯"

자른 나무를 옮길 4인조, 6인조, 8인조가 만들어진다. 조별로 나무를 어깨에 메고 산을 오르면서 힘을 합한다. 눈이 와서 등산로는 미끄러운 상태다. 위험성이 있지만, 수백 명이 함께 나무를 베어서 노고단 정상까지 옮기는 데 땀을 뻘뻘 흘리고 있다. 가파른 등산길을 오르는 일은 위험한 일이다. 군 작전 명령을 따르기 위해 위험을 무릅쓰고 작업에 열중한다.

　노고단 정상에서는 진지를 구축하느라 삽질을 한다. 땅을 파서 돌을 쌓고, 참호를 이중, 삼중으로 구축한다. 참호 안쪽에는 군인 막사를 짓는다. 화엄사 계곡에서 가져온 나무를 참호와 군인 막사를 짓는 데 요긴하게 사용한다. 노고단 고지를 지키기 위해서는 참호 구축을 단단히 한다. 이중, 삼중으로 참호를 구축하고 군인 막사까지 신속하게 구축을 완료한다. 지리산에 숨어든 빨치산의 기습 공격을 대비하기 위한 만반의 준비를 한다.

　노고단에 진지를 구축한 국군의 전투 능력은 훨씬 유리해졌다. 백수찬 사령관은 빨치산을 소탕하기 위한 협공 작전을 구사한다. 노고단에 주둔한 군인들이 산 아래를 향하려 지리산 곳곳을 누비게 한다. 계곡 정상에서 빨치산을 산 밑으로 몰아낸다. 계곡 아래에서는 전투경찰대와 한청단원들이 합세하여 빨치산들이 산에서 내려오는 길목을 지키게 한다. 빨치산의 퇴로를 철저히 막는 작전이다. 계속되는 국군의 계곡 몰이가 시작된다. 접근하기 힘든 계곡도 산 정상에서 철저하게 접근한다. 험난한 계곡 깊숙한 곳까지 접근하여 빨갱이를 찾아낸다. 국군의 작전으로 산에서 오갈 곳이 없는 빨치산들이 계속 섬멸되고 있는 보고가 계속 올라온다. 노고단에 진지를 구축하여 작전하는 성과가 나타나고 있다. 지리산에서 빨치산을 소탕하는 작전은 속도를 낸다.

지리산 곳곳으로 피해 다니던 송진혁 부대도 국군에게 계속 꼬리를 잡힌다. 지리산 곳곳에서 작전하는 국군을 피해 가지 못한다. 이십여 일 이상 적을 피해 다니느라 피로가 누적되었다. 송진혁 부대도 국군의 공격을 받는다.

　탕탕탕…. 따다다다다…. 펑! 펑!

　계곡 곳곳에서 폭탄이 떨어진다. 적의 공격을 받아 인민군들이 계속 죽어 나간다. 인민군들은 국군의 공격으로 순식간에 뿔뿔이 흩어진다. 빠르게 현재의 위치에서 탈출해야 한다. 함께 있으면 오히려 적에게 노출되어 몰살당하기 쉽다. 각자 행동을 하여 살아남아야 한다.

　심탁은 계곡을 빠르게 기어오른다. 뒤를 돌아보니 주변에는 인민군들이 전혀 없다. 혼자서 빠르게 능선을 넘어 다른 계곡으로 몸을 피하려고 바쁘게 움직인다. 능선에 올라선다. 잠시 안도의 숨을 몰아쉰다. 눈이 내린 지리산은 온통 하얀 눈으로 뒤덮였다. 사람의 움직임이 능선에 올라서자 국군들의 눈에 들어온다. 능선에 사람의 움직임이 보인다. 국군이 계곡 쪽에서 심탁을 발견한다. 능선에 오르는 빨치산을 겨누기 위해 매복을 하고 있던 국군이다. 심탁이 그 매복조에 걸린 것이다. 국군이 심탁을 향해 조준한다.

　탕, 탕, 탕.

심탁이 총을 맞고 쓰러진다.

총소리에 놀란 송진혁은 능선으로 오르지 않고 멈춘다. 계곡 속에 몸을 숨긴다. 적들이 계속 공격을 해 오고 있지만, 능선으로 올라가는 것을 포기한 것이다. 능선에 올라가면 적에게 쉽게 노출된다는 것을 알고 있다. 폭격이 계속되지만, 그래도 계곡 속에 몸을 숨기고 밤에 움직여야 한다. 부하들도 뿔뿔이 흩어져 버렸다. 각자 살기 위하여 분산하는 것이 오히려 잘한 일이다. 부대원들이 모여 있으면 적에게 노출되기 쉽다. 계곡 속에 몸을 웅크리고 앉아 있다. 폭격이 계속되고 있다. 밤이 되기만을 기다린다. 밤이 되자, 계곡을 벗어나 다른 계곡으로 숨어든다.

정규도 계곡 바위 밑으로 기어든다. 몸을 최대한 낮추어 몸을 숨긴다. 적들이 계곡을 향하여 계곡 폭격을 멈추지 않고 있다. 숨을 몰아쉰다. 적들이 폭격을 먼저 하고 움직이는 물체를 향해 기다리고 있다는 것을 알고 있다. 폭격이 끝나자 국군들이 팀을 이루어 계곡 근처를 한바탕 지나간다. 한참 지난 후에도 국군들이 계속 지나간다. 정규는 계곡 속에서 움직이지 않고, 밤이 되기를 기다린다. 밤이 되자 움직인다. 정규는 혼자가 되었다. 동지들을 찾지 않은 이유는 적에게 발각되지 않으려고 몸을 숨기고 있었다. 며칠째 계곡 속에 몸을 숨기고 있었더니, 주변에는 살아남은 인민군들이 보이지 않는다.

백수찬은 쥐잡이작전을 지리산에 이어서 백아산, 백운산, 덕유산, 회문산, 운장산, 대둔산 전라도와 충청도의 지역까지 병력을 배치한다. 지리산을 점령하듯이 고지를 선정하여 계속 토끼몰이식으로 포위를 해 가면서 진격한다. 경상도의 가야산 일대도 병력을 투입한다. 곳곳에서 빨치산들과 전면전을 치르고 빨치산들을 사살시키고 생포를 한다. 1차, 2차, 3차, 4차. 수차례에 걸쳐 전라도와 경상도, 충청도 일대의 고지를 공격하여 빨치산들을 계속 사살하고 생포를 한다. 초겨울에 시작된 작전은 이듬해 봄까지 쥐잡이작전이 계속 전개된다. 많은 빨치산을 사살하거나 생포하지만, 아직도 산속에는 빨치산들이 살아남아 민가에 내려온다는 보고가 계속 올라온다.

정규가 산속을 헤매고 있다. 곳곳에 인민군들의 시체가 보인다. 총도 시체와 함께 널려 있다. 총은 눈에 들어오지 않는다. 배가 고픈 정규가 시체에 달려든다. 시체에 먹을 것이 있는지, 시체를 뒤진다. 배가 고픈 나머지, 시체가 징그럽거나 무섭지도 않다. 시체를 이리저리 뒤척여 본다. 먹을 것이 보이지 않자 옷을 벗긴다. 시체가 뻣뻣해져서 옷이 쉽게 벗겨지지 않는다. 시체를 굴리면서 옷을 겨우 벗겨 낸다. 벗긴 옷을 정규 몸에 걸쳐 입는다. 산

속에서 추위를 견디려면 어쩔 수가 없다. 옷을 걸쳐 입고 나서 시체 곁을 떠난다. 국군에게 발각되기 전에 몸을 숨겨야 한다. 빠르게 달궁계곡을 벗어난다. 정규도 능선으로 향하지 않고 계곡을 타고 오히려 산 아래로 움직인다. 능선을 넘어 다른 계곡으로 들어선다. 계곡을 타고 아래로 계속 내려간다. 계곡을 타고 내려서 적당한 은신처를 찾아 숨어야 한다. 은신처를 정하고 밤이 되기를 기다린다. 이제 혼자의 몸이 되었다. 적들을 피해 다른 계곡 속에 은신처를 구했지만, 배가 고프다. 밤이 되자 계곡 아래로 더 내려간다. 계곡을 내려가다 보면 마을이 있을 테고, 마을에서 먹을 것을 조달해야 한다. 계곡을 더 내려가자 희미한 불빛이 아른거리다가 없어지기를 반복한다. 희미한 불빛을 만나자 발걸음이 가벼워진다. 가까이에 마을이 있다는 증거다. 여기가 어디쯤인지 가늠하기 어렵다. 밤이라서 적들이 공격해 오지는 않을 거라는 계산을 한다. 분명히 민간인들이 사는 불빛일 거라고 예상한다. 불빛이 보였던 곳을 향하여 발걸음을 조심스럽게 계속 움직인다. 불빛이 한참 동안 아른거렸던 곳을 향하여 다가간다. 점점 가까이 다가갈수록 불빛이 없어져 버렸다. 소리가 멀리서 아련하게 들려온다. 가까이 가면 갈수록 불빛은 보이지 않지만, 소리가 점점 더 크게 들린다.

똑똑똑똑똑….

목탁 소리이다. 목탁 소리는 점점 더 크게 들린다. 차가운 겨울

바람이 불어오지만, 목탁 소리는 청아하게 울려 퍼진다. 그렇다면 가까이에 절이 있다는 것인가? 조금 전에 보였던 불빛은 진목이 불공을 드리기 위하여 잠시 불을 켰던 순간이었다. 전쟁 중에는 절에서도 불빛이 새어 나가지 못하도록 하고 있으므로 잠시 불만 켰다가 껐다. 그 순간이 정규에게 보였던것이다.

"나무아미타불 관세음보살, 나무아미타불 관세음보살…."

진목이 불공을 드리는 소리이다. 정규는 소리가 나는 곳으로 점점 다가간다. 절간에는 인기척이 없다. 진목이 깜깜한 절간에서 혼자서 불공을 드리고 있다. 정규는 절간 앞에서 합장하며 고개를 숙인다. 진목이 불공을 드리고 있는 절간으로는 들어가지 않는다. 불공이 끝날 때까지 기다린다. 한참을 기다리고 있으니 진목이 절 마당으로 걸어 나온다. 정규는 진목을 피하지 않는다. 진목에게 합장하며 절을 올린다. 밤손님에게서 냄새가 확 풍겨 온다. 씻지 않은 몸에서 나는 냄새가 고약하다. 진목은 밤손님이 산에서 내려온 사람임을 감지한다. 진목도 합장을 하며 밤손님을 반긴다. 정규가 갑자기 경계심이 없어져 버린다. 사람을 피해야 하는 자신의 처지를 순간적으로 잊어버린 것이다. 진목은 밤손님이 반갑기만 하다. 밤손님들은 사람을 경계하고 숨기 바쁜데, 절 마당에서 오히려 진목에게 합장한다. 밤손님이 대견하기만 하다. 정규는 스님에게 잘 보여야 한다. 먹을 것을 구걸하기 위해 자신도 모르게 나온 자세다.

"어서 오십시오. 공기도 차가운데…"

정규는 스님의 인사에 고개를 숙인다. 경계하지 않는 스님에게 자초지종을 털어놓고 먹을 것을 달라고 해야겠다고 다짐한다.

"산에서 온 사람입니다. 스님, 여기가 어딘가요?"

정규는 산에서 온 산사람이라고 스님에게 털어놓는다. 이곳이 어디인지 궁금하다.

"천은사입니다. 잘 오셨습니다."

진목은 밤손님에게 최대한 반가움을 표시한다.

"절간에는 아무도 없습니다. 안심하셔도 됩니다. 어서 이쪽으로…"

진목은 밤손님을 안심시키고, 발길을 공양간으로 움직인다. 밤 기온이 제법 얼얼하다. 진목은 밤손님에게 공양간에서 따뜻한 물 한 대접이라도 마시게 하고 싶은 맘이다. 정규도 의심 없이 진목의 발걸음을 따른다. 진목이 공양간에 들어서자 솥에 불을 지핀다. 불빛이 밖으로 새어 나가지 않도록 철저하게 공양간 문을 닫는다. 불길이 활활 타오르자 정규를 바라본다. 이제야 밤손님의 얼굴을 확인한다.

"몸이 차가울 텐데, 불을 쬐면 금방 몸이 풀릴 것입니다. 어서 이쪽으로 오십시오."

진목이 불 가까이 다가오도록 재촉한다. 정규가 불 가까이 다가 간다. 활활 타오르는 불에 몸이 사르르 녹는다. 불을 지피자 솥에서는 물이 펄펄 끓는다. 진목은 서둘러 솥에 곡식을 털어 넣는다. 밤손님에게 음식을 대접할 준비를 서두른다. 밤손님이 산속에서 절간까지 다가온 용기가 가상하다. 아무 경계심 없이 스님 앞에 나타난 정규가 불쌍해 보인다. 얼마나 사람이 그리웠으면, 죽음을 무릅쓰고 절간까지 내려왔을지를 생각한다. 전쟁 중에는 절간도 인정사정없다. 국군과 경찰이 수시로 절간에 들이닥쳐 빨갱이들을 소탕하고 있다. 절간에서 총을 쏘는 일도 수시로 벌어진다. 절간에서 국군이 지시한 사항을 따르지 않으면, 가차 없이 스님들도 절간에 거주하지도 못하게 연행해 버린다. 절간으로 숨어드는 빨갱이들을 철저히 막으려는 조치다. 다행히 진목에게 시주해 온 곡식이 있었기 망정이지, 절간에도 음식이 귀하다. 진목이 밤손님을 위하여 물을 넉넉히 넣었다. 음식은 죽으로 만들어진다. 밤손님을 위한 배려다. 진목이 마련한 죽을 그릇에 담아 내어놓는다. 정규가 음식을 보자마자 허겁지겁 먹어 치운다. 정규는 음식을 먹으면서 스님과의 인연을 생각한다. 이렇게 천은사까지 오게 된 것도 부처님의 은덕이라고 여긴다. 계속되는 폭격에서도 살아남은 것도 기적 같은 일이다. 오로지 살기 위하여 계곡을 빠져나와 움직였던 밤길이 천은 계곡까지 오게 했다. 많은 죽음을 목격한 전쟁터에서 아직 살아남고 있다. 앞으로가 문제이다. 산으로 올라간다면 얼마나 버틸 수 있을 것인가? 산에 가서 적의 총에 맞아 죽으니, 차라리 이 절간에서 죽는 편이 더 편하리라는 생각이 든다.

산에서 내려온 밤손님들은 음식만 해결하면 산속으로 도망가기가 바쁜데, 진목을 계속 따라온다. 정규가 음식을 먹고 나서 진목이 거처하는 방에 정좌하고 앉아 있다. 칠흑 같은 어둠이 절간에 무겁게 내려앉아 있다. 어두운 절간 창문으로 달빛이 스며든다. 두 사람의 눈동자가 빛을 발한다. 어둠 속에서 정규가 부스럭거리며 주머니에서 삐라를 꺼낸다. 쭈뼛거리며 삐라를 진목에게 건넨다. 진목이 삐라를 받아 들고, 달빛이 비치는 창가에 올려 본다. 절간에도 수시로 뿌려지던 '귀향증' 삐라임을 확인한다. 진목도 삐라를 유심히 읽어 봤었다. 삐라를 보자, 진목이 밤손님이 갈등하고 있음을 알아차린다. 정규는 절간에 발을 들여 스님을 보는 순간부터 자수에 대해 생각을 하고 있었다. 반란 사건 때는 산동교회 목사님의 권유로 자수를 결심하였기 때문이다. 삐라는 자수하면 살려 준다는 문구로 온통 유혹하고 있다. 자수하면 목숨을 살려 준다는 걸 알고 있지만, 빨치산 동지들이 보복한다는 엄포 때문에 이러지도 저러지도 못하고 있었다. 특히 정규는 송진혁이 인민군에 입대하는 조건으로 살려 준 몸이 아닌가? 만약에 또 배신하면 가족까지 몰살당할 수 있다는 생각을 떨쳐 버릴 수가 없었다. 지금은 송진혁과 떨어져 버렸다. 송진혁이 어디서 죽었는지, 살았는지도 모르는 일이다. 살아 있더라도 다시 만나기는 어려운 일이다. 곳곳에 국군과 경찰들이 빨갱이들을 잡으려고 지리산을 샅샅이 뒤지면서 계속 폭격을 가하고 있다. 예고도 없이 비행기에서 떨어트리는 공중 폭격으로 살아남기란 어려운 일이다. 살아남는다고 해도 오합지졸이 되어 버린 인민군 부대이다. 각자 살아남기 위하여 죽기 살기로 도망을 다니고 있는 형편이다. 목숨을 부지한다 해도 배가 고파서 살아남기도 힘들게 되어 버렸다. 동지들도 살아남기 위하여 이렇게 각자 뿔뿔이 흩어져 버린 마당이다. 본인도 모르게 살기 위한 발걸음이 천은사 절간까지 와 버렸다. 정규는 진목과 정좌를 하고, 많은 고민을 하고 있었다. 이왕에 죽은 목숨이나 마찬가지라고 여겼는데 절간까지 몸을 피했고, 스님과 정좌를 하고 있으니 자수하여 목숨을 건지고 싶은 생각이 든 것이다. 삐라에는 귀향하면 살려 준다는데, 스님을 통하면 더 안전하게 귀향을 할 수 있는지 묻고 싶은 것이다. 스님과 함께 있다 보니 산으로 다시 올라갈 생각이 엄두가 나지 않는다. 날씨는 점점 추워지고 있다. 정상인들도 산속에서 살아남기 힘든 환경이다. 제대로 먹지도 못하고, 겨울옷도 제대로 입지 않은 상태다. 인민군들이 국군의 계속되는 공격에 죽어 나가고 있다. 이왕에 이렇게 절간까지 왔으니 스님의 도움을 받고 싶은 생각이 든다. 반란 사건에 이어, 이번에는 스님과 인연이 닿았다고 여긴다. 산속에서 죽을 팔자는 아닌가 보다.

정규가 경찰서에 두 손이 묶인 채로 앉아 있다. 산에서 죽지 않은 것만으로도 다행으로 여긴다. 경찰의 심문을 순순히 받아들인다.

정규의 신상이 드러난다. 두 번씩이나 빨갱이가 된 사실이 밝혀진다. 정규에게는 반란 사건의 죄목이 가중 처벌 된다. 감옥으로 이송된다.

지리산 전역에 '쥐잡이작전'이 시작되자, 차석중은 전투 경찰대 연대장으로 구례로 파견된다. 기존에 근무하고 있는 구례 지역 경찰로는 계엄군 작전을 뒷받침하는 데 인원이 많이 부족한 상황이다. 겨울을 기해서 다른 지역의 경찰을 지리산 쥐잡이작전에 투입한다. 구례에 파견된 국군이 빨치산들을 소탕하기 위해 쥐잡이작전이 본격적으로 시작되자, 전투경찰대는 국군과 연합하여 작전을 전개한다. 수류탄과 소총만 보유한 전투경찰대는 무기와 화력에서 우세한 국군의 작전을 돕는 임무를 수행한다. 단독으로 작전을 수행하는 일도 발생한다. 면별로 청년단을 동원한다. 각 마을 입구에 울타리를 치고 빨치산이 민가로 내려왔을 때는 즉시 상황을 보고하는 연락망을 구축해 놨다. 그야말로 군인, 경찰, 민간이 모두 빨치산 소탕 작전에 합세한다. 경찰 연대는 구례지역 계엄 사령관의 지시로 후방지역 방어를 담당한다. 산에서 내려온 빨치산들이 마을로 진입하는 것을 막는 임무가 주어진다. 경찰과 함께 쥐잡이 작전을 수행하면서 가끔 빨치산들을 사살하거나, 포로로 잡았다. 자수를 시킨 좌익들도 있다.

구례 지역에 주둔한 방경환 계엄 사령관은 지리산 쥐잡이작전에 성과가 나오지 않자, 지리산 지역에서 다른 지역으로 빠져나가는 길목에 전투경찰대를 배치한다. 경찰 연대는 지리산을 빠져나와 도망을 치는 빨치산들을 사살하는 데 공을 세운다. 수개월 작전이 계속되고 있지만, 산속에 숨어 있는 빨치산들은 완전히 소탕하지 못한다. 빨치산들은 지리산과 인근 지역의 산으로 오가며 국군의 쥐잡이작전을 요리조리 피해 다닌다. 빨치산들을 많이 소탕했다고 하지만, 아직도 산속에는 빨치산들이 활개를 치고 있다. 겨울이 지나고 봄이 되자, 하루가 다르게 산속은 녹음이 점점 짙어지고 있다. 산속에서 작전을 펼쳐야 하는 국군이나 경찰들에게는 겨울보다 작전하기가 점점 어려워지고 있다. 녹음으로 인해 시야가 가려지기 때문이다. 38선 부근에서는 중공군과 인민군의 치열한 전투에서 한 치의 양보가 없다. 정수찬 사령관은 계속되는 쥐잡이작전 임무를 빨리 끝내야 한다. 작전을 끝내고 전투력을 38선 부근으로 집중시켜야 한다. 쥐잡이작전에 동원된 주력 부대는 38선 전선으로 이동시켰지만, 일부 연대 병력과 경찰 연대는 빨치산 소탕 작전에 계속 투입된다. 쥐잡이작전을 끝내기 위한 작전에 몰두한다. 빨치산 소탕 작전의 효과를 증대시키기 위해 '빨치산의 은신처가 될 수 있는 모든 건물은 소각하라!'는 명령을 내린다. 산속 근처에 있는 민가는 물론 절간까지 모조리 불태워, 빨치산들이 숨어드는 근거지 모두 없애라는 명령이다. 방경환 구례 지역 계엄 사령관도 신속하게 명령을 따른다. 빨치산의 은신처가 되는 산간 마을 주민들을 면 소재지로 이주시키고 계속 불태우고 있다. 방경환 구례 지역 계엄 사령관은 지휘관들을 즉각 소집한다. 전투경찰대 연대장인 차석중도 작전 회의에 소집된다. 군인과 경찰이 합동으로 작전을 수행해야 한다. 방경환은 절을 몽땅 소각하라는 상부의 명령에 고민하고 있다. 눈 덮인 지리산에서 수개월 동안 공비들을 많이 토벌하였다. 봄이 되어 꽃이 피는 산야에 녹음이 우거지기 시작한 봄이 됐지만, 지난겨울에 비하면 공비들 출현이 많이 줄어들었다. 그렇지만 사령부는 공비 소탕 작전을 거세게 몰아붙인다. 공비들의 은신처가 되는 산간 마을도 많이 불태워졌고, 산간 마을 주민들도 이주를 많이 시켰다. 산간에 있는 모든 건물은 소각하라니? 계곡 곳곳에 있던 절의 암자들은 이미 불태워 없어져 버렸다. 이제 산간에 남은 건 천년 사찰만 남아 있다. 천년 사찰을 불태우라는 명령에 고민한다. 오죽하면 산중에 버티고 있는 절간을 모두 불태우라는 명령을 하달했을까? 그렇지만 묘안을 찾아내야 한다. 사령부의 명령대로라면 구례 지역에 있는 화엄사, 천은사, 연곡사 천년 사찰을 당장 불태워야만 한다. 군대는 곧 명령이다. 상부의 작전 명령은 즉시 실행에 옮겨야 한다.

"사령부로부터 산중에 있는 절을 모두 불태우라는 명령이 떨어졌다. 어떻게 했으면 좋겠는가?"

방경환도 절에 불을 질러 몽땅 불태우라는 명령을 실행하기가 선뜻 내키지 않는다. 전쟁 중이지만, 사찰에 당장 불을 지르는 일은 쉬운 일이 아니다. 당장 절에 불을 지르라는 명령 대신 지휘관들을 모아 놓고 의견을 들어 보려는 것이다.

"사령관님! 절을 불태운다고 공비들이 없어지는 것은 아닙니다."

차석중이 발언을 한다. 전쟁 중에 상부의 지시를 어기는 일은 바로 총살감이다. 상부의 명령이라고 하지만, 천년 사찰을 잿더미로 만드는 일은 도저히 용납될 수 없는 일이다. 그렇지만 어떠한 대가를 치르더라도 화엄사를 불태우는 일은 막아야만 한다.

"상부의 명령이다. 작전을 수행하려면 즉시 실행에 옮겨야 한다."

방경환도 차석중의 발언에 동조하지만, 작전 명령을 실행해야 하는 처지다. 사령부의 지시를 거절할 수도 없는 일이다.

"구례 지역에 있는 화엄사와 천은사, 연곡사는 그야말로 천년 사찰입니다. 절을 태우는 데는 한나절이면 족하지만, 절을 세우는 데는 천년 이상의 세월로도 부족합니다."

차석중이 강력하게 절에 불을 질러서는 안 된다는 의견을 내세운다. 계엄 사령관이 천년 사찰에 불을 지르는 것에 대해 주저하고 있음을 눈치챈 것이다. 그 틈을 이용하여 사령관에게 강력한 제안을 한다.

"그래, 나도 그렇게 생각한다. 그러면 어떻게 했으면 좋겠는가?"

"사령관님! 제 생각에는 빨치산 소탕 작전을 위해서는 빨치산들의 은신처를 없애려는 상부의 지시를 이해합니다. 절간을 불태워야 작전 시 시야와 관측이 쉽게 하기 위함이라 하지만, 천년 사찰을 불태운다고 해결될 문제가 아니라고 봅니다. 상부의 작전 명령이지만, 대웅전의 문짝만 떼어서 불을 지르는 것도 좋을 듯싶습니다. 그 대신 상부에는 적당히 보고하면 되는 문제인 것 같습니다.”

차석중은 어떻게 해서라도 천년 사찰 화엄사를 절대로 불을 지르면 안 된다고 거듭 제안한다.

“…….”

방경환은 잠시 고민을 한다. 차석중의 말에 공감한다. 빨치산을 소탕하기 위하여 절간을 몽땅 불태운다고 해결될 문제는 아니라고 여긴다. 상부의 명령도 빨치산을 소탕하기 위한 작전의 일환이지 천년 사찰까지 불태우라는 명령은 아니라고 생각한다.

“그래, 그 방법도 좋은 방법이다. 차석중 경찰 연대장의 의견대로 그렇게 하기로 한다. 지금 당장 화엄사로 가서 대웅전 문짝만 떼어서 불을 지르고, 결과를 보고하길 바란다. 상부에는 내가 알아서 보고하겠다. 그 대신 빨치산을 소탕하는 일에 군인, 경찰, 청년단이 모두 힘을 합하여 절간을 태우는 이상으로 성과를 보여 주기 바란다.”

차석중이 경찰 부대를 이끌고 화엄사로 향한다. 연둣빛 녹음이 우거진 오월의 산사는 고즈넉하다. 화엄사 입구의 여관촌도 문을 많이 닫았다. 전쟁 통에 빨치산들이 지리산으로 숨어드는 바람에 인적이 끊어져 버렸다. 입산 금지로 인하여 산을 오를 수가 없게 되어 버렸다. 대부분 여관은 폐업하다시피 하여, 여관촌은 개미 새끼 한 마리 얼씬거리지 않는다. 사람들로 붐비던 주막도 문을 닫았다. 지리산 전역이 작전 지역이어서 화엄사 계곡은 인적이 없다. 절을 찾아오는 사람들도 발길을 끊었다. 절에 불공을 드리러 오던 사람들도 허가를 받아야만 왕래가 가능한 지역으로 변해 버렸다. 가끔 바랑을 멘 스님이 시주하러 화엄사 계곡에 모습을 드러낸다. 스님들도 빨갱이들이 수시로 나타나는 바람에 절을 많이 떠나가 버렸다. 몇 명 스님들만 화엄사를 지키고 있다.

차석중이 화엄사 일주문 앞에서 먼저 합장을 하며 고개를 숙인다. 천년 사찰을 들어가기 전에 예의를 갖춘다. 일주문을 지나 언덕길을 천천히 오른다. 대웅전을 향하여 천천히 걸어간다. 시원한 바람이 살랑거린다. 화엄사는 전쟁 중에 다행히 온전하다. 폭격을 받지 않았다. 절 마당에 들어선다. 화엄사의 대웅전과 각황전의 위엄이 다가온다. 대웅전을 향하여 계단에 천천히 올라선다. 대웅전 앞에 다다른다. 대웅전 입구에서, 안을 들여다본다. 불상 앞에서 스님이 예불에 집중하고 있다. 불상이 보이자 차석중은 합장을 하여 고개를 숙이고 예의를 갖춘다.

똑똑똑똑똑….

"나무아미타불 관세음보살, 나무아미타불 관세음보살…."

명학이 목탁을 치며 불경 소리는 점점 커진다. 명학은 사람 인기척에도 아랑곳하지 않고 목탁과 불경을 계속한다. 차석중은 대웅전 입구에서 목탁 소리에 빠져든다. 스님이 예불이 끝날 때까지 기다린다. 목탁 소리가 멈춘다. 명학이 불상을 향하여 절을 한다. 절을 마친 명학이 사람의 인기척을 감지하고 문 쪽을 향한다. 대웅전 문 쪽에서 예불을 마칠 때까지 서 있던 차석중과 명학이 마주친다. 명학은 합장하며 차석중에게 정중하게 고개를 숙인다. 차석중도 스님에게 공손하게 합장을 하고 고개를 숙인다. 명학이 대웅전 밖으로 나온다. 대웅전 밖에는 경찰 수십 명이 총을 들고 서 있다. 경찰 연대는 작전을 수행 중이다. 명학이 총을 들고 서 있는 경찰들에게도 고개를 숙여 정중하게 합장을 한다. 절간에 밤손님도 간혹 들르기도 하고, 군인들도 수시로 절간에 들락거리는 일이 종종 있었던 터라 명학은 대수롭지 않게 차석중 일행을 맞이한다.

"어인 일로…"

명학이 차석중에게 묻는다.

"부처님을 뵙고 싶어서 들렀습니다."

차석중은 스님에게 친근하게 말을 건넨다.

"나무 관세음보살."

명학은 경찰이 친근하게 말을 건네자 우선 긴장을 푼다.

"스님, 저희는 지금 작전 중입니다. 스님도 아시다시피 산에 숨어 있는 빨갱이들과 대치 중인 거 잘 아실 것입니다."

차석중은 작전 중임을 알리고 상부의 지시를 알려야 한다. 스님에게 강압적으로 한다고 될 일이 아니다. 화엄사 스님들에게 충분히 양해를 구하고 작전 내용을 알리고 싶다.

"스님, 요즘에도 밤손님이 나타납니까?"

차석중은 빨갱이들이 밤에 절간에 나타나 스님들에게 식량을 달라고 압박을 하는가 싶어서 묻는 것이다. 명학은 대답하기가 난처하다. 절간에 가져갈 식량도 없다. 가끔 마을에 나가서 입에 풀칠할 정도만 시주를 해 와서 근근이 버티고 있기 때문이다. 누구를 막론하고 식량이 한 톨이라도 남아 있을 때는 배고픈 자에게 내어 주는 것이 인지상정이기 때문이다. 명학은 차석중의 물음에 빙그레 웃음만 짓는다. 빨치산들도 목숨을 유지하기 위해, 오죽하면 절간을 지키고 있는 스님들에게 총을 들이대며 식량을 달라고 할까 싶다. 밤손님이 총을 들이대면 곡식 한 톨까지 내어 주고 만다. 그저 생명을 모두 귀한 존재라고 여긴다.

"이 전쟁 통에 스님들도 견디기 힘들 것입니다. 그렇지만, 빨갱이들이 산에서 내려오면 반드시 군부대나 경찰서에 신고하셔야 합니다."

명학이 합장을 하며 예를 다한다. 차석중은 명학에게 어쩔 수 없이 빨갱이 소탕 작전에 협조해야 한다고 말한다. 명학도 대답을 명쾌하게 안 하지만, 산중에 있는 스님들도 목숨의 위협을 당하리라 본다.

"이번에 빨갱이들을 소탕하기 위하여 절간을 몽땅 불태우라는 명령이 상부로부터 떨어졌습니다. 빨갱이들의 근거지를 없애 버리라는 명령입니다."

명학은 절간을 불태우라는 작전 명령에 놀란다. 빨치산들을 소탕한다고 절간을 태워 버리란 명령이 내려졌다니, 이해할 수가 없다. 명학은 눈을 감아 버린다. 두근거리는 가슴을 진정시킨다.

"나무아미타불 관세음보살!"

차석중도 절간을 태우라는 말에 당황한 기색으로 관세음보살을 하는 명학을 바라본다.

"저희는 오늘 고민을 많이 하고 절간으로 올라왔습니다. 상부 명령에 따라 천년 사찰을 불태우는 것은 순식간이지만, 천년 사찰을 재건하는 일은 수백 년이 걸릴 줄로 압니다. 상부의 명령도 있지만, 화엄사를 불을 지르지 않기로 계엄 사령관님과 의견을 모았습니다. 상부의 작전 명령을 거역할 수는 없는 일입니다. 그래서 절간 문짝만 불을 태우기로 했습니다. 상부에는 명령을 수행했다고 보고를 하기로 했습니다. 스님께서 그리 아시기 바랍니다."

차석중은 명학에게 자초지종을 말한다. 절간을 몽땅 태우라는 명령이 하달되었지만, 계엄 사령관의 배려로 절간의 문짝만 태우고 나서 작전 임무를 완수했다고 보고할 것이라고 전달한다.

명학은 합장으로 대신한다. 전쟁 중에 작전 명령이라 하니, 거역할 수도 없는 일이다. 그나마 얼마나 다행스러운 일인가? 만약에 상부의 명령대로 작전을 수행해도 어쩔 수가 없다. 부처님의 은공이 함께했으리라 믿는다. 두근거렸던 가슴을 쓸어내린다. 다시 고개를 숙이며 합장을 한다. 대웅전을 불태우지 않게 하는 것만으로도 부처님을 뵐 수 있는 면목이 생긴 것이다. 대웅전 문짝을 태우는 일도 불경스러운 일이지만, 불행 중 다행이라고 여긴다.

차석중은 명학이 합장을 한 것으로 보아, 그 뜻을 받아들이는 눈치다. 만약에 대웅전 문짝을 태우는 일까지 반항을 하면 어쩌나? 하고 걱정을 했었다. 스님들이 강하게 저항하면 난처했을 텐데, 명학이 순순히 받아들이는 것 같아 재빠르게 부하들에게 눈짓한다. 차석중이 대웅전을 향하여 공손히 합장하고 고개를 숙인다. 대웅전 문짝을 떼어서 불을 지르는 일도 간단히 생각할 일이 아니다. 대웅전 앞에 다가간다. 차석중이 부하들에게 명령을 내린다. 부하들이 우르르 대웅전 문 앞으로 달려든다. 문짝만 떼어 낸다. 절 마당에 불을 질러 문짝만 태운다. 문짝이 활활 타오른다.

"나무아미타불 관세음보살, 나무아미타불 관세음보살…"

명학은 계속 합장을 하고 절을 올린다.

차석중은 부대를 이끌고 천은사로 달려간다. 천은사도 빨갱이들이 수시로 드나드는 곳이다. 천년 사찰을 보존하기 위하여 극락보전 문짝만 가져다가 절 마당에서 불을 지른다. 문짝이 활활 타오른다.

차석중이 방경환에게 화엄사 대웅전과 천은사 극락보전 문짝만
태웠다고 보고를 한다. 차석중의 기지로 화엄사와 천은사를 불태
우는 일은 없었던 일로 한다. 하마터면 천년 사찰인 화엄사가 잿
더미로 될 뻔한 일이었다. 방경환 계엄 사령관은 대웅전 문짝만
뜯어내 소각을 해도 소기의 목적은 충분히 달성됐다고 여긴다.

서울을 다시 탈환한 유엔군과 남한군은 38선 부근까지 진격한
다. 38선을 기준으로 고지를 점령하기 위한 치열한 공방전이 계
속된다. 중공군이 이미 점령하고 있는 고지를 점령해야 한다. 인
영의 부대가 북진한다. 고지에는 중공군들이 진지를 구축하고 있
다. 고지를 점령하라는 명령이 하달되었다. 고지를 향한 곡사포
포격이 먼저 이루어진다. 고지 아래에서 장갑차를 동원하여 고지
를 향하여 포격이 쉴 새 없이 터진다. 박격포를 계속 쏜다.
콰콰콰…. 펑펑펑….
"공격하라!"
지휘관의 명령에 따라 인영은 부대원과 함께 고지를 향하여 진
격한다.
"와!"
그야말로 고지를 점령하기 위하여 각종 무기와 인원이 동원되고

있다. 고지를 점령한 중공군은 인민군들처럼 호락호락하지 않다. 남한군과 유엔군을 37도 선까지 후퇴하게 했다. 고지에 진지를 구축하고 있던 중공군들도 반격한다. 현재는 38선 부근에서 고지를 점령하기 위한 전투가 매일 벌어지고 있다. 고지를 향해 올라오고 있는 남한군들을 향해 인민군들이 박격포로 응수한다. 고지를 향해 전진하는 인영의 부대원들이 포탄을 맞고 몸이 공중으로 솟구친다.

"악!"

포탄을 맞은 남한군들은 공격이 멈칫해진다. 양쪽의 포격으로 인해 하늘은 온통 총알이 빗발치고 있다.

"돌격하라!"

지휘관은 부하들에게 고지를 향하여 계속 돌격하라는 명령을 내린다. 인호의 부대는 계속되는 포격의 지원으로 고지의 중턱까지 전진해 있다. 고지를 점령하기 위하여 남한군들이 계속 전진한다. 고지를 향해 점점 다가가자, 중공군들은 수류탄을 던진다.

펑!

수류탄이 인영의 발 앞에 떨어진다. 수류탄 파편이 인영의 다리를 관통한다.

"아!"

다리에서 피가 쏟아진다. 인영이 다리를 붙들고 고통스러워한다. 인영이 피를 흘리며 고통스러워하자, 동료 전우가 다가와 살핀다. 인영이 계속 소리를 지른다. 전우가 다리에 응급 처치를 한다. 응급 처치야 피가 더 흐르지 않게 지혈을 하는 방법밖에 없다. 몸에 지니고 있던 붕대를 인영의 다리를 칭칭 감아 준다. 인영은 다리 부상으로 몸을 움직일 수가 없다. 응급 처치를 한 전우는 총을 들고 고지를 향하여 움직인다. 인영의 머리 위로는 계속되는 양쪽의 전투로 총알이 빗발치고 있다. 땅바닥에 바짝 엎드려 있다. 포격 소리가 계속 들려온다. 중공군의 박격포 공격에 전우들이 피를 흘리면서 쓰러져도 계속 고지를 향하여 전진한다. 남한군들이 계속 죽어 나간다. 후속 부대가 계속 고지를 향하여 전진한다. 고지의 중공군들도 포격으로 몸이 공중으로 솟구친다.

"악!"

그야말로 계속되는 융단 폭격으로 고지는 초토화되어 버린다. 중공군들이 고지에서 계속 죽어 나간다. 남한군은 계속 고지를 향하여 진격한다. 마침내 인영의 부대원들이 고지에 올라선다. 참호에 남아 있던 중공군도 손을 들고 항복을 한다. 고지 곳곳에는 중공군들의 시체가 곳곳에 널려 있다. 격전으로 인해 고지는 포격으로 연기가 계속 피어오르고 있다. 고지는 포탄 세례를 받아 민둥산이 되어 버렸다.

"대한민국 만세!"

고지를 점령한 남한군들이 태극기를 흔들며 만세를 부른다. 참으로 감격스러운 순간이다. 고지를 점령한 후에 부상자를 후송한다.

인영이 전우들에 의하여 들것에 실려 후송된다. 인영이 신속하게 병원으로 후송된다. 병원에서 인영은 한쪽 다리 발목을 절단하는 수술을 받는다. 수술을 마친 인영이 목발을 짚고 군인 병원에서 걸어 다닌다.

42
—
프로 석방

북한의 기습 남침으로 시작된 전쟁이 3년째 계속되고 있다. 김일성은 3개월이면 부산까지 점령하여, 남한을 해방시키려는 계획은 무산되었다. 유엔군의 참전으로 인천상륙작전을 성공시켜 서울을 탈환한다. 유엔군과 국군은 38선 이북으로 북진하여 평양을 정복하였다. 그 기세를 몰아 크리스마스 이전에 압록강 국경선까지 점령하여 전쟁을 끝내겠다는 계획은 사라졌다. 중공군의 전쟁 개입으로 남북통일을 이룩한다는 희망도 사라져 버렸다. 지금은 38선 부근에서 치열한 공방전을 벌이고 있다. 남한과 북한 간의 전쟁은 유엔군과 소련, 중공의 참전으로 강대국 간의 대결 양상이 되어 버렸다. 휴전 얘기가 오고 간다. 힘이 없는 남한과 북한은 강대국의 휴전 제의에 따라야만 할 형편이다.

휴전 회담이 개성에서 시작된다. 시일이 지나 회담 장소는 개성에서 다시 판문점으로 변경이 되어 계속 진행된다. 이승만은 휴전을 강력히 반대한다. 이번 기회에 남북통일을 이루기를 바라지만, 강대국의 의견에 무시되어 버린다. 이승만의 강력한 휴전 반대로 휴전 협상 자리에는 남한 대표를 참석시키지 않는다. 남한은 대표를 파견하지 않고, 대표를 회담 장소에 보내어 참관만 시킨다. 유엔군 대표로 미국과 중국, 북한 대표만이 휴전 협상을 시작한다. 휴전회담에서는 포로 문제가 가장 큰 문제로 대두된다. 쌍방 간의 포로 숫자가 교환되고, 포로를 어떻게 처리할 것인지 첨예하게 대립한다. 1949년 제네바협약에 따르면, 전쟁이 끝나면 포로들은 무조건 본국으로 송환해야 한다는 원칙이 있다. 유엔 측이 포로들의 의사를 미리 파악한 바로는, 2만 명의 중공군 포로를 포함하여 전체 17만 명 중에 절반 이상이 공산국인 본국으로 돌아가지 않겠다는 것을 대략이나마 파악했다. 그래서 유엔 측은 포로 개개인의 의사를 최대한 존중해 줘야 한다고 제시한다. 자유 송환 방식으로 포로들이 원하는 남한, 북한, 중국, 대만 중에 어느 곳이라도 선택하게 하자는 것이다. 그야말로 인도주의 차원에서도 그렇고, 민주주의의 우월성을 과시하고자 하는 의도도 깔려 있다. 그러나 공산군 측은 개인 의사와는 상관없이 무조건 각각의 본국으로 송환되어야 한다는 강제 송환 방식을 주장한다. 만약에 포로들이 본국으로 송환되지 않고 자유민주주의 국가를 선택하면, 공산주의에 대한 정치적 피해를 가져올 수 있기 때문이다. 북한의 경우는 정치적인 피해는 물론 당장 젊은 인력이 필요한 상황인데, 본국으로 송환되지 않을 경우 십만 명 이상 되는 막대한 인력 확보 차원에서 불리하기 때문이기도 하다. 유엔 측은 인도주의적 차원에서 포로 송환 시 강제력이 동원되어서는 안 된다고 한다. 송환을 원하지 않는 포로들은 중립국의 감시하에 포로들의 개인 의사를 존중하여 각 포로로부터 의사 표시를 파악해야 한다고 주장한다. 공산 측은 근거도 없는 주장을 한다고 반대를 하지만, 포로 중에 본국으로 송환을 거부하는 포로가 얼마나 되는지를 파악하고 싶어 그 자료를 제시하라고 한다. 공산 측은 억지를 부리면서도 포로수용소 안으로 긴급 지시를 전달한다. 무조건 본국으로의 포로 송환을 요구하기 위해 포로들로부터 면담 심사 자체를 무조건 거부하라고 지령을 내린다. 포로 심사를 거부하는 인원은 본국으로의 송환을 원하기 때문에 심사를 거부하는 거라고 우기고 싶어서다. 공산 측에서도 이미 정보를 파악한 바로는 절반 이상이 본국으로 송환을 거부하고 있다고 한다. 그렇지만, 포로협상장에서 무조건 본국으로의 송환을 우겨야 하는 문제이다.

휴전 협상이 진행되자, 이승만은 휴전을 강력히 반대한다. 이승만은 남한 단독으로라도 북진을 하여 통일 위업을 달성하겠다고 주장한다. 휴전 협상장에 한국 대표를 철수시켜 버린다. 이 기회에 한반도의 통일을 하지 못하면 안 되는 절박한 심정이다. 이대로 휴전 협정이 체결된다면 소련과 중공의 지원을 받은 북한은 또다시 38선 이남으로 다시 남침할 거라는 것이다. 남한은 또다시 전쟁의 위험에 놓이게 될 것이라고 강조한다. 소련과 중국이 북한을 지원하고 있으므로 남한은 공산주의에서 벗어날 수 없다는 것이다. 이를 막으려면 한미방위조약을 체결하는 동맹 관계를 맺어야 할 것이라고 주장하고 나선다. 남한의 안전보장 없는 휴전은 절대로 허락할 수 없는 것이다. 국회에서도 휴전 반대 결의안이 통과됐다. 서울에서는 휴전 반대 집회가 연일 열린다. 수만 명의 군중이 모여서 울분을 토한다. 여학생들도 휴전 반대 집회에 참석하여 땅을 치며 통곡을 한다. 각종 구호와 플래카드가 광장을 가득 채운다.

"공산당이 존재하는 한 평화란 없다!"
"통일이 아니면 죽음을 달라!"
"우리는 단독으로라도 무력 북진 통일하자!"
"멸공 통일!"
"통일 없는 휴전 절대 반대!"
"38선은 없다!"

이승만은 어떤 종류의 휴전 협정에도 반대한다. 모든 협상을 거부하고, 이 기회에 남한에 의한 한반도의 통일만이 유일한 길임을 고집한다. 정전 협정에 서명하라고 하는 것은 사형 선고를 받는 것임으로 받아들일 수 없는 일이라고 말한다.

"휴전 협정에 서명하라고 하지만, 현재 북한에는 중공군이 주둔하고 있다. 거의 백만이나 되는 중공군의 수효를 허락해서 주둔하게 되는 꼴이다. 우리로는 통일을 못 할 뿐 아니라, 더 살 수 없는 형편에 다다르게 됩니다. 남북 분열을 국제 조약으로 인정하고 중공군의 점령을 허가해 주는 조약에 협의하라는 꼴입니다. 휴전한 후로는 소련과 중국의 공산군이 북한을 조종하여 다시 남침을 감행할 것으로 보입니다. 그렇게 되면 우리를 살 수 없게 만듭니다. 공산군을 제어할 힘이 부족한 관계로 불원한 장래에 체코슬로바키아와 중국처럼 공산화가 되는 참혹한 화를 면치 못할 것입니다. 휴전 협정을 하자는 것은 우방 모두가 한반도를 공산당에게 포기하자는 것이나 다름없습니다. 우리의 형편으로는 미·중 유의 위기를 당하고 있는 것입니다.

이북 동포들은 해방 후 소련군이 점령, 그 후에는 공산 괴뢰군이 점령, 전쟁이 발발해서는 중공군의 점령하에 있습니다. 공산당에 의한 살인과 방화, 약탈에 시달리는 북한 동포들이 칠백만에서 삼백만밖에 남지 않았다고 하니 그 동포들을 구해 내야 합니다."

미국의 트루먼 대통령은 이승만에게 휴전 협정을 위하여 한국이 적극적으로 협조하여 달라고 요청하는 문서를 보내온다. 하지만, 이승만은 한미 동맹 군사 협정을 하지 않으면 휴전 협정에 반대한다는 답신을 보낸다. 트루먼 이후에 새 대통령인 아이젠하워가 즉위하자마자 이승만에게 휴전 협정을 계속 요구하지만, 이승만은 계속 한미 동맹 군사 협정을 해야만 정전 협정에 협조할 것이라고 계속 일관되게 요구한다.

거제도 포로수용소에도 포로 송환 문제 소식이 전해진다. 휴전 협상이 진행될수록 포로수용소와 외부와 연락이 빈번해지고, 북한의 지령을 받기까지 이른다. 그만큼 포로수용소 관리는 허술하다. 반공 포로와 공산 포로의 대립이 점차 심해진다. 휴전 회담장 결정에 따라 포로수용소에서는 대대적으로 포로들과 면담을 시작한다. 포로들을 한 명씩 불러서 중립국 심사관으로부터 심사를 시작한다. 공산당의 지령을 받은 포로들은 심사 면담을 거부하지만, 수용소장은 강제적으로라도 일일이 면담을 진행해 나간다. 면담을 진행할수록 공산당들이 장악한 친공 포로수용소 구역에서는 조직적으로 면담 자체를 거부하고 나선다. 유엔군 병사들이 철조망 안으로 진입하려고 다가가자 조직적으로 저항을 시작한다. 철조망 안에는 인공기를 게양한다. 철조망에는 김일성 초상화도 걸려 있다.

염상석은 포로 송환 심사를 두고 고민한다. 부모님을 생각하면 북으로 가야 하는 것이 맞는 일이다. 내가 만일 남한을 선택한다면, 아들이 남한에 남았다는 사실로 인하여 흥남에 계신 부모님에게 해는 미치지는 않을지. 어떻게 해야만 할까? 상석은 하늘에 떠 있는 달을 바라본다. 달이 유난히 밝게 빛나고 있다. 저 달이 고향 하늘에도 떠 있겠다는 생각을 한다.

"달님! 고향에 계신 부모님은 무사한지요?"

전쟁 중에 별고는 없으신지. 어머니가 평양으로 향할 때 멀리서 손을 흔들던 모습이 떠오른다. 집을 떠났던 아들은 집에 연락도 못 하고, 전쟁에 강제 징집 되었다. 전쟁 통에 다행히 죽지 않고 포로가 되어 거제도에 있다는 사실을 알고 계실까? 부모님께 안부조차 전할 수 없는 상황이다. 효도 한번 제대로 하지 못한 이 불효자식을 용서하여 주세요.

"아, 오마니!"

상석은 달을 바라보며 어머니를 부른다. 달 속에서 어머니의 얼굴이 아른거린다. 상석의 눈에는 눈물이 흘러내린다.

"오마니!"

그리운 나의 어머니. 어머니가 보고 싶다. 고향 집이 그립다. 고향에서 어머니는 아들이 돌아오기만을 얼마나 기다리고 계실까? 고향에 계신 부모님을 생각하면 북으로 가야 한다. 그렇지만, 공산당이 장악한 북한은 희망이 없는 땅이다. 종교를 인정하지도 않는다. 종교는 아편이라며 오로지 공산당만이 판을 치는 세상이다. 목사였던 아버지는 어떻게 지내고 계시는지. 해방 후 많은 지주와 목사들이 월남했던 기억을 떠올린다. 공산당의 억압으로 교회가 문을 닫았는데, 무얼 하며 지내시는지. 혹시 부모님 두 분이 함께 전쟁 통에 월남하지 않았을까? 아들이 집으로 찾아올까 봐 고향 집을 못 떠나고 계시지는 않은지. 부모님께서 월남하셨다면, 이 기회에 나도 북으로 가지 않고 남한을 선택하면 되는데…. 부모님의 안부가 궁금하기만 하다. 자식으로서 부모를 외면하고, 나 혼자 살겠다고 남한을 택하자니 불효를 하는 것만 같아 괴롭다. 내가 남한을 선택하면 부모님과는 영영 이별이지 않은가. 나중에 남북통일이 되는 날에나 부모님을 만날 수 있지 않을까? 전쟁은 그야말로 천륜을 갈라놓은 악마다. 전쟁 때문에 가족이 만날 수도 없게 되어 간다. 별별 생각이 다 든다. 어떻게 해야 하는가. 상석은 눈을 감고 간절히 기도한다.

"하나님! 어떻게 결정해야 합니까? 저는 결정을 내리기가 힘듭니다. 하나님께서 함께하여 주시옵소서! 저 혼자서는 괴롭습니다. 저를 인도하여 주시옵소서. 하나님의 뜻이 제 뜻이 되게 하옵소서!"

포로수용소 안은 포로들끼리 사상 검증을 하기 시작한다. 포로들 각자 어떤 마음을 품고 있는지 알 길이 없다. 포로들의 고향은 북한이지만, 성인들이기 때문에 마음은 제각각이다. 속마음을 쉽게 나타내지 않는다. 북한의 지령은 은밀하게 계속 하달된다. 염상석이 있는 수용소 안에서 공산 포로들끼리 수군거린다. 자체적으로 지도자는 이미 뽑아서 행동하고 있었다. 박성칠이 95구역 대표로 뽑혔다. 박성칠은 해방 동맹 소속의 친공 성향의 사람이다. 박성칠에게는 포로들의 성향을 파악하라는 북한의 지령을 전달받았다. 수용소 내에서 해방 동맹 조직 간의 긴밀한 연락망이 가동되고 있다. 만약에 포로 중에 반공 포로들이 있다면, 친공 포로로 만들어야 한다. 포로 송환 심사를 하면 무조건 북한을 선택하도록 해야 한다.

휴전회담이 시작되자, 포로수용소 각 막사에는 이미 북의 지령을 받은 포로들이 추가로 속속 들어오고 있었다. 일부러 유엔군의 포로가 되어 포로수용소 전체를 장악한다는 전략이다. 17만여 명에 달하는 포로 중에는 중공군 포로보다는 인민군 포로들이 대부분이다. 인민군 포로가 많다 보니 북한은 포로수용소 안에 있는 포로들을 조직화시키고 민주주의 사상에 물들지 않게 하려는 시도까지 한다. 포로들을 조종하여 휴전회담을 유리하게 이끌어 가기 위하여 은밀하게 지령을 계속 내린다. 지령을 받은 친공 포로들은 조직적으로 움직인다. 포로수용소는 미군의 주도하에 남한군이 철조망 밖에서만 경계를 서고 있다. 철조망 안, 막사에는 전혀 간섭하지 않는다. 최대한 자율적으로 움직일 수 있도록 하고 있다. 실제로 천막마다 수천 명씩 수용된 관계로, 현재의 경계 병력으로는 일일이 관여하는 것 자체가 불가능한 일이다. 각 천막 안으로는 남한군이나 미군들이 들어오지 않고 있음을 친공 포로들은 십분 이용한다. 수용소 천막 안에서는 무슨 일이 벌어지고 있는지 전혀 모른다. 막사마다 친공, 반공으로 나누어져 세력 다툼이 계속되고 있다. 그 세력에 따라 친공 세력이 완전히 장악한 구역도 있고, 반공 세력이 완전히 장악한 구역도 생겼다. 다행히 염상석이 지내고 있는 막사는 친공 세력과 반공 세력이 공존하고 있다. 염상석 막사에도 포로들이 삼삼오오 모여서 수군거리다가 흩어지기를 반복한다. 서로 의견을 나누기만 하고 속마음은 드러내려고 하지 않는 분위기다. 박성칠 옆으로 포로들이 은밀하게 모여든다. 박성칠 중심으로 결합이 된 친공 포로들이다. 한봉두도 날카로운 눈빛으로 서 있다.

"포로 송환 여부 심사가 본격적으로 시작될 것이다. 우리 막사에서는 모두가 북한을 선택하게 해야 한다. 단 한 명이라도 남한에 남겠다는 자가 나와서는 안 될 일이다. 알겠나?"

박성칠이 낮은 소리로 단호하게 말한다. 몰려 있던 포로들이 고개를 끄덕인다. 박성칠을 중심으로 모든 포로가 북한을 택하도록 하자는 결의다.

"염 동무! 동무는 어떻게 할 끼야?"

평상시 친하게 지내 왔던 주기영이 말을 걸어 온다.

"부모님이 계시는 고향으로 돌아가야지비."

염상석은 편하게 고향 부모님 핑계를 대며 대답한다. 주기영이 묻지만, 상석은 본심을 드러내지 않는다. 민감한 사안이다.

"고럼, 주 동무는 어떻게 할 작정임네까?"

"나도 당연히 고향으로 가야 하지 않겠쏘."

주기영도 고향으로 가야 한다고 대답한다. 서로의 의견을 물으면 대부분은 고향 얘기로 마무리 짓는다. 속마음이야 어떨지 몰라도, 포로 송환 심사가 다가오자 틈만 나면 서로의 의견을 묻고 대답한다. 서로가 본심은 드러내지 않는다. 주기영도 마음이 뒤숭숭하여 염상석에게 말을 걸어 본 것이다.

한봉두가 눈빛을 발사하며 멀리서 염상석과 주기영을 바라본다. 한봉두가 포로들과 대화를 계속하면서 염상석 곁으로 천천히 다가온다.

"염 동무! 포로 송환 심사를 한다는디, 어디로 갈 건지 결정했나?

한봉두는 상석에게 고향 사람이라고 친근하게 다가가 말을 건넨다.

"나야 당연히 고향으로 가야 하지 않겠습네까."

상석은 당연하다는 듯이 고향을 들먹이며 말한다. 한봉두는 염상석과 함경도가 고향이라고 가깝게 했지만, 상석이 종교 강연에 열심인 것을 알아차리고부터는 상석을 안 좋게 보고 있다. 쓸데없는 종교 강연에 집중하는 모습이 영 못마땅했다. 염상석이 포로 송환 문제에는 어떤 마음을 가졌는지 궁금하다. 일부러 염상석에게 다가가 말을 건네 본 것이다. 여러 포로와 말을 계속 건네면서 은밀하게 주기영에게로 다가간다. 한봉두와 주기영은 포로수용소에서 처음 만났을 때 고향이 청진이라며 동향 사람이라 하여 반갑게 악수하고 친하게 지내 왔었다. 포로수용소에서 고향 사람을 만나는 일은 그야말로 반가운 일이다. 한봉두는 주기영을 전혀 의심하지 않고 있다. 나지막하게 주기영에게 말을 건넨다.

"주 동무, 염 동무와 말을 나누던데, 뭐 느끼는 거 없었어?

"예. 아직은 염 동무의 속마음을 모르겠슴네다. 고향으로 간다는 말만 들었슴네다."

"염 동무가 의심스러우니까 계속 잘 감시하라우."

"예."

"주 동무는 고향으로 갈 거지?"

"그럼요."

한봉두는 고개를 끄덕이며 걸음을 옮긴다. 주기영을 잘 아는 사이라서 의심을 하지 않은 말투다. 포로수용소에서 생활하는 동안 각자의 사상은 어떻게 변하고 있는지 모른다. 막사 안에서는 치열하게 반공, 친공의 세력들이 자기편으로 만들려고 은밀하게 접촉한다. 매일매일 각 구역은 포로 송환 심사가 계속된다. 반공청년단이 장악한 구역 막사는 심사를 마쳤다. 공산 포로가 장악한 친공 구역과 쌍방 간의 세력이 충돌하고 있는 구역 막사는 조사를 마치지 못했다. 심사 날짜가 점점 다가온다. 포로들은 날만 새면 삼삼오오 모여서 송환 심사에 관한 얘기가 계속된다. 한봉두가 주기영에게 다가간다.

"주 동무, 어디로 갈 것인지 결정했나?"

한봉두는 며칠 전에도 주기영에게 물어봤지만, 반복해서 송환 의사를 묻는다. 계속해서 포로들에게 확인하는 차원이다.

"…"

주기영은 잠시 대답을 머뭇거린다. 한봉두에게 본심을 드러내야 할지 망설이고 있다. 사실 주기영은 북한으로 갈 건지 남한으로 갈 건지 고민 중이다. 며칠 전에도 한봉두에게 북한 고향으로 간다고 했지만, 한봉두가 재차 물으니 순간적으로 본심을 드러내고 싶은 충동을 느낀다. 그렇지만 멈칫한다. 주기영이 대답을 머뭇거리자 한봉두는 주기영을 의심한다. 곧바로 북한으로 간다는 대답을 안 하는 주기영의 사상을 의심한다. 그만큼 서로를 의심하고 또 의심하는 분위기다. 남한으로 가고 싶더라도 북한으로 가겠다고 즉석에서 대답하는 포로들은 덜 의심을 하겠지만, 대답을 머뭇거리는 포로들은 일단 반동분자 대열 목록에 기록한다. 재차 확답을 들어야 할 만큼 세력 규합이 절박하다. 겉으로 말하기는 포로들 대부분이 북한으로 가겠다는 분위기다. 다른 구역 막사처럼 친공 세력이 완전히 장악하지 못한 구역이다. 구역을 대표하는 박성칠이 강하게 지도력을 발휘하지 못한 이유이기도 하다.

성기출이 염상석에게 다가온다. 성기출은 수용소 안에서 교육을 받으면서 가장 대화를 많이 나누었던 포로가 주기영과 염상석이다. 염상석과 주기영도 강연을 들으면 들을수록 공산주의의 허구, 특히 북한은 김일성 우상화 놀음에 속아 왔다는 것으로 점점 받아들이며 고개를 끄덕였다. 북한에서는 느끼지 못했던 공산당 독재 사상에 대해 허구라는 걸 점점 깨달아 간다. 인민의 의사는 전혀 무시되는 공산 사상이다. 민족주의자들을 모두 숙청하고, 오로지 김일성 수령 동지를 내세우는 소련의 꼭두각시놀음임을 점점 알아 간다. 그럴수록 마음 깊은 곳에서는 이 기회에 공산주의가 판치는 북한으로는 돌아가고 싶지 않다. 성기출은 염상석과 주기영을 주축으로 한 반공 세력을 은밀하게 규합을 하려고 마음먹고 있다. 박성칠을 주축으로 하는 해방 동맹 친공 세력과 대적하려는 생각을 가진다.

"염 동무, 어떻게 하려고?"

다정하게 웃으면서 염상석에게 말을 건넨다. 성기출은 염상석이 당연히 반공 세력이 될 것으로 믿고 있다.

"고향으로 가야 하지 않겠습네까."

염상석이 고향을 들먹이자 성기출은 눈을 크게 뜬다. 의외라는 표정이다. 염상석은 남한으로 간다는 말이 나올 줄로만 알았다. 염상석도 성기출에게는 본심을 말하고 싶지만, 참고 있다. 염상석은 섣불리 반공 대열에 줄을 섰다가 대립이 격화되면 처세하기가 어렵다고 본다. 95구역 수천 명의 포로 중에는 고향이 대부분 북한이기 때문에 친공 포로가 많다고 판단한다. 휴전회담 이후로 포로 송환 문제가 점점 대립하고 있음을 감지한 것이다. 본심을 드러냈다가 나중에 되돌리기가 어렵다는 판단을 하고 있다.

"고향으로 간다고요?"

성기출은 역시나 염상석의 대답에 실망한 말투다. 당연히 염상석은 남한을 선택하리라 믿고 있었다. 다른 사람은 몰라도 반공세력을 규합하는 데 염상석을 꼽고 있었다. 그동안에 보아 왔던 염상석은 군종 목사님과 천주교 신부님이 왔을 때마다 열정적으로 강연에 참여하였던 것으로 기억한다. 주기영과 함께 셋이서 웃으면서 대화를 나누었었다. 대화 중에도 공산당 독재의 허구에 대해 의견을 나눈 적이 있기 때문이다. 세 사람은 의견이 일치했다.

"예."

상석이 다시 답을 하자, 성기출은 염상석을 물끄러미 바라본다.

"염 동무! 그게 사실입네까?"

염상석은 고개를 끄덕인다. 성기출의 눈을 회피한다. 지금 상황에서는 어디에도 속하고 싶지 않다. 고향으로 간다는 말만 되풀이하고 싶다. 포로들 대부분이 고향에 계신 부모님과 가족들을 생각하는 경우는 당연하게 여기고 있다. 남한에 남고 싶지만,

마음 한구석에는 고향을 포기할 수도 없는 일이다. 수구초심首丘初心이라 하지 않았던가? 짐승도 죽을 때는 고향을 향하고 그리워한다는데, 하물며 부모님과 가족이 고향에 있는 포로들은 고향을 포기하기란 쉬운 일이 아니다. 염상석은 아직 갈피를 못 잡고 있다.

송환 심사가 진행될수록 염상석이 있는 막사 구역에서도 반공과 친공의 세력 규합이 점점 드러난다. 서로 삼삼오오 모여 수군거리는 일이 반복되고 있다. 똑같은 포로 신세이지만 누가 친공이고, 누가 반공인지 점점 본색이 드러나고 있다. 각 세력끼리 규합하려는 방법을 찾기에 혈안이다. 한봉두가 주기영에게 다가온다.

"주 동무, 어디로 갈 건지 전번에는 대답을 회피하던데…. 이제는 결정했나?"

"그럼, 한 동무는 어디로 갈 건지 결정했능가?"

주기영이 오히려 한봉두에게 반문한다.

"나야 당연히 고향으로 가야지비."

"아, 그렇군요. 나는 수용소에서 많은 걸 배웠습니다. 사상 교육이란 게 말입니다. 거… 뭡니까… 검정 옷을 입은 신부님이 아주 멋진 분이십니다. 어떻게 결혼도 안 하고, 신념이 아주 강하게 보였습니다. 강연 내용도 아주 조리 있게 말하는 것 같았습니다."

주기영은 작정이라도 하듯이 한봉두에게 생각을 거침없이 늘어놓는다. 한봉두는 주기영을 동향이면서 자주 마주치는 동무라 주기영의 속마음이 계속 궁금했었다. 한봉두가 눈빛이 갑자기 변한다. 얼굴을 고약하게 찡그린다. 포로 송환 심사에 대해 한시도 급한 상황이다. 주기영은 반동분자나 뱉어 낼 말을 거침없이 말하는 것에 화가 난다. 종교는 아편이라고 배웠는데, 까만 옷을 입은 신부님을 들먹거리자 한봉두는 화가 난다. 까만 옷을 입은 신부가 포로수용소에 나타나면 친공 포로들은 '까마귀 새끼가 온다'며 노골적으로 숙덕거릴 만큼 종교를 아편보다 더 나쁜 것이라고 수군거렸다. 믿고 있었던 주기영에게 한 방 얻어맞은 기분이다.

"주 동무, 그래도 고향에 부모님이 계시는데 고향으로 가야 하지 않겠나?"

한봉두는 순간적으로 어떻게든 주기영을 설득하려고 한다. 고향 부모님을 외면하기는 참으로 어려운 결정이기 때문이다. 그 평계를 대고 95구역 포로들은 전원 북한을 택하도록 하게 해야 한다.

"고향 부모님도 중요하지만, 나는 내 길을 가려고 합네다."

주기영은 한봉두가 싫어할 줄 알면서도 속내를 드러내 버린다. 한봉두는 인상을 쓰면서 주기영을 바라본다. 주기영도 한봉두 얼굴을 뚫어지게 바라본다. 둘 사이에 긴장감이 감돌며, 순식간에 적대 관계가 형성되어 버린다. 그만큼 포로 송환 문제에 대해서 양보할 수 없는 일이 되고 있다.

밤이 깊어지자, 박성칠 일당이 은밀하게 막사 밖으로 모여든다.

막사 밖에는 간이 화장실이 있어 막사 밖과 화장실 사이를 수시로 오고 간다. 군인들이 철조망 밖에서 경비를 서고 있다. 군인들은 포로들이 이중, 삼중으로 쳐진 철조망 밖으로 도망치지만 않으면 아무 간섭도 하지 않는다. 막사 화장실 뒤편 어두운 곳으로 모여든다. 친공 포로들의 세력은 점점 더 막강해지고 있다. 박성칠은 친공 포로 조직인 해방 동맹으로부터 앞으로의 계획에 대해서 은밀하게 전달한다.

"상부로부터 지시가 내려왔다.

첫째, 은밀하게 반공 포로들을 파악하여 쥐도 새도 모르게 이들을 한 명씩 불러서 살해한다.

둘째, 전체 포로들이 일시에 폭동을 일으켜 수용소를 탈출한다.

셋째, 특별공작대를 조직하여 수용소에서 쓰는 발전소를 습격하여 시설을 파괴하고 수용소 전체가 혼란에 빠지도록 한다.

넷째, 미군 무기고를 습격하여 각종 무기를 탈취하여 한국군과 미군 경비를 격파하여 거제도를 완전 장악한다.

다섯째, 거제도를 장악하여 육지에 상륙 작전을 감행하여 지리산 유격대와 합류한다."

박성칠은 열정적이다. 친공 포로들에게 상부의 지시를 설명한다. 한봉두의 눈빛이 빛난다. 모여 있는 친공세력들도 진지하다.

"우리 구역도 곧 송환 심사가 시작될 것이다. 거제도 수용소 전체 반공 세력의 조직력은 점점 막강해지고 있다. 해방 동맹의 세력으로부터 은밀한 계획을 전달받았다. 우리 구역에서도 반동분자들을 색출하여 처치해 버리라는 명령이 떨어졌다. 반공 세력들을 무력으로 처치해 버리면 세력을 규합하는 데는 어려움이 없을 것으로 판단한다. 친공 세력을 규합한 구역은 인공기를 걸고 있다. 우리 구역도 빨리 반동분자를 구별하여 쥐도 새도 모르게 처단해 버리고, 인공기를 게양해야 한다. 오늘 밤 안으로 몇 놈을 처단할 것이다. 알겠나?"

"예."

대답이 강하고 우렁차다. 결의에 찬 목소리다. 천막 뒤에서 결의를 다진 박성칠 일당들이 다시 막사 안으로 들어간다. 서로 신호를 보내고 나서 다시 움직인다. 오늘 밤에 주기영을 처치할 계획이다. 잠을 자고 있던 주기영을 한봉두가 깨운다. 주기영이 의심 없이 한봉두를 따라 밖으로 나간다.

건너편에서 염상석이 부스럭 소리에 잠에서 깬다. 주기영이 한봉두와 함께 나가는 것을 목격한다. 염상석은 별일 없으리라고 여기고 다시 잠자리에 눕는다. 여러 명의 포로가 그 뒤를 은밀히 따른다. 막사 뒤로 주기영이 끌려 나오자 담요로 주기영을 덮어씌운다. 주기영은 전혀 예상치 못한 일이라 속수무책으로 당한다. 한봉두와 박성칠이 몽둥이를 들고 강하게 후려친다. 죽을힘을 다해 강하게 내리친다. 친공 포로들이 교대로 몽둥이를 휘두른다.

퍽, 퍽, 퍽.

"악!"

주기영이 몽둥이를 맞고 소리를 지르며 쓰러진다. 어두운 밤에
아무도 주기영의 고함을 듣지 못한다. 밖에 나와 있는 포로들이
우르르 달려들어 주기영을 향해 인정사정없이 몽둥이로 계속 내
려친다. 산 사람을 몽둥이로 때려죽이는 악마들로 변해 버린다.
주기영은 피를 흘리며 죽는다. 주기영이 움직이지 않자, 포로들이
땅을 판다. 시체를 서둘러 막사 뒤쪽에 재빠르게 묻는다. 시체의
흔적을 말끔히 없애 버린다.

날이 밝자, 염상석이 주기영을 찾는다. 종일 두리번거린다. 주기
영은 보이지 않는다. 어젯밤에 한봉두가 주기영과 같이 나간 기억
을 떠올린다. 밤에 한봉두와 주기영이 무슨 일이 있었나? 염상석
이 한봉두에게 다가간다.

"한 동무! 오늘 주기영 동무 못 봤나?"

한봉두가 시치미를 떼고 고개를 젓는다. 주기영을 때려죽인 한
봉두의 눈빛이 예사롭지가 않다. 한봉두는 어슬렁거리며 염상석
과 멀어진다. 염상석은 주기영이 어딜 갔는지 궁금하기만 하다. 염
상석이 성기출을 은밀하게 만난다.

"주기영 동무가 오늘 계속 안 보이네. 오늘 주기영 동무 봤나?"

"글쎄. 그리고 봉깨로 주기영 동무가 오늘 안 보이네. 어디로 갔

지비?"

염상석이 성기출에게 가까이 다가간다. 귓속말로 어젯밤에 한 봉두와 막사 밖으로 나가는 걸 봤다는 얘기를 전한다. 성기출이 고개를 끄덕인다.

해방동맹 세력은 점점 막강해지고 있다. 95구역에서는 한봉두와 박성칠이 해방 동맹의 주동 인물임이 점점 드러난다. 그래서 의심을 더욱 한다. 혹시 막사 밖으로 끌고 나가서 어떻게 하진 않았을까? 두 눈으로 보지는 않았지만, 의심을 가질 만하다. 주기영이 보이지 않자 별별 의심을 한다. 주기영이 어디로 사라졌지?

밤이 깊어진다. 한봉두가 다시 움직인다. 염상석이 일어나 한봉두의 움직임을 은밀하게 살핀다. 한봉두가 포로 한 명을 데리고 밖으로 나간다. 한봉두 뒤를 박성칠과 친공 포로들이 은밀하게 따라서 나가는 것이 보인다. 염상석이 자리에서 일어나 그 뒤를 멀리서 따른다. 막사 밖으로 나오자, 박성칠과 한봉두가 보이지 않는다. 막사 주변을 두리번거린다. 철조망 부근에서 비치는 보안등 불빛만 보인다. 그야말로 포로수용소는 고요 속에 묻혀 있다. 아무것도 보이지 않지만, 막사 뒤편 화장실 쪽에서 픽픽거리는 소리가 가늘게 들려온다. 염상석이 조심조심 막사 뒤편으로 걸음을 옮긴다. 막사 뒤편으로 갈수록 픽픽거리는 소리가 크게 들린다. 염상석이 조심스럽게 다가간다. 막사 뒤편이 보인다. 친공 세력들이 몽둥이를 들고 내리치고 있는 모습을 목격한다. 포로가 쓰러져 있다. 박성칠과 한봉두는 잔뜩 화가 난 악마의 모습이다. 멀리서 염상석이 보고 있다는 것을 눈치채지 못한다. 조금 전에 한봉두와 함께 막사를 나갔던 친공 세력들이 포로 한 명을 향해 몽둥이로 계속 내리치고 있다. 저놈들이 산 사람을 몽둥이로 때려죽이고 있단 말인가? 염상석은 생각이 거기까지 미치자, 가슴이 두근거리기 시작한다. 박성칠과 한봉두와 함께 친공 포로들이 땅을 판다. 사람을 묻고 있다. 염상석이 서둘러 막사 안으로 들어와 자리에 눕는다. 자리에 누워서도 두근거리는 가슴이 진정되지 않는다. 며칠 전에 주기영도 저놈들에게 몽둥이로 죽임을 당하였으리라는 생각이 들자, 잠을 이룰 수가 없다. 주기영이 며칠 전에 다정하게 가까이 다가와서 어떻게 할 것인지 물어 왔을 때, 각자의 마음을 속 시원히 내보이지 않았던 일이 마음에 걸린다. 염상석은 괴로움에 계속 뒤척거린다. 산 사람을 몽둥이로 때려죽이는 일을 목격한 트라우마가 진정되지 않는다. 한참 지난 후에야 조용히 눈을 감는다.

날이 밝아온다. 밤사이에 수용소 막사 안에서 무슨 일이 일어났는지 포로수용소 감시를 하는 군인들에게는 관심도 없다. 수천 명의 포로가 각 구역 막사 안에서 생활을 하고 있기 때문이다. 매일 인원 점검을 할 수도 없는 상황이다. 각 구역 막사에서 포로들끼리 자치적으로 운영되도록 하고 있을 뿐이다. 막사 안에서 몇 사람이 죽어 나가도 경계를 서고 있는 군인들은 관심도 없다. 가끔 인원 체크를 할 때까지는 누가 죽어 나갔는지도 모르는 일이다. 염상석은 어젯밤에 목격한 일을 어떻게 알려야 할지 고민이다. 친공 포로들의 잔인무도한 살인을 알려야 할지. 저놈들은 세력이 점점 막강해지고 있다. 포로들도 한때는 전쟁터에서 생사고락을 함께한 동료 전우였는데, 전우를 몽둥이로 때려죽이는 일은 보통 맘을 먹지 않고서는 할 수도 없는 일이다. 염상석은 사람을 죽였다고 발설해서 해결될 일이 아님을 판단한다. 그럼 어떻게 해야 할까? 내가 나서서 발설하면 오히려 보복을 당하지 않을까? 나를 끌고 가서 몽둥이로 때려죽인다고 해도 어떻게 할 도리가 없지 않은가. 분명히 그러고도 남을 놈들이다. 거기까지 생각이 미치자, 어디를 택할 것인지 물어 올 때마다 고향으로 간다고 말했던 일은 다행이라고 여긴다. 그렇다고 모른 체하는 비겁한 사람이 되란 말인가? 염상석은 곰곰이 생각한다. 수백 명의 포로가 삼삼오오 모여서 웅성거린다. 염상석이 가까이 다가가 귀를 기울인다. 밤마다 포로들이 계속 사라지고 있다는 것이다. 사람이 죽었다는 소문이 돌기 시작한다. 친공 세력들이 반공 세력들을 죽이고 있다는 소문이다. 쉬쉬하면서 웅성거릴 뿐이다.

성기출과 염상석이 은밀하게 만난다. 지난밤에 박성칠과 한봉두를 비롯한 친공 세력이 포로들을 막사 뒤편에서 몽둥이로 때려 죽이는 걸 봤다고 알린다. 주기영도 한봉두에 의해서 맞아 죽었을 거란 얘기를 한다. 성기출이 고개를 끄덕인다. 성기출도 친공 세력들이 포로들을 죽이고 있다는 소문을 들었던 터다. 염상석의 말을 듣자, 소문이 사실임을 확인한다. 성기출이 반공 세력을 규합해야 한다고 의견을 낸다. 염상석도 고개를 끄덕이며 그렇게 하자고 모은다. 그렇지 않으면 우리 구역 반공 세력은 친공 세력들에게 계속 죽어 나가는 일이 생길 것으로 예상한다. 반공 포로들을 규합하여 세력을 확대하는 길만이 무자비한 죽음을 막을 수 있다고 여긴다. 성기출도 은밀하게 반공 포로들에 모임을 전달한다. 성기출과 염상석의 주도로 반공 세력이 모였다. 성기출이 막사 안에서 벌어지고 있는 일을 전달하자 모여 있던 사람들도 고개를 끄덕인다. 반공 포로 동료들이 계속 죽어 나가는 것은 막겠다는 취지에 동조한다. 그렇지 않으면 친공 포로들에게 계속 죽임을 당할 수 있다고 판단을 한 것이다.

성기출을 주축으로 반공 세력 십여 명이 모였다. 박성칠을 찾아간다. 성기출과 염상석이 함께 우르르 모여 오자, 박성칠 주변으로 한봉두와 친공 포로들도 우르르 몰려든다. 성기출이 박성칠에게 강한 눈빛으로 대적한다. 박성칠도 날카롭게 성기출을 바라본다. 긴장감이 팽팽해진다. 성기출은 박성칠에게 경고를 한다. 반공 포로들을 계속 죽이면 시체가 묻혀 있는 곳을 군인들에게 당장 알리고, 반공 세력들도 맞대응할 것이라고 전달한다. 몽둥이로 사람을 때려죽이는 잔인한 일을 당장 멈추라고 요구한다.

성기출과 염상석을 비롯한 반공 세력들이 수시로 모임을 한다. 세력도 수백 명으로 불어났다. 한봉두가 멀리서 날카롭게 바라본다. 사람을 죽이지 못하도록 반공 세력들이 철저히 감시를 한다. 친공 세력들의 전략이 어떻게 바뀌었는지 모르지만, 동료 포로들을 몽둥이로 때려죽이는 일은 없어졌다. 박성칠을 비롯한 친공 세력들은 모여서 무기를 만드는 일에 열중한다. 드럼통을 잘라서 날카로운 주머니칼을 만들어 낸다. 무슨 일을 준비하는지 몽둥이, 죽창, 긴 막대기 등 각종 무기를 만들고 있다. 성기출을 비롯한 반공 세력들도 무기를 만들기 시작한다. 만일을 대비하기 위해서다. 95 포로수용소 안은 긴장감이 점점 높아진다.

각 구역의 수용소는 반공과 친공의 세력 규합이 점점 심해진다. 어떤 막사는 반공, 친공 세력이 대등하게 대치를 하는 일도 있다. 어떤 수용소 막사는 반공 포로들이 장악했거나, 친공 포로들이 완전히 장악하여 일사불란하게 한목소리로 행동을 개시한다. 친공 포로들은 수용소 막사 앞에 인공기를 게양하고 구호를 외친다. 김일성 초상화를 앞세우고 김일성 장군의 노래를 부르면서 인공기를 들고 행진을 한다. 포로들 손에는 농기구를 비롯한 죽창과 긴 막대기와 각종 무기를 들고 있다. 하늘로 치켜들며 세력을 과시한다. 천막에는 김일성 초상화와 각종 플래카드를 걸어 놓고 있다.

'민족의 수령이시며 인민군 최고의 사령관이신 김일성 수령 동지 만세!'

'조선인민공화국 만세!'

'송환 강제 심사를 철회하라!'

'자유 송환을 중지하라!'

반대로 반공 포로들도 질세라 세력을 과시한다. 막사 앞에 모여서 이승만 초상화를 앞세우며 태극기를 들고 애국가를 부르며 행진을 한다.

"동해물과 백두산이 마르고 닳도록 하느님이 보우하사 우리나라 만세…"

"이승만 대통령 만세!"

"김일성을 타도하자!"

"북진 통일이다! 휴전 회담을 중지하라!"

큰소리로 구호를 외친다.

성기출은 인근 수용소의 반공 포로들과 연대하기 위하여 은밀히 연락을 취한다. 반공 포로들도 은밀히 조직을 강화해 나간다. 반공 포로들은 외부에서 강연하러 오는 목사와 신부에게 도움을 요청한다. 목사와 신부는 반공 포로들을 적극적으로 지원한다. 인근 수용소 막사와의 연대가 점점 깊어진다. 반공청년단의 투쟁 목표도 전달받는다.

1. 반공청년단의 기본 동지를 중심으로 동지 규합과 동지 확보에 주력한다.
2. 유엔군 당국에 대해 인권 주장 및 제네바협약에 의한 권리를 주장, 전개한다.
3. 포로수용소 내 친공 포로 적발 운동에 나서서 수용소 당국에 협력한다.
4. 공정한 포로 심사를 위한 각종 공작을 전개한다. 삐라를 준비하여 수시로 살포한다.
5. 애국가 합창, 구호 제창, 테러전을 강력히 전개하여 친공 포로에게 공격당하지 않고, 분쇄시키는 데 협력 체제를 공고히 한다.

반공 포로와 친공 포로들은 수시로 시비가 붙어 양쪽의 막사를 향해 돌멩이를 던지며 투석전을 벌인다. 그야말로 포로수용소 안은 점점 이념 대립의 갈등이 깊어진다. 포로들의 송환 여부가 심사관에 의해 계속 진행된다. 제65구역은 완강하게 반대를 한다. 65구역 막사 안에는 김일성 초상화가 걸려 있다. 막사 외부 철조망에도 김일성 초상화가 걸려 있고 인공기가 게양되어 있다. 친공 포로들로 똘똘 뭉쳐진 막사가 되어 버렸다. 반공 포로들은 무력으로 제거되거나 친공으로 회유시켜 버렸다. 65구역 포로들은 심사관 자체를 아예 들어오지 못하게 한다. 막사 입구에는 인공기가 펄럭인다. 수천 명이 막사 입구에 나와서 소리를 지른다. 65구역은 절대로 심사를 허락하지 않을 기세다.

"장백산 줄기줄기 피어린 자욱

압록강 굽이굽이 피어린 자욱

오늘도 자유 조선 꽃다발우에

력력히 비쳐 주는 거룩한 아욱

아~그 이름도 그리운 우리의 장군

아~그 이름도 빛나는 김일성 장군…."

'김일성 장군의 노래'를 목이 터지라고 합창을 한다.

"민족의 수령이시며 인민군 최고의 사령관이신 김일성 수령 동지 만세!"

"조선인민공화국 만세!"

"송환 강제 심사를 철회하라!"

"자유 송환을 중지하라!"

큰 소리로 구호를 외친다.

땅땅땅땅땅….

소리가 날 만한 것들을 모두 동원하여 시끄럽게 두드려 댄다. 손에는 몽둥이, 죽창, 주머니칼, 삽, 곡괭이, 긴 막대기를 들고 있다. 간간이 하늘로 치켜들며 휘두른다. 공포 분위기를 만든다.

"와!"

군인과 중립국 심사관들이 가까이 다가가자 돌멩이를 집어 던진다. 그것도 모자라 우르르 몰려와 소리를 지른다. 무기를 휘두르며 군인을 향해 찌르려고 달려든다. 살벌한 분위기다. 당장에라도 달려들 기세다. 유엔군이 철조망 안으로 접근하지 못하도록 소란을 피운다. 심사 면담 자체를 사전에 막으려는 저항이다. 포로 대표가 나서서 소리를 지른다. 포로들이 대표를 따라서 함께 큰 소리를 낸다.

"이 65구역 포로는 모두가 북한으로 귀환을 희망한다. 심사를 거부한다."

"거부한다! 거부한다! 거부한다!"

"송환 강제 심사를 철회하라!"

"철회하라! 철회하라! 철회하라!"

"포로 대표단을 인정하고 협상에 임하라!"

"임하라! 임하라! 임하라!"

"자유 송환을 중지하라!"

"중지하라! 중지하라! 중지하라!"

땅땅땅땅땅….

심사를 거부한다고 함께 소리를 지르며 저항한다. 심사관이 아예 발을 붙이지 못하도록 강력하게 저항을 하는 것이다. 워낙 살벌한 분위기의 저항으로 군인들이 철조망 안으로 들어오려다가 주춤하고 물러선다. 강제로 철조망을 열고 들어가서 면담을 하려다가 소란이 일어날까 걱정을 하는 것이다. 그러나 포로들이 저항한다고 멈출 수는 없는 일이다. 심사관은 일단 물러난다.

피츠럴드 포로수용소 소장은 65구역 현황을 보고받는다. 즉시 작전 회의를 한다. 수용소의 위치를 그려 놓은 그림을 준비했다. 65구역 외에, 어느 구역의 수용소가 조직적으로 저항을 하는지. 그 구역의 포로들은 몇 명이나 수용되어 있는지, 저들은 무슨 무기를 가지고 저항하는지, 저항이 강할 경우 발포를 할 것인지, 상세한 파악과 보고를 듣는다. 상부의 지시 때문에 강제로라도 포로들을 각각 면담하여 이른 시일 내에 보고해야 할 일이다. 무력을 동원하여서라도 조직적으로 저항해 오는 포로들을 일단 분산시켜야 한다. 군인들도 수천 명을 동원시켜야 한다. 피츠럴드 장군이 지휘봉을 가지고 지시를 내린다.

"강제성을 발휘하여 수용소 안으로 신속하게 진격하라. 위급할 시는 발포하라! 알겠나?"

"예!"

피츠럴드는 다급하다. 포로 송환 심사를 하루라도 지체해서는 안 된다. 하루빨리 포로들을 각각 분리하여 송환 심사를 통하여 결과를 상부에 보고하여야 한다. 피츠럴드 수용소장의 명령에 따라 미군들이 동원된다.

밤이 된다. 65구역 포로수용소는 통행이 전면 금지된다. 새벽이 되자 미군들이 속속 집합한다. 저항이 심한 구역에 군인들을 직접 침투시켜 집단적인 저항을 없애려는 작전이다. 군인들이 침투되면 일단 분산 수용하여 포로들의 송환 심사를 즉시 한다는 작전이다. 군인들은 총에 착검까지 한다. 탄알도 장전한다. 만일의 사태에 대비하여 완전 무장을 하였다. 수백 명의 미군이 해당 구역 입구에 다다른다. 군인들은 화생방 방독면을 쓰고 있다. 철조망 주변을 포위한다. 장갑차도 철조망 입구에 도착한다. 새벽인데도 포로들이 순식간에 우르르 몰려나온다.

"와!"

"송환 심사를 거부한다!"

"자유 송환을 중지하라!"

땅땅땅땅땅….

포로들은 수백 명의 군인이 들이닥치자 더 강하게 저항을 한다.

몽둥이, 죽창, 삽, 곡괭이, 도끼, 천막 지주, 긴 막대기를 휘두르며 군인을 향해 찌르려고 달려든다. 천여 명 이상이 집단으로 한꺼번에 달려든다. 미군들은 완전 무장을 하였다. 총에 칼을 장착하고 실탄도 장전하였다. 포로들의 강한 저항과는 상관없이 거침없이 철조망 문을 연다. 철조망을 이중, 삼중으로 포위를 한다. 철조망 안으로 들어가 포로들을 격리하도록 지시한다.

"와!"

땅땅땅땅땅….

포로들은 무기를 휘두르며 미군들에게 달려든다. 순식간에 군인들과 포로들 간에 육박전이 벌어진다. 미군들이 포로들이 휘두르는 무기로 인해 피를 흘리며 쓰러진다.

탕탕탕.

미군이 공포탄을 쏜다. 총소리에 놀란 포로들이 잠깐 놀라며 저항을 멈춘다. 총소리가 그치자 다시 포로들이 저항을 시작한다. 미군들은 다시 포로들을 향해 공포탄을 쏜다. 공포탄은 위력을 발휘하지 못한다. 포로를 향해 최루탄을 발사한다. 곳곳에서 최루탄이 터진다. 최루탄 가스가 수용소 곳곳에 가득하다. 포로들이 최루탄 가스에 "퀘퀘퀙"거리면서도 군인들에게 달려든다.

"발포하라!"

따따따따따…. 탕탕탕.

미군들의 신변이 위험한 상황이다. 포로들의 강한 저항을 잠재

우기 위해서는 과감한 작전이 필요하다. 포로들을 향해 실탄이 발사된다. 포로들이 총을 맞고 피를 흘리며 쓰러진다. 일부 포로들은 총을 발사해도 미군들을 향해 무기를 휘두르며 달려든다.

따따따따따…. 탕탕탕.

군인들은 계속 총을 발사한다. 포로들이 혼비백산하여 몸을 엎드린다. 65구역 막사는 불길에 휩싸인다. 곳곳에 불길과 연기가 피어오른다. 천막 막사는 초토화된다. 포로들이 몰려 있는 곳에 군인들이 최루탄을 계속 쏜다. 막사 곳곳에서 최루탄이 터진다. 일부 포로들은 막사 밖으로 우르르 도망을 친다. 철조망에 갇힌 포로들은 손을 들고 항복을 한다. 군인들은 포로들을 인정사정없이 내리친다. 포로들을 붙잡아 즉시 격리한다. 포로 수십 명이 총에 맞아 목숨을 잃었다. 수백 명이 상처를 입었다. 미군들도 사상자가 발생했다. 미군도 1명이 죽고 수십 명의 부상자가 발생하였다. 포로들은 군인들의 지시에 따라 머리에 손을 올리고 지시에 따른다. 초토화된 65구역 수용소 안을 군인들이 구석구석 점검을 한다. 곳곳에서 이미 묻어 놓은 사람 시체를 발견해 낸다. 그동안 막사 안에서 살인 행위가 일어났었음을 발견한다. 65구역은 오백 명 단위로 격리가 된다. 분리 수용된 포로들은 강제로 심사를 받는다.

미군이 65구역을 강제로 초토화하고, 분리 수용해 버린다. 포로수용소 전체가 술렁거린다. 그동안 막사 안에서 일어난 일은 자치적으로 해결하라고 무관심했었는데, 65구역을 군인들이 막사에 총을 쏘고 초토화해 버린 광경을 바라본다. 군인들이 수용소 안으로 장갑차까지 동원하고, 직접 최루탄과 공포탄, 실탄을 쏘면서 진격한 적은 없었다. 포로들은 경계 군인들의 위세를 직접 보게 된다. 65구역에서 포로들의 시체가 발견됐다는 소문이 퍼진다. 해방 동맹의 짓이라는 소문이다.

미군은 포로 심사를 강행하기 위해 65구역에 진격하여 인정사정없이 총격을 가했다. 그 소문은 삽시간에 포로수용소 전체에 퍼진다. 성기출과 염상석이 긴급 모임을 한다. 이번 기회에 우리 막사 안에도 계속 살인이 일어나고 있다는 것을 알려야 한다. 정식으로 수용소 소장에게 면담 요청을 한다고 해서 사태의 해결이 쉽지 않을 거라는 판단이다. 중대한 일이 벌어지지 않으면 군인들은 무관심할 뿐이다. 지금 당장에 95구역의 상황을 알려야 한다. 반공 포로들을 규합하여 지금 즉시 철조망을 탈출하여 군인들이 막사에 직접 개입하도록 만들어야 한다. 서로 고개를 끄덕인다. 반공 포로들끼리 일시에 철조망 밖으로 탈출하기로 작전을 짠다. 반공 포로들에게 눈빛을 교환한다. 귓속말로 철조망 탈출을 긴급하게 전달한다. 막사를 나온 반공 포로들이 하나둘 철조망 가까이 모여든다. 수백여 명이 철조망에 모였다. 철조망은 이중, 삼중으로 설치되어 있다. 소리를 지르며 철조망을 1단계를 넘어서면 군인들이 총을 쏘며 달려올 것으로 예상한다. 군인들이 포로들에게 달려왔을 때 멈춘다. 95구역 사정을 얘기하여 군인들에게 도움을 요청한다는 전략이다. 성기출과 염상석이 앞장서서 움직인다.

"탈출하라! 탈출하라!"

"와! 와! 와! 와! 와!"

철조망 가까이 몰려 있던 포로들이 일시에 소리를 지르며 철조망을 넘어선다. 계속 소리를 지른다. 포로들 손에는 그동안 갈고 닦아 만들었던 무기와 죽창을 손에 들고 있다. 만약에 친공 포로들이 달려오면 맞서 싸워야 한다. 포로들의 함성에 경계를 서고 있던 군인들의 시선이 집중된다. 포로들이 소리를 지르며 철조망을 넘어서고 있다. 박성칠을 비롯한 해방 동맹 친공들이 함성을 듣고 막사 밖으로 달려 나온다. 철조망을 향하여 돌멩이를 집어서 던지기 시작한다. 돌멩이에 맞아 죽으라는 듯이 돌멩이를 사정없이 던진다.

포로수용소 전체에 비상 사이렌이 울린다.

왜행….

그야말로 포로들이 일시에 철조망을 넘어서는 일은 그동안 없었던 일이다. 철조망을 넘어서면 군인들이 즉시 발포를 하므로 감히 철조망을 넘어서는 일이 없었다. 군인들이 이 광경을 발견하자마자 빠르게 달려온다. 공포탄을 쏘기 시작한다.

탕탕탕.

군인들이 공포탄을 쏴도 포로들이 철조망을 계속 넘어선다. 철조망은 삼중으로 설치되어 있다.

"와! 와! 와! 와! 와!"

소리를 계속 지르며 철조망 1단계를 넘어선다. 군인들이 놀라서 총을 계속 쏘며 철조망 가까이 우르르 몰려와 막아선다. 총을 겨눈다. 철조망 1단계를 넘어서고, 2단계 철조망을 넘어선다면 큰 사태가 벌어지는 일이다. 그동안 포로들이 철조망 안에서 시위를 하는 것은 그야말로 무관심했다. 철조망 안에서 벌어지는 일이라 대수롭지 않게 여겨 왔다. 철조망을 넘어서는 일은 중대한 비상사태이다. 장갑차도 비상연락을 받고 95구역으로 향하여 돌진한다. 수용소 소장을 비롯한 군인들이 우르르 몰려든다. 군인들은 철조망을 넘어선 포로들을 향해 총구를 겨누고 있다. 발포 명령만 떨어지면 당장 발포할 태세다. 군인들이 출동하자 성기출과 염상석이 포로들을 막아 세운다. 65구역처럼 인정사정없이 발포할 것으로 예상한다. 더 이상의 철조망을 넘어서는 순간에 군인들이 발포하면 포로 모두가 죽는 일이다. 철조망을 사이에 두고 포로들과 군인들이 대치한다. 긴장되는 순간이다. 성기출이 철조망 가까이 다가간다. 그 뒤를 염상석이 따라간다. 군인들의 총구는 성기출과 염상석을 겨눈다. 수용소 소장 앞에서 멈추어 선다. 소장은 성기출의 입을 쳐다본다. 무슨 요구를 할지 잠시 긴장된다. 철조망 밖으로 탈출한 이유를 듣고 싶다. 성기출은 막사 안에서 벌어졌던 사정 얘기를 소장에게 전달한다.

"우리는 철조망을 넘어 탈출하려는 게 아닙니다. 죽음의 막사에서 반공 포로들을 구해 주십시오. 95구역 막사 안에서는 반공 포로들이 매일 죽어 나가고 있습니다. 사람 시체가 곳곳에 묻혀 있습니다. 당장 시체를 확인하여 주십시오."

이렇게 행동으로 보여 줘야만 살길임을 수용소 소장에게 알린다. 죽을 각오를 하고 철조망을 넘은 것이다. 해방 동맹의 친공 포로들에 의해 많은 반공 포로가 밤마다 죽어 나갔음을 알린다. 사람 시체가 곳곳에 묻혀 있음을 알린다. 통역관이 소장에게 성기출의 의견을 전달한다. 수용소 소장은 성기출의 말을 듣고 고개를 끄덕인다. 강제 진압시켰던 65구역 수용소에서 사람 시체가 발굴됐기 때문이다. 소장은 즉시 군인들을 투입해 포로들을 격리하라고 명령한다. 포로들이 저항할 때에는 즉시 발포하라는 명령을 내린다. 장갑차가 굉음을 내며 95구역 앞에 추가로 속속 도착한다. 수백 명의 군인이 95구역 막사를 포위한다. 군인들은 일제히 포로들을 향해 총을 겨눈다. 방독면을 쓴 군인들이 철조망 안으로 진격하며 포로들 손을 들게 한다. 포로들이 반항하면 최루탄을 쏠 계획이다. 포로들이 죽창이나 각종 농기구, 무기를 들지 못하도록 무장 해제시킨다. 며칠 전에 65구역의 포로들이 저항하다가 즉시 발포하여 수백 명의 사상자가 났기 때문에 저항하

지 않는다. 순순히 군인들의 통제를 따라 오백 명씩 분리 수용된
다. 군인들은 막사 곳곳에서 사람의 시체를 찾아낸다. 시체를 들
고 철조망 밖으로 나간다. 성기출을 포함한 반공 포로들도 다른
구역으로 수용된다.

제65구역 사태로 인하여 피츠럴드 소장은 책임을 물어 경질되
고, 돗드 소장이 새로 부임을 한다. 포로들의 불만은 연일 상상
을 초월하는 수준이다. 76구역 포로들은 막사 밖으로 나와 연일
시위를 이어 간다. 제76구역 포로들이 수용소장의 면담을 요청
한다.

면담 요청을 전달받은 돗드 소장이 포로들이 시위하는 막사 철
조망 바깥에 도착한다. 돗드 소장이 도착하자 포로들은 더 큰 소
리로 '적기가'를 부른다. 돗드 소장은 막사 위에 걸려 있는 인공기
를 바라본다. 골치 아픈 막사임을 알아차린다.

"민중의 기 붉은 기는 전사의 시체를 싼다
시체가 식어 굳기 전에 혈조는 깃발을 물들인다
높이 들어라 붉은 깃발을 그 밑에서 굳세게 맹세해
비겁한 자야 갈라면 가라 우리들은 붉은 기를 지키리라⋯."

주먹을 불끈 쥐고, '적기가'를 우렁차게 함께 부르는 열기가 하늘을 찌를 듯하다. 포로들은 아직도 기세가 등등하다. 곳곳에서 몽둥이, 죽창, 삽, 곡괭이, 도끼, 천막 지주, 긴 막대기를 휘두르며 소란을 피운다. 친공 포로 막사 곳곳에는 인공기가 걸려 있다. 김일성 초상화를 철조망에 걸어 놨다. 포로수용소인지, 인민군 막사인지 구분이 안 될 정도로 요란하게 치장을 하여 놨다. 수백 명이 모여서 구호를 외친다. 인근 65구역을 강제로 진입하여 총을 쏘며 초토화했는데도 아랑곳하지 않는다. 겁도 없이 목이 터지도록 구호를 외친다. 새로 부임한 포로수용소장에게 보란 듯이 소란을 피운다.

"송환 강제 심사를 철회하라."
"자유 소환을 중지하라."
"포로들을 향해 총격을 가하지 마라."
"포로 대표단을 인정하고 협상에 임하라."

돗드 소장은 포로들의 각종 무기를 들고 구호를 외치는 모습에 놀란다. 포로들을 관리하기가 쉽지 않을 거란 강한 느낌을 받는다. 전임 소장이 오죽하면 무력으로 65구역 포로들을 총으로 사살까지 하면서 막사에 진입하여 강제 진압을 했을지 가늠한다. 새로 부임한 돗드 소장은 다시는 불상사가 발생하지 않고, 대화로

써 문제가 해결되길 바라고 있다. 65구역 막사 진압 사건으로 전임 소장이 경질되었다. 76구역도 65구역처럼 되지 않으란 법은 없다. 그렇다고 무조건 무력으로 포로들을 진압하는 일을 심사숙고해야 한다. 포로 면담을 막기 위하여 저렇게 강하게 구호를 외치고, 각종 무기와 농기구를 들고 위협을 가하고 있다. 긴장을 늦추지 말아야 한다. 돗드 소장은 최대한 빨리 76구역 포로들의 송환 심사를 하여 보고하여야 한다. 새로 부임한 돗드는 포로들의 문제를 해결하려고 적극적으로 노력을 기울인다. 포로들의 요구 사항이 무엇인지 일단 들어 보려고 도착한 것이다. 철조망은 포로들의 이탈을 막기 위하여 이중, 삼중으로 견고하게 설치되어 있다. 출입문이 아니면 철조망 밖으로 탈출하기 힘들 정도로 견고하게 설치되어 있다. 돗드 장군이 미군들과 함께 철조망 출입문 가까이 다가선다. 경계를 서는 미군들이 돗드 뒤에서 총을 들고 경계를 서고 있다. 출입문을 사이에 두고 76구역 포로 대표가 불만 사항을 전달하고 있다. 돗드 옆에는 미군 부관도 총을 메고 함께 서 있다.

그러는 사이에 철조망 문이 열린다. 때마침, 수용소 안에 있는 오물을 철조망 밖으로 내보내기 위한 작업이 수행되고 있다. 포로들의 배설물을 담은 통을 밖으로 운반하면서 철조망 문이 열린다. 그 작업을 하면서 포로들이 밖으로 걸어 나온다. 배설물 통을 운반하느라 철조망 문이 열린 채로 방치되어 있다. 포로들이 순식간에 눈빛을 교환한다. 그 순간을 틈타, 철조망 안에 있던 포로들이 꾸역꾸역 철조망 문밖으로 걸어 나온다. 돗드 소장을 에워싼다. 순식간에 일어난 일이다. 돗드 소장은 사태 파악을 하지 못하고 계속 포로 대표와 대화를 나누고 있다. 순식간에 포로들이 돗드 소장을 철조망 안으로 떠밀고 들어간다. 돗드 소장이 저항을 해 보지만 역부족이다. 순식간에 돗드 소장은 철조망 안으로 떠밀려 들어가 버린다. 돗드 소장이 철조망 안으로 들어오자, 포로들은 미군 경계병이 따라 들어오지 못하도록 철조망 문을 급하게 닫아 버린다. 이를 발견한 미군들이 철조망 문 쪽으로 달려간다. 철조망은 굳게 닫혀 있고, 포로 수백 명이 무기를 들고 철조망 문을 막아선다. 이제 돗드 소장은 철조망 안에 갇히는 신세가 되어 버렸다. 군인들은 돗드 소장의 안전 때문에 즉시 발포를 하지 못하고 발만 동동 구른다. 철조망 안으로 끌고 들어온 소장은 포로들이 겹겹이 막아서며 순식간에 수용소 막사 안으로 끌고 들어가 버린다. 돗드 소장이 시야에서 사라져 버린다. 철조망을 경계로 안에는 포로들과 철조망 밖에서는 군인들이 총을 들고 대치를 하고 있다. 군인들도 순식간에 일어난 일이라 눈치를 채지 못했다. 전혀 예측하지 못한 일이 순식간에 벌어진 것이다. 포로들에 의해 포로수용소 소장이 납치되어 버린 사상 초유의 사태가 벌어진다. 포로들은 돗드 소장을 인질로 잡는 데 성공한다. 돗드 소장이 잡혀 있는 수용소 철망에는 즉시 현수막이 걸린다. 미군이 보도록 한글과 영문으로 쓴 현수막도 함께 걸린다.

'우리는 돗드를 포로로 잡았다. 우리의 요구가 받아들여지지 않는 한, 그의 안전은 보장 못 한다. 무력으로 총격이나 그 밖의 폭행이 가해진다면, 그의 생명은 위험할 줄 알아라.'

돗드 소장의 목숨은 포로들에게 달려 있음을 경고한다. 더 강력하게, 더 많은 요구 사항을 철조망 밖으로 전달한다. 돗드 소장이 포로들에 의해 납치 사건이 발발하자 유엔군은 즉시 콜슨을 후임 소장으로 임명한다. 콜슨은 돗드를 구출하기 위해 포로들과 계속 대화를 이어 나간다. 돗드 소장을 안전하게 구하는 일이 급한 일이다. 돗드 소장을 구출하기 위해 수용소 막사 안으로 군인들을 강제로 투입해 돗드를 구출해 낼 수도 없는 상황이다. 그렇게 하다가 포로들이 돗드를 죽이기라도 하는 사건이 발생할지도 모르는 일이다. 포로들은 이 기회에 돗드를 인질로 삼아서 포로들의 요구를 해결해 나가려고 억지를 부리고 있다. 새로 부임한 소장에게 협상을 요구해 온다.

1. 미군의 포로에게 행한 야만적 행위와 고문, 감금, 학살을 즉시 중지하라.
2. 포로의 불법적인 자유 송환을 즉시 중지하라.
3. 포로의 강제 심사를 즉시 중지하겠다고 각서에 서명하라.
4. 포로 대표단을 인정하고 협상에 임하라.

포로들은 포로수용소에 갇혀 있지만, 휴전 협상을 벌이고 있는 북측의 지휘부와 계속 내통을 하는 것이다. 포로들은 그들의 요구 사항이 관철될 때까지 돗드 소장을 포로수용소 안에 계속 감금시킨다. 그들의 요구 사항을 해결하기 위하여 돗드의 생명까지 위협하고 있다. 포로들이 돗드 소장에게 위해를 가하는 것을 일단 막아야만 한다. 포로들의 요구 사항을 무시할 수도 없다. 콜슨은 어쩔 수 없이 포로들의 요구 조건에 각서를 써 준다.

1. 유엔군의 포로 살상을 인정한다.
2. 포로들의 인도적인 대우를 약속한다. 유혈 사태가 발생하지 않도록 최선을 다한다.
3. 포로 송환 문제는 나의 권한이 아니다. 판문점에서 토의되고 있다. 돗드 소장이 무사히 석방되면 포로에 대한 강제 심사는 앞으로는 없을 것임을 약속한다.
4. 포로로 구성된 포로 대표단을 승인할 것이다.

콜슨이 쓴 각서는 포로 대표에게 전달된다. 콜슨은 각서를 써 주는 조건으로 돗드 소장을 당장 석방하라고 시간을 정해 주며 강력한 압박을 계속 가한다. 후임 소장의 각서를 전달받은 포로들은 외부로 유출하여 북한 당국에도 알린다. 돗드 소장을 풀어 주라는 석방 시한이 지켜지지 않는다. 콜슨은 강경 진압을 목표로 수용소 철조망 주위에 장갑차와 병력으로 포위한다. 콜슨은 직접 진두지 휘한다.

"당장 수용소장을 석방하지 않으면 발포한다. 너희들은 수용소 장의 안위는 상관없이 모두 몰살당할 것이다. 당장 소장을 석방 하라!"

수용소 안은 웅성거린다. 당장 발포를 하겠다니 동요하기 시작 한다. 소장까지 모두 한꺼번에 몰살시킨다고 하니, 이대로 있을 수 없는 일이다. 며칠 전에 65구역을 군인들이 발포하여 초토화 해 버린 일을 기억한다. 돗드는 감금 3일 만에 무사히 풀려난다. 콜슨 소장은 돗드가 구출되자 안도의 숨을 내쉰다. 콜슨은 돗드 를 구해 냈지만, 포로들에게 각서를 써 주었다는 이유로 돗드와 콜슨 모두 포로수용소 소장에서 해임되고, 책임을 물어 계급이 강등된다.

새로 부임한 보트너 소장은 포로 막사에 인공기가 펄럭이는 모 습을 보고 인상을 쓴다. 철조망 곳곳에 걸린 현수막을 보고, 포 로들 관리를 강력하게 압박한다. 탱크를 76구역 앞에 상주시킨다. 전임 소장이 써준 각서는 무효라고 선언한다. 포로들의 요구 사항 은 모두 무시해 버린다. 포로수용소 관리를 엄하게 다스린다. 포 로들의 요구 사항대로 끌려가지 않고 유엔군의 주도대로 끌고 가겠다고 선언한다. 포로들이 어떠한 요구를 해 와도 무시해 버린다. 인공기를 막사 위에 높게 게양하는 말도 안 되는 일이 버젓이 벌어지고 있다. 태극기가 펄럭이는 반공 포로 수용소 막사에도 태극기 게양을 금지한다. 반공 포로 막사는 서둘러 태극기를 즉시 내린다. 포로수용소가 인민군 부대원들의 막사가 아닌데도 인공기가 펄럭이고 있다. 콜슨은 인상을 쓰며 당장 인공기 게양 금지 명령을 내린다. 여기는 인민군 부대가 아니다. 포로수용소가 아닌가? 여태까지 인민기를 게양해 왔다는 것은 이해할 수가 없는 일이다. 콜슨은 포로수용소 안에 인공기가 펄럭이는 것을 용납 못한다. 인공기를 게양하면 즉시 사살한다고 경고한다. 명령을 어기면 경비병들에게 즉시 발포하라는 명령을 내린다. 간덩이가 부을 대로 부은 해방 동맹의 친공 포로들은 새로운 소장의 경고를 무시한다. 날이 밝아오자 포로들이 막사 앞으로 모여든다. 철조망 가까이 모여서 주먹을 쥐고 손을 흔들며 김일성 장군의 노래를 부르며 시위를 시작한다.

"장백산 줄기줄기 피어린 자욱
압록강 굽이굽이 피어린 자욱…."

노래가 시작되자 포로 2명이 인공기를 게양한다. 인공기가 점점 올라오자 이를 발견한 미군들이 호루라기를 불며 달려온다.

호루루루, 호루루루.

미군들이 요란하게 호루라기를 계속 분다. 인공기 게양을 막는다. 새로 부임한 포로수용소 소장으로부터 인공기 게양을 강력히 저지하라는 명령을 받았다. 미군들이 호루라기를 요란하게 불어도 포로들이 말을 듣지 않고 인공기를 계속 게양한다. 군인이 총으로 포로를 조준한다. 긴장감이 감돈다. 인공기를 바라보며 포로들은 노래를 계속 부른다. 군인들이 총으로 조준하고 있어도 겁내지 않는다.

"오늘도 자유 조선 꽃다발우에

력력히 비쳐 주는 거룩한 아욱

아~그 이름도 그리운 우리의 장군…."

노래가 끝나기도 전에 미군이 방아쇠를 당긴다.

탕탕탕탕.

인공기를 게양하고 있는 포로에 명중된다. 총을 맞은 포로가 피를 흘리며 쓰러진다. 노래를 부르던 포로들이 총소리에 놀라 혼비백산하여 흩어진다. 막사 안으로 우르르 도망친다.

친공 포로 각 막사에 포로들이 막사에서 나와 철조망 부근으로 몰려든다. 구호를 외치며 적기가를 부른다. 각종 무기와 농기구를 하늘로 치켜들고 소리를 지른다.

"와!"

보트너 소장은 고개를 흔든다. 포로들이 철조망 근처에 모이지 못하도록 한다. 구호와 노래도 부르지 못하도록 한다. 김일성 초상화도 강제 철거하라고 명령한다. 보트너의 명령에 따라 군인들이 막사 부근으로 우르르 몰려든다.

탕탕탕탕탕….

인정사정없이 공포탄을 쏜다. 모여 있던 포로들이 우르르 막사 안으로 도망을 친다.

따따따따따….

포로들이 도망을 쳐도 인정사정없다. 공포탄을 쏘아 포로들을 강제로 해산시켜 버린다. 철조망에 걸려 있는 김일성 초상화도 강제로 철거된다. 보트너는 포로수용소 안에서 사소한 소란도 용납하지 않는다. 포로수용소는 긴장감이 계속 흐른다.

포로들의 송환으로 인한 갈등은 점점 더 심해진다. 포로들에게는 포로 송환을 대비하는 일이 일생일대의 중대한 일이다. 유엔 중립국 심문관으로부터 포로 송환에 대한 심문이 시작된다. 염상석이 불려 나가 심문관 앞에 앉는다. 심문관의 통성명 확인이 시작된다. 신분이 확인되자, 심문관은 북으로 송환 여부를 묻는다. 염상석은 고개를 흔들며 아니라고 대답한다. 그러자 심문관이 계속 확인 질문을 한다.

"송환 거부 결정이 가족에게 미칠 영향은 주의 깊게 고려해 보았는가?"

염상석은 대답을 머뭇거린다. 부모님이 계시는 함흥으로 돌아가야 한다는 생각을 왜 안 해 봤겠는가? 공산당이 장악하는 고향으로는 돌아갈 수 없다는 판단을 이미 내렸기 때문에 거침없이 답한다.

"예, 많이 고민하고 내린 결정입니다."

염상석은 단호하게 대답한다. 그러면서도 마음 한구석에는 부모님께 미안한 감정이 계속 남아 있다. 나 혼자 살겠다고 남한을 선택하는 일이 잘한 일인지, 지금이라도 생각을 바꾸어 북으로 돌아가야 하는지. 염상석은 포로수용소에서 많은 변화를 느꼈다. 민주주의 의식화 교육을 통해서 많은 정보를 받아들였다. 공산주의의 허구성과 김일성 우상화 체제가 얼마나 잘못된 일인지 파악한 이상 더 망설일 필요가 없어졌다. 부모님께는 미안하지만, 어쩔 수 없는 선택이라고 다짐한다.

"귀하는 송환을 거부한다고 했는데, 만약에 북으로 송환된다면 어떻게 할 작정인가?"

심문관은 염상석의 송환 거부에 대해 재차 확인한다. 송환이 안 된다면 어떻게 하겠냐는 질문까지 던진다. 염상석을 순간적으로 눈이 번쩍인다. 심문관들이 송환 여부에 대해 흔들림이 없는지,

주변의 권유와 강압 세력에 의해서 송환을 거부하는지 확인하는 것 같은 느낌이 든다. 염상석은 그럴수록 단호하게 본인의 의사를 표현해야만 북으로 송환이 안 되리라 믿는다. 여기서 확실하게 대답하지 않으면, 북으로 송환될까 걱정이 된다. 북으로 송환된다면 공산주의는 못 받아들일 것 같다. 공산당에 반대한다면 죽음뿐이라는 걸 봐 왔지 않은가. 복잡하게 고민할 필요도 없다고 판단한다. 단호하게 송환을 거부해야 한다.

"예. 북으로 송환을 거부합니다. 만약에 송환된다면 목숨을 걸고서라도 탈출하겠습니다."

염상석이 단호하게 대답한다. 생사가 달린 문제이다. 죽음을 각오한 선택이다. 심문관은 고개를 끄덕인다.

성기출과 염상석은 거제도를 떠나서 논산 포로수용소에 수용되었다. 우여곡절을 겪으면서 반공 포로들끼리 모아 놓은 구역에 재배치되었다. 반공 포로들은 그들 나름의 결속을 다지기 위해 머리를 맞댄다. 반공 포로들은 결속을 다지기 위하여 몸에 문신하기로 한다. 각자 몸에 문신하여 증표를 보여 줌으로써 마음의 결의를 다지는 것이다. 각자의 몸에 문신해 둠으로써 수시로 흔들리는 마음도 잡아 두려고 한다. 문신해 놓으면 자유주의를 배신하여 북한을 선택하는 일도 없을 거라는 약속이다. 그렇게 하지 않으면 남한에 남겠다는 증표를 서로에게 보여 줄 수 있는 증거가 없다. 말로만 다짐한다고 해서 상대방을 믿지 못하는 분위기다. 성기출과 염상석이 먼저 시범적으로 서로에게 문신을 해 준다. 염상석 가슴에 '태극기 문양'을 문신한다. 양 팔뚝에는 '멸공', '애국' 글자를 문신으로 남긴다. 포로들끼리 문신을 하느라 바쁘게 움직인다. 몸에 문신을 안 하는 사람은 반공 포로가 아니라고 대놓고 압박을 가한다. 문신이야말로 반공 포로의 증표로 여긴다. 문신을 안 하고는 못 버티는 분위기다. 문신을 꺼리던 포로들도 앞다투어 문신한다. 전쟁 상황이 어떻게 변할지, 혹시나 하는 기대로 문신을 꺼리는 포로도 있다. '신체발부는 수지부모身体髮膚 受之父母'라는 유교 전통에 따라 몸에 칼을 댄다거나 문신을 하는 행위는 부모님께 죄를 짓는 것 같다. 아무리 반공 포로의 증표로 문신을 하라고 하지만, 문신을 거부하는 포로도 있다. 문신을 머뭇거리는 포로들은 주위에서 압박을 계속 가한다. 계속되는 압박에 눈치를 보면서 어쩔 수 없이 문신한다.

포로를 상대로 심사를 한 결과가 유엔군 휴전 협상팀에게 보고된다. 하지만, 심사 결과는 유엔군 측에는 유리한 정보가 되지만 공산당 측은 불리한 결과가 나오자, 결과와는 상관없이 억지만 부리게 된다. 포로 전부를 무조건 북으로 송환해야 한다고만 고집을 부린다. 미군은 2차 대전 후에 소련군의 포로들을 본국으로 모두 송환했지만, 사상이 의심스럽다는 핑계로 대부분 포로를 처형해 버렸다. 이 사실을 경험한 미국은 포로 전원을 강제적으로 송환하라는 공산당 측의 조건을 받아들일 수 없는 일이다. 인도적 차원에서 포로들의 송환 의사에 따른 '자발적인 자유 송환'을 계속 주장한다.

포로수용소 관리는 유엔에서 미군들에게 관리하라고 위임한 것이다. 포로수용소 관리에 있어서도 남한군은 미군의 지시에 따라 움직여야만 한다. 남한군은 포로수용소 외곽에서 경계만 담당하고 있다. 남한군이 미군을 무시하고 주도적으로 포로들에게 다가가 명령을 내릴 수는 없는 일이다.

자정을 넘긴 시간이다. 깊은 밤중이다. 남한군이 포로수용소 철조망 가까이 은밀히 다가간다. 이중, 삼중으로 설치된 철조망이 남한군에 의해 잘려 나간다. 미군들에게 들키지 않아야 한다. 미군들에게 들키면 이승만 대통령이 은밀히 지시한 반공 포로 석방 작전이 실패로 끝나 버린다. 철조망을 끊고 남한군이 철조망 안으로 조심스럽게 잠입한다. 반공 포로들은 영문도 모르고 깊은 잠을 자고 있다. 막사 안으로 남한군이 갑자기 들이닥친다.

"기상! 기상!"

잠자고 있는 포로들을 급히 깨운다.

"당장 수용소 밖으로 탈출하라!"

잠을 자고 있던 포로들이 잠을 자다 말고 황급히 일어난다.

"빨리, 빨리 서둘러라!"

"최대한 수용소로부터 최대한 멀리 도망가라!"

남한군이 돌아다니며 고함을 계속 지른다. 염상석과 성기출도 후다닥 일어난다. 옷을 급하게 챙겨 입는다. 옆에 있는 포로들도 급하게 옷을 챙겨 입는다.

"시간이 없다! 빨리빨리 서둘러라!"

미군들에게 발각되기 전에 탈출을 마쳐야 한다. 미군들에게 발각되면 탈출은 실패로 끝나 버릴 일이다.

"수용소 밖으로 최대한 멀리 도망쳐라!"

"탈출해서도 미군들에게 잡히지 마라!"

남한군이 돌아다니면서 소리를 지르며 급하게 탈출을 계속 종용한다. 옷도 제대로 입지 않고 뛰어가면서 옷을 입고 있는 포로들도 있다. 군화를 신을 틈도 없다. 군화를 손에 들고 탈출을 하는 포로들도 있다. 이게 꿈인지, 생시인지. 귀신이 곡할 노릇이다. 포로들에게 탈출하라니. 탈출하면 자유의 몸이 된단 말인가? 함께 막사에서 생활하던 포로들이 앞다투어 막사를 달려 나간다. 자유의 몸이 되는 포로들의 필사적인 탈출은 걸음걸이가 너무나도 가벼운 발걸음이다.

왜행…

비상 사이렌이 계속 요란하게 울려 댄다. 포로들이 철조망을 넘어 탈출하고 있다. 순식간에 벌어진 일이다. 남한군이 미리 침투하여 철조망을 잘라 놓은 것을 미군들은 전혀 모르고 있다. 남한 군들은 은밀하게 철조망을 자르고, 포로들을 철조망 밖으로 내몰고 자취를 감춘다. 언제 포로들을 철조망 밖으로 내몰았는지, 시치미를 떼고 철조망 밖에서 형식적으로 경계를 서는 일에 몰두한다. 그러면서도 포로들에게는 빨리 도망을 치라고 요구한다. 미군들에게는 비상이 걸렸다. 미군들이 총을 들고 우르르 몰려든다. 포로들의 탈출을 막아야 한다.

탕탕탕탕탕….

미군들은 철조망을 넘어서 탈출하는 포로를 향해 총을 쏜다. 인정사정없다. 포로들을 사살하여서라도 사태를 수습하려고 한다. 깜깜한 밤이라 총탄은 포로들을 비껴간다. 총탄을 맞고 쓰러지는 포로도 생긴다.

악!

미군들은 끈질기게 도망치는 포로들을 향하여 계속 총을 쏜다. 총을 맞고 쓰러지는 포로들이 계속 늘어난다. 포로수용소 소장에게는 포로들의 탈출이야말로 아주 중대한 사건이다. 발포하여서 포로들을 총으로 쏴 죽이든지, 밖으로 탈출한 포로들을 다시 수용소로 잡아들이라고 강하게 명령을 내린다. 포로수용소에서 포로 관리를 잘못한 책임은 엄중하기 때문이다.

염상석과 포로들은 단숨에 부대를 벗어났다.

"수용소로부터 최대한 멀리 도망가라!"

남한군이 포로들 뒤통수에 대고 소리를 계속 지른다. 포로수용소로부터 최대한 멀리 도망가야 한다. 숨을 헐떡거리면서도 계속 달린다. 뒤도 돌아보지 않고, 민가를 향해 쉬지 않고 달려 나간다. 염상석은 수용소로부터 최대한 멀리 도망쳐 나왔다. 날이 밝아지자 민가로 신속하게 숨어든다. 민가에서도 포로들이 도망을 나오자마자 반겨 준다. 갈아입을 옷도 챙겨 준다. 마치 남한군과 민간인이 합세하여 미리 준비라도 했던 것처럼 민가에서 먹을 것도 챙겨 준다. 농민 복장으로 옷을 갈아입고 들판에 나가서 함께 일을 한다.

왜행….

포로수용소에서는 비상 사이렌이 계속 울려 댄다. 수용소 밖으로 미군들이 우르르 몰려 나간다. 인근 마을로 숨어든 포로들을 잡아들이라는 명령이 떨어졌다. 포로수용소 부근에 미군들이 포로들을 찾으러 돌아다닌다. 들판에서 모내기가 한창이다. 염상석은 농부로 변장을 하였다. 밀짚모자를 푹 눌러쓰고 모내기를 열심히 하고 있다. 농부들과 함께 일을 하는 포로들은 오히려 미군들에게 발각되지 않는다. 민가에 숨은 포로 중에는 미군들의 수색에 발각된다. 포로들에게 총을 들이댄다. 포로들은 다시 수용소로 잡혀 들어간다. 미군들은 젊은 남자들을 한곳에 집합시킨다. 총을 들고 젊은 남자들을 위협한다. 민간인으로 변장을 한 포로들도 한곳에 모여 있다. 미군들은 어디서 정보를 파악했는지 젊은 남자들의 몸을 수색한다. 상의를 벗게 한다. 몸에 태극기나 '멸공', '애국' 문신을 한 사람들을 골라낸다. 몸에 문신을 한 사람들은 포로로 단정 짓고 무조건 잡아간다. 포로도 아닌 남자 중에는 몸에 문신했다는 이유로 포로로 간주되어 잡혀간다. 논산 일대는 포로를 잡으려는 미군과 포로를 숨겨 주려는 논산 지역 사람들의 실랑이가 한참 동안 계속된다. 밤이 되자 염상석과 포로 몇 명은 농민들을 따라 야산으로 올라간다. 미군들이 몸을 수색하면 문신이 발각되어 붙잡혀 갈 수 있다. 문신을 쉽게 지울 수도 없다. 민가보다 차라리 인적이 뜸한 야산 동굴에 숨어 있는 편이 안전하다고 알려 준다. 동굴 속에서 지낸다. 민간인들이 동굴 속으로 음식도 가져다준다.

반공 포로 석방 사건은 휴전 협정에 찬물을 끼얹은 사건이 된다. 북진 통일만을 요구한 이승만의 반공 포로 석방은 해외로부터 비난이 쏟아진다. 빨리 휴전 협상을 하여 전쟁을 끝내야 하는 유엔 참전국들은 단단히 화가 났다. 자유민주주의를 수호하고, 대한민국을 구하기 위해 젊은이들의 목숨을 바친 전쟁이다. 이제는 전쟁을 끝내야만 한다. 이 무슨 날벼락이란 말인가.

미국의 대통령은 '우방을 잃은 대신에 적을 하나 얻은 셈'이라고 개탄한다. 영국 총리는 '이승만을 배은망덕한 배신자'라고 목청을 높인다.

클라크 총사령관은 '이승만 때문에 지옥문이 열렸다'고 일갈한다. 전쟁 참전국들도 이승만을 맹비난한다. '이승만은 미친개처럼 꼬리를 흔들어, 휴전 협상을 궁지에 몰아넣고 있다.'

공산당 측도 반공 포로 석방 사건에 대해 크게 분노한다. 중국과 북한은 휴전회담을 즉각 중단시킨다. 상상할 수도 없었던 일이 벌어진 데 대해, 휴전 당사자들은 분노한다. 유엔과 미국은 휴전 협정에 영향을 끼칠까 걱정을 한다. 휴전 협정을 앞두고 소강상태에 들어갔던 전선이 다시 요동을 친다. 반공 포로 사건을 구실 삼아서 중공군의 대공세가 다시 시작된다. 반공 포로가 석방된 사건에 대한 보복 공격이다. 휴전 협정을 코앞에 두고 다시 전선은 일진일퇴의 공방이 벌어져 수많은 사상자가 발생한다.

반공 포로들의 기습적인 석방은 이승만의 은밀한 계획에 따라 이루어진 것이다. 휴전 협상과 포로 협상이 진행되고 있지만, 한국은 배제되고 있다. 한국의 입장, 특히 이승만의 의견이 전달되지 않고 있다. 53년 4월에는 부상병 포로들을 교환하였다. 협상 당사자들은 시간이 지날수록 포로 문제와 휴전 협상 체결을 서두르고 있다. 이승만은 휴전 협정에 미국 대표단의 일원으로 함께 참여했던 한국 대표단을 참석시키지 않는다. 이승만은 포로 협정에 있어서 미국에 이의를 제기한다. 반공 포로 송환을 반대한다는 태도를 밝힌다. 반공 포로의 석방이야말로 휴전 협정에 있어서 한국을 무시하지 말라는 시위나 다름없는 행동을 한 것이다. 이승만은 휴전 협정을 하는 데 있어서 한국에 대해 미국으로부터의 군사 지원은 물론, 상호 방위 조약을 함에 있어서 유리한 위치를 확보하려고 한다. 나토(NATO)의 방위 동맹처럼, 나토가 외부로부터 침략을 당할 때 미국은 자동으로 참전하여 방위를 해 주는 조건이다. 필리핀, 호주와 뉴질랜드와 체결한 방위 동맹처럼 외세의 침략을 받을 경우, 군사적인 지원만 약속하는 방위 동맹이 되는 것을 막아야 한다. 한국도 외부로부터 침략을 당할 시, 미국이 즉시 참전하여 방위를 해 주는 상호 방위 조약을 체결해 두고자 하는 것이다. 남한의 군사력을 증강해 북한의 침략을 확실하게 저지하기 위하여 20개 사단으로 확장될 수 있도록, 미국으로부터 군사 지원을 요청하는 것이다. 제일 중요한 일은 미군을 한반도에 주둔시키는 일이다. 그래야만 소련, 중공, 북한이 남침을 다시 강행했을 경우 즉각 미군이 참전하게끔 만드는 전략이 필요한 것이다. 만약에 공산당들로부터 남침을 당하였을 때 미국이 나 몰라라 외면해 버리면, 한반도의 공산화는 불을 보듯 뻔한 일이라고 이승만은 걱정하는 것이다.

이승만은 해방 전에 미국에서 독립운동을 하면서 사귀었던 지인들의 인맥을 총동원시킨다. 정계, 재계, 종교계, 군부, 특히 기독교인들께 대한민국의 상황을 설명하며 한미 동맹이 간절함을 호소한다. 그러나 미국은 한미 동맹은 불필요하다는 견해가 우세하다. 극동의 조그만 국가 중에 가난하고 쓸모없는 존재로 치부해 버린다. 이승만은 그럴수록 죽기 아니면 살기로 미국을 물고 늘어지며, 한미 동맹을 관철하기 위해 백방으로 뛰어다닌다. 미국은 휴전 협정을 빠르게 체결하기 위해 이승만에게 제의한다. 휴전 협정 후에도 한국의 정치적, 경제적, 군사적 원조를 계속해 준다는 제안을 보내왔다. 그러나 이승만은 그 조건만으로 만족할 수 없다. 더 굳건한 군사적 안보도 필요하다. 한국군이 빠진 휴전 협정 진행을 바라보는 대한민국 국민의 시선이 좋지 않다. 북진 통일을 바라는 남한 국민으로부터 이승만의 정치적 입지는 좋아진다.

이승만은 미국에 골치 아픈 존재가 된다. 전쟁 중의 작전권은 유엔군 사령관에 위임했는데도 불구하고 이를 위반하여 유엔군이 관리하고 있는 반공 포로들을 남한군의 주도로 석방해 버린 중대한 사건이다. 미국은 극비리에 '에버-레디 작전'을 펼친다. 휴전 협정에 걸림돌이 되는 이승만을 제거하는 작전이다. 더 이상의 유엔군 희생을 막기 위해서는 이승만을 제거하든지, 감금시키는 일이 급선무다. 특히 미국은 수만 명의 인명 피해와 막대한 전쟁 비용을 지급하고 있다. 국내 여론 악화로 전쟁을 속히 끝내야만 하는 절박한 상황에 놓여 있다. 이승만을 제거하는 일이 전쟁을 끝내는 일이라고 여긴다.

북한, 중국, 연합군 대표들이 각각 정전 협정문에 사인함으로써
정전 협정은 마무리된다.

조선인민군 최고사령관 조선민주주의인민공화국 원수. 김일성.
중국인민지원군 사령원. 팽덕회.
국제련합군 총사령관 미국 륙군 대장. 마크 더블유 클라크.

참석자
조선인민군 및 중국인민지원군 대표단 수석대표 조선인민군 대
장. 남일.
국제련합군 대표단 수석 대표 미군 륙군 중장. 윌리엄 케어 헤리슨.

남한군 대표가 빠진 포로 협상도 마무리됐다.

북한을 택한 친공 포로들이 판문점에 도착한다. 무슨 이유인지
포로들이 돌발 행동을 하기 시작한다. 입고 있던 옷을 벗는다. 북
으로 돌아가기 전에, 팬티만 남기고 옷과 신발까지 모두 벗어던져
버린다. 그동안 쌓였던 제국주의의 기운을 털어 내고자 하는 몸짓
이다. 포로들을 제대로 대우하지 않았다는 불만을 함께 표출하는
것이다. 북한 당국에 충성을 표시하고자 하는 쇼를 보여 주는 것

이다. 친공 포로들은 울분을 터트리며 북으로 향하는 차량에 올라탄다. 북한 당국으로부터 이미 사전에 지시를 받아서 한 돌발 행동이지만, 포로들의 돌발 행동으로 인하여 판문점은 한바탕 소란을 피우고 잠잠해진다.

포로로 잡혀갔던 정기훈 일행이 판문점 임시 수용소 막사에 도착한다. 정기훈 일행도 판문점에 도착하자 입고 있던 옷을 벗어 던진다. 북측에서 제공한 옷을 모두 벗으라는 명령에 따른 것이다. 그동안 북측 포로수용소에서 인권을 존중하지 않고 많은 포로가 죽어 나간 데에 대한 항의 표시이다. 포로들을 제대로 대우하지 못한 데에 대한 불만의 표시로 입고 있던 옷을 벗어던지고 팬티 바람으로 남으로 향하는 차에 오른다. 남한에서 제공한 새 옷으로 갈아입는다.

43

서글픈 귀향

정기훈은 판문점을 벗어나서 남으로 이송된다. 정기훈이 도착한 곳은 거제도 인근 섬이다. 반공 포로들을 잠시 수용했던 용초도 섬이다. 외부와 단절된 곳이다. 북에서 이송된 포로들 외에는 민간인은 아무도 없는 곳이다. 천막에서 포로들을 한 명씩 불러서 심문하기 시작한다. 기훈이 어두컴컴한 심문실로 안내된다. 천막 틈새로 빛이 헤집고 들어선다. 천막 안에는 탁자와 의자만 놓여 있다. 모자를 쓴 군인이 의자에 앉아 있다. 기훈은 북한의 포로수용소에서의 조사 경험이 있어 잔뜩 긴장한다. 조사를 받는다는 것은 기분 좋은 일은 아니다. 무슨 조사를 할지 궁금하다.

"이름은?"

군인은 반말로 다짜고짜 이름을 묻는다.

"정기훈입니다."

"고향은?"

"전라남도 구례입니다."

"구례 어디야?"

군인의 목소리가 커진다. 짜증이 잔뜩 묻어 있다. 기훈은 긴장한 목소리로 다시 대답한다.

"구례군 광의면 연파리입니다."

"구례라고? 구례는 반란 사건이 있었던 곳 아닌가?"

"예, 그렇습니다. 해방 후에 반란 사건이 있었던 곳입니다."

"빨갱이들이 일으킨 반란 사건 때는 뭐 했나? 빨갱이 짓 했나?"

군인은 고개도 들지 않고 다짜고짜 기훈을 빨갱이 취급을 한다. 기훈은 군인의 말투가 점점 거칠어짐을 느낀다. 기훈이 기분이 상하고, 긴장이 더해진다. 이상한 기류가 감돈다. 길 가는 사람을 잡아다가 강제로 전쟁에 참여시켜 놓고, 싸움터에서 포로로 잡혀갔다가 겨우 목숨을 부지하고 살아 돌아왔다. 그런 군인들에게 수고했다는 말은 한마디도 없다. 말투가 죄인 심문하듯 다룬다.

"아닙니다. 지는 한청단원을 했습니다."

"진짜야? 한청단원을 했다는 증거가 있나?"

"현재 증거는 없습니다. 계엄사령관이 발급해 주는 한청단원증이 있었는데, 잃어버렸습니다."

"사실이야? 거짓말하면 바로 불순분자들만 있는 곳으로 분리 수용된다. 사실대로 말하라고. 알았어?"

군인은 기훈이 한청단원을 했다는 말에도 계속 의심한다. 기훈은 억울하다. 어떻게든 변명하고 싶다. 피난민으로 부산에서 구포 다리를 건널 때도 정만식이 한청단원증을 군인에게 보여 주고 건넜던 기억을 해 낸다.

"전쟁이 나서 부산까지 피난을 갔었는데, 부산 구포 다리를 건널 때도 한청단원증을 보여 주고 통과를 했습니다."

기훈의 변명에 군인은 들은 체도 안 하고 계속 질문을 한다.

"군대는 언제 갔나?"

"부산으로 피난을 갔는데, 시청 앞을 걸어가고 있는데 곧바로 징집됐습니다."

"그때가 언제인가?"

"전쟁이 났던 여름입니다."

"군인이 되어서는 어느 전투에 참여했나?"

"제주에서 훈련을 받자마자 다부동 전선에 투입이 돼서 전투를 벌였습니다."

"어느 곳에서 포로로 잡혔나?"

"우리 부대는 평양을 점령하고, 초산 지역 압록강까지 돌파했습니다. 거기서 압록강물을 수통에 담아서 마셨습니다. 그때는 이제 남북이 완전히 통일되는 줄로만 알았습니다. 우리 중대가 압록강 변을 경계를 서는 동안에는 적들이 아무도 없었습니다. 초산 지역에서 기분 좋게 밤새 압록강을 향하여 경계를 섰습니다. 그러던 중에 중공군이 갑자기 기습 공격을 하는 바람에 후퇴도 하지 못하고 포로로 잡혀갔습니다."

"포로수용소는 어디에 있었나?"

"압록강 변 벽동이라고 들었습니다."

"수용소는 포로들이 몇 명이나 있었나?"

"저희가 먼저 포로로 잡혔는데, 계속 포로들이 들어왔습니다. 외국인 포로들도 계속 들어왔습니다. 몇 명이나 되는지 지는 잘 모릅니다. 포로들은 천막 속에 가둬 놓고 왕래를 할 수도 없었습니다."

"포로수용소에서 무슨 일을 했고, 무슨 교육을 받았는지 아는 대로 말한다. 특히 어떤 사상 교육을 받았는지 상세하게 말한다. 만약에 교육받았던 걸 숨긴다든지, 거짓말하는 것이 들통날 때는 그만한 대가를 치른다는 것을 명심해라. 알겠나?"

"예."

기훈은 군인의 퉁명스러운 말투에 주눅이 든다. 수용소의 규모, 함께 수용된 포로의 숫자, 포로수용소에서의 급식 상태는 어땠는지, 군인은 포로수용소에서 무슨 사상 교육을 받았는지 상세하게 말하라고 한다.

"매일 같이 노동도 하고, 사상 교육을 수시로 받았습니다. 교육은 주로 공산주의의 우월성에 대하여 귀가 따갑도록 반복되었습니다. 저는 그 교육에 흔들리지 않으려고 무던히 노력했습니다. 반란 사건 때 공산당에 대해서 이미 체득을 했기 때문입니다. 종교는 아편이라고 계속 종교를 부정하는 교육을 했습니다. 그러나 저는 교회를 다닌 사람이라서 공산주의에 대해서라면 귀에 들어오지도 않았습니다. 그렇지만 목숨을 유지하기 위해서는 아는 척이라도 해야 살아남을 수 있었기 때문에 눈치껏 사상 교육을 받았습니다."

포로수용소에 있었던 사상 교육 내용을 아주 상세하게 기억을 더듬으며 알려야 한다. 북한의 압록강 변 극동 포로수용소에서는 그야말로 공산주의의 우월성에 대한 사상 교육을 매일같이 받아야만 했다. 종교는 아편이라며, 오로지 공산주의만이 세상 유일한 지상 낙원을 이룰 수 있는 곳이라며 선전에 열을 올렸다. 공산주의는 평화주의자들이고, 민주주의는 제국주의자들이다. 제국주의자들이야말로 인간 정신을 좀먹는 존재들이다. 제국주의의 폐해가 자본가들을 양성하는 일이다. 자본가들은 만민이 평등해지는 세상을 망치는 주범들이다. 자본가들이야말로 인민의 피를 빨아먹는 존재들이라고 사상 교육에 열을 올린다. 기훈은 속으로는 아니다 싶으면서도, 살기 위해서는 수긍하는 척이라도 해야만 했다. 고개를 끄덕거렸다. 살아남으려면 어쩔 수 없었다. 기훈은 고향에서 전쟁 전에 반란 사건을 경험했다. 청년단 활동을 했던 관계로 좌익들의 제거 대상이 됐었다. 반동분자로 몰려서 인민재판을 받았고, 포박되어 산으로 끌려가다가 도망쳐 살아남은 기억이 생생하다. 공산당이 얼마나 허무맹랑한 허구인지 알고 있는 이상, 강도 높은 사상 교육에도 동요는 되지 않았다. 살아남기 위해서 눈치껏 행동하며 버티어 냈다. 그렇지 않으면 반동으로 몰려 죽음을 면치 못했기 때문이다.

남한에 도착하자 북한 포로수용소에서 공산당 측이 행한 사상 교육에 혹시 물들지는 않았는지, 공산당이 파견한 간첩은 아닌지 의심만 가득한 채 강도 높은 심문으로 공산당임을 인정하라는 식으로 심문을 계속 유도한다.

"나는 공산당의 이념에 물들지 않았습니다. 나는 간첩이 아닙니다."

반복해서 대답해도 군인은 인정하지 않는다. 남쪽 용초도 섬에서 견디기 힘든 생활의 연속이다. 휴전되어 조국으로 돌아왔지만, 강압적인 포로 심문 때문에 포로들이 견디지 못하고 죽어 나간다. 정기훈과 함께 용초도 섬에 수용된 국군 포로들은 분통이 터질 일이다. 처음부터 전쟁에 누가 가고 싶어서 간 사람이 어디 있겠는가? 대부분 절차에 의해 징집되거나, 갑자기 길거리에서 강제로 끌려간 전쟁터다. 오로지 국가를 지키기 위하여 목숨을 걸고 싸운 전쟁이다. 인민군에게 포위되어 그야말로 시베리아 추위와 맞먹는 추위와 배고픔을 견디며, 압록강 변 벽동 포로수용소에서 살아남는 일은 끔찍했다. 포로들의 무덤이나 마찬가지였다. 매일 수십 명씩 죽어 나갔다. 포로가 죽기라도 하면 누가 먼저랄 것도 없이 우르르 달려들었다. 죽은 포로의 옷을 벗겨서 내 몸에 걸치느라 아귀다툼이 벌어졌다. 추위를 견디기 위해서는 죽은 사람의 옷을 걸치는 일도 별일이 아니다. 기훈은 압록강 변 포로수용소에서 갇혀 있는 동안에는 오로지 살아서 고향 집으로 돌아간다는 생각뿐이었다. 먹을 것이 항상 부족했지만, 먹을 것이 눈에 보이기만 하면 닥치는 대로 먹어 치웠다. 목숨을 부지하기 위하여 오로지 몸을 관리하고 돌보는 일에 집중했다. 고향에 있는 어머님과 처자식을 생각하며 버티어 냈다. 고향을 생각하면 힘이 솟았다. 어디서 생긴 생명력이었는지. 고향으로 살아 돌아간다는 신념만 가득했다. 그렇지만 조국으로 돌아온 포로들을 대하는 것은 생각했던 것과는 전혀 다르다. 어쩔 수 없이 조국의 전쟁에 부름을 받은 몸으로 전쟁에 참여했다. 전선은 온통 죽음뿐이었다. 오로지 살기 위해서 적을 무찔러야만 했다. 전투 중에 어쩔 수 없이 공산당의 포로가 되었다. 포로수용소에서 죽는 줄로만 여겼다. 수시로 닥치는 죽음 앞에서 견디기 힘들었다. 살아날 희망이 전혀 없었다. 다행히 휴전이 성사되어 구사일생으로 살아 돌아왔다. 그야말로 하나님이 보살펴 준 기회라고 여겼다. 하나님을 원망하고 자포자기했다가도 본인도 모르게 저절로 간절한 기도가 나왔다.

"하나님, 이 부족한 죄인을 살려 주십시오. 하나님만이 저를 살려 줄 수 있는 분이십니다."

순간마다 절대자인 하나님께 간절히 기도할 때마다 신기하게도 안정을 찾을 수가 있었다. 절망에 빠져 있을 때마다 포로로 함께 잡혔던 신부님이 나에게 가까이 다가왔다. 신부님은 전쟁 중에 신부라고 스스로 밝히지 않고 군에 강제로 징집되었다. 나라를 구하기 위해 자원입대한 거나 마찬가지인 셈이다. 전투 중에 포로가 되었다. 신부님은 동상에 걸려서 다리를 절뚝거리면서도 포로들과 마주칠 때마다 포로들에게 용기를 가지라고 손을 붙잡고 기도해 주었다. 본인 몸도 불편하여 다리를 잘라 내야 할 형편인데도 주변의 포로들에게 희망을 불어넣어 주었던 것도 큰 힘이 되었다.

"형제님, 힘을 내세요! 주님께서 우리와 늘 함께하십니다! 하느님은 언제나 형제님을 사랑하시고 보호해 주실 것입니다. 항상 기도하십시오."

성호를 그어 주며 수시로 용기를 북돋워 주었다. 신부님은 자신보다도 주변의 포로들을 위해 챙겨 주고 기도해 주었다. 신부님은 자신을 돌보지 않은 헌신으로 병이 악화하였다. 안타깝게도 포로수용소 안에서 죽었다. 신부님의 죽음은 억장이 무너지는 일이었다. 슬픔에 빠져서 얼마나 울었는지 모른다. 신부님이 부디 하늘나라에서나마 편안하기를 기도했다. 신부님의 죽음으로 나 자신과 싸움에서도 급격히 무너져 내린 것 같았다. 종교 지도자가 곁에 있는 것만으로 얼마나 큰 힘이 되었는지 모른다. 하나님께 기도

하는 힘도 약해졌다. 점점 더 힘든 생활이었지만, 고향으로 돌아 가기 위해 얼마나 기다리고 마음 졸였던가. 겨우 목숨을 부지하고 살아 돌아왔는데, 이건 대한민국 국민으로 여기지 않는다. 포로 신분이 아니라 사상범으로 몰고 가려는 분위기다. 아예 대놓고 빨 갱이 취급을 한다. 북한 포로수용소에서 사상이 변했을 거라는 의 심을 먼저 앞세우고 심문을 한다. 조금이라도 아니라고 거부해도 소용없는 일로 몰고 간다. 빨갱이라고 거침없이 몰고 가는 심문을 계속한다. 화가 나고 미칠 지경이다. 어떤 대답을 해도 당신은 빨 갱이라고 몰아붙이다 보니, 정신 착란을 일으키게 만들어 버린다. 자신을 자포자기하게 만들어 버린다. 아주 악랄한 신문이다. 이건 고문이나 마찬가지이다. 용초도의 생활은 울분이 점점 쌓여 간다. 울분을 참지 못한 포로들은 자살해 버린다. 얼마나 억울하고 분통 이 터지면 자살하겠는가? 극동 포로수용소에서도 자살은 하지 않 았던 포로들이다. 죽음의 문턱에서도 살아남은 사람들이다. 그만 큼 용초도 수용소에서의 신문은 견디기 힘든 일이다. 사상을 계속 의심하는 가혹한 포로 신문이 계속된다. 기훈은 멍한 사람이 되 어 버린다. 집으로 돌아간다는 기대도 점점 잃어버린다. 매일 죽 어 나가는 포로들처럼, 나도 죽음으로 저항을 해 볼까? 죽음으로 써만 사상범이 아니라는 결백을 보여 줄 수 있다고 여긴다.

기훈은 무시당한 채, 강도 높은 심문을 계속 받는다. 북한 포 로수용소에서 공산당의 세뇌 교육을 어디까지 받았는지. 그 세뇌 교육을 통해서 공산주의에 얼마나 물들었는지. 북한을 위해 부역 활동은 하지 않았는지. 김일성 찬양 놀음에 동조하지는 않았는지. 아예 대놓고 포로들을 계속 몰아세운다. 포로들은 점점 지쳐 간다. 반복되는 심문에 포기하는 포로들이 늘어난다. 아무리 변명을 해도 통하지 않는다. 사람이 계속되는 질문으로 몰고 가면 자포자기를 하게 되어 버린다, 만사가 귀찮고 너희들 마음대로, 하고 싶은 대로 처리하라는 식으로 변명 자체가 싫어져 버린다. 신문관들은 이때다 싶어 제대로 본심이 드러났다고 빨갱이라고 인정을 해 버린다.

"빨갱이 새끼!"

심문관의 입에서 튀어나온 소리에 의해 결국은 빨갱이 취급을 당해 버린다. 고향으로 돌아간다고 해도 계속 빨갱이 취급을 한다면, 집안에 해를 끼치는 존재가 되어 버리지 않을까? 기훈은 괴롭다. 억울하다. 조국을 위해 몸을 바친 대가가 이렇다면 차라리 죽는 것이 나을 성싶다. 용초도에 실려 온 포로들의 처지도 마찬가지이다. 억울하고 화가 나서 극단적인 상황이 계속 벌어진다. 자살하는 포로들이 늘어 간다. 기훈을 그럴수록 힘을 낸다. 간절히 기도한다.

"하나님, 살려 주십시오! 저는 빨갱이가 아닙니다. 제발, 고향으로 보내 주십시오!"

인영이 목발을 짚고 동네에 들어선다. 군복 차림에 모자까지 썼다. 마을 사람들을 만나면서 인사를 한다. 마을 사람들은 인영이 목발을 짚고 걸어가는 모습을 놀란 눈으로 바라본다.

"쩌그, 오롯대집 아들 아니라고?"

"맞당깨! 거시기… 천변떡?"

"맞어! 천변떡 바깥양반!"

"그리고 봉께로… 목발을 짚었는디, 다리가 하나…."

"아이고, 세상에나! 저런…. 쯧쯧쯧."

마을 여자들은 서로의 얼굴을 쳐다보며 놀란다.

"오롯대집이 무슨 일이래? 사람들이 계속 죽어 나가질 않나? 이젠 상이군인까지 생겨 뿔고 말이여."

"그러게 말이여. 막내아들도 사관학교에 갔다고 안 했어? 전쟁 통에 죽어 뿔러서 전보가 왔다는디…. 시신도 수습 못 하고 초상을 치렀다잖어."

"일본 여자 새댁이 안됐구먼…."

"그 집은 둘째 아들도 해방 전에 일본군으로 끌려가서 죽었다고 안 했능가? 이제는 셋째 아들까지 상이군인이 되어 돌아와 뿔렀네."

"그 집에 무슨 귀신이라도 씌었능가 뿌네."

"맞어. 귀신이 씌어도 단단히 씌었능가 뿌네. 그러지 않고서야 부잣집에서 사람이 계속 죽어 나갈 수가 없지. 앙 그래!"

"그렁깨로 말이여! 이 대감도 죽고, 아들 둘도 죽고, 이제는 아들 하나가 다리 병신까지 되질 않나. 어디 묏자리를 잘못 썼을까?"

"그러게 말이여. 부잣집에서 묏자리를 베멘히 알아서 썼을라고?"

"그나이나, 참으로 안됐구먼."

마을 여자들은 인영이 목발을 짚고 걸어가는 뒷모습을 보면서 안타까워한다.

인영은 집에 돌아왔다는 설렘에 목발을 짚는 어깨에 힘이 들어 간다. 걸음이 점점 빨라진다. 인영이 목발을 짚으면서 집 안으로 성큼성큼 들어선다. 인영이 아이의 이름을 부르며 집안으로 들어 선다.

"철중아!"

아이는 인영의 목소리에 오히려 놀란다. 군복을 입고 목발을 짚 은 사람이 부르는 소리에 천변댁 바짓가랑이를 잡고 떨어질 줄을 모른다. 아이를 업고 있는 천변댁이 처마 밑에서 인영을 발견한다. 천변댁이 단숨에 달려 나간다. 남편이 목발을 짚고 집으로 들어오 고 있다. 인철로부터 부산으로 피난을 가서 군인으로 징집됐다는 소릴 들었는데, 이게 무슨 날벼락이란 말인가? 천변댁은 빠르게 달려 나와 인영이 곁으로 와락 달려든다. 목발을 짚은 인영이 천 변댁을 안아 준다.

인영이 품에 안긴 천변댁이 울음을 쏟아 낸다. 반가워서 흘리는 기쁨의 눈물이다. 이게 꿈인가, 생시인가? 밤마다 꿈에서만 보이던 남편이 전쟁 통에 살아 돌아왔으니 말이다. 인영도 천변댁의 울음에 울컥한다. 가족들을 만나다니 꿈 같은 일이다. 인영이 정신을 차린다. 천변댁을 따라 달려 나왔던 아이를 번쩍 들어 올린다.

"철중아!"

"……."

오랜만에 보는 아버지가 낯설기만 하다. 아이는 아버지의 얼굴을 기억하지 못한다.

"철중아, 아부지야."

천변댁이 아이에게 아버지라고 알려 주지만 아이는 갑작스러운 상황에 오히려 울음을 터트릴 기세다.

"많이 컸구나!"

인영이 번쩍 들어 올렸던 아이를 내려놓는다. 인영은 천변댁이 업고 있는 아이에게 눈을 맞춘다. 인영이 피난을 간 사이에 낳은 딸이다.

"딸이구먼요."

"그런가? 당신이 그동안 고상 많았네."

인영이 부산으로 피난을 가서 전쟁을 치르고 온 후에 아이까지 생겼다. 전쟁에서 살아 돌아온 것만으로도 다행인데, 딸아이까지 생겼으니 기쁘기도 하다. 천변댁은 피난 갔던 인철이 돌아온 후에, 인철로부터 인영이 부산에서 함께 지내다가 군인으로 잡혀갔다는 소식을 들었다. 그동안 얼마나 걱정을 했는지 모른다. 군인으로 간 간 남편이 전쟁 통에 살았는지 죽었는지, 얼마나 마음 졸이고 있었던가. 밤새 잠을 못 이루는 날이 허다했다. 전쟁 통에 인호 아재가 죽었다는 소식을 듣고 나서는, 초상을 치르는 동안에도 천변댁은 오로지 남편 생각뿐이었다. 제발 무사하기만을 빌고 또 빌었다. 인호 아재처럼 죽었다는 전보가 언제 날아올지 마음이 조마조마했다. 남편은 목발을 짚은 몸이지만, 살아 돌아와 줘서 고맙다. 그렇지만 다리 발목이 절단되어 없지 않은가. 정상적으로 두 발로 걸을 수가 없어서 목발을 짚고 있는 모습이 안타깝기만 하다. 목발을 짚은 남편 다리를 보니 측은한 생각이 왈칵 쏟아진다.

"흑흑흑…."

얼마나 고생을 했을까? 천변댁이 다리를 바라보며 왈칵 눈물을 쏟아 낸다. 인영이 울고 있는 천변댁의 등을 토닥여 준다. 인영도 눈물을 글썽인다. 아내에게 미안할 따름이다. 그동안 얼마나 보고 싶었던 가족이었던가? 가족을 보니 그동안 쌓였던 설움이 몰려든다. 인영도 계속 눈물이 멈추지 않는다. 천변댁이 진정을 하면서 쪼그려 앉는다. 군복 바지 한쪽이 헐렁거려 보인다. 바지를 조심스럽게 만져 본다. 잘린 발목 위에 입혀진 바지가 한 손에 잡힌다. 인영이 허리를 숙여 바지를 위로 걷어 올린다. 왼쪽 다리 발목이 잘려 나가고 없다. 바지를 걷어 올리자 잘린 다리 발목이 드러난다. 아물어진 상처에 새살이 돋아 있지만, 불그스레하다. 잘려 나간 다리 상처가 아물고 있다. 잘려 나간 다리를 보고 있자니, 왈칵 슬픔이 다시 몰려온다. 천변댁이 슬픔을 참아 내며 다리를 만진다. 얼마나 고통을 당하였을까? 오랜만에 남편의 다리를 만져 본다. 남아 있는 다리 허벅지는 빈약해져 있다. 근육이 빠져 버려 뼈만 남아 있다. 천변댁이 오른쪽 바지 속의 다리를 만져 본다. 오른쪽 다리는 정상인지 궁금한 것이다. 오른쪽 다리는 튼튼하다. 한쪽 다리가 없는 대신, 오른쪽 다리 하나로 버티다 보니 단단해져 있다. 그나마 한쪽 다리만이라도 건강하게 버티고 있는 것이 다행이라 여긴다. 천변댁이 일어서서 마루 쪽으로 인영을 안내한다. 인영이 목발을 짚고 성큼성큼 다가간다. 피난을 떠난 후에 얼마 만에 집으로 돌아온 것인가? 2년이 훌쩍 넘은 세월이다. 엉덩이를 마루에 붙인다. 마루에 앉으니 마당 텃밭이 눈에 들어온다. 마당 텃밭에는 푸성귀가 잘 자라고 있다.

인영이 목발을 짚으며 마당으로 성큼성큼 들어선다. 가족들이 일시에 인영을 바라본다. 인철이 제일 먼저 인영에게 달려간다.

"인영아!"

"인철이 성!"

인철과 인호는 부둥켜안고 눈물을 쏟아 낸다. 감격스러운 순간이다. 인영이 징집당한 부산에서 얼마나 발을 동동 굴렀던가? 집 안 사람들도 형제의 만남에 눈물을 훔친다. 목발을 짚고 인영이 나타났지만, 우선은 반갑고 기쁨의 눈물이 나오는 것이다. 전쟁터에 끌려간 인영을 얼마나 걱정을 했던가? 제발 무사하기만을 바랐다. 인영을 생각만 하면 왠지 미안하여 초조해지고 가슴이 답답했었다. 전쟁 통에 제발 살아 있기만을 바랐다. 피난 갔던 부산 시청에서 징집되는 바람에 강제로 생이별을 했던 기억을 떠올린다. 부산에서 인영이 징집되는 것을 바라보면서 발을 동동 구르기만 했던 인철은 부산 시내를 돌아다니며 또 얼마나 방황을 했던가? 인영의 강제 징집이 인철의 책임으로 느껴졌다. 그 순간을 못 견디고 계속 술만 마시었던 기억을 한다. 이제라도 인영이 이렇게 살아서 돌아왔으니 얼마나 기쁜 일인가. 인철은 고개를 숙여 목발 짚은 인영의 다리를 쳐다본다. 헐렁거리는 바지를 봐도 발목 한쪽이 없는 걸 알 수 있다.

"어쨌든 살아 돌아와 줘서 고맙다."

인철은 인영에게 미안한 마음뿐이다. 집안 식구들이 인영에게 다가와 인사를 건넨다. 인영도 인사를 하면서 안방을 향해 오른다. 경자가 먼저 안방에 들어와 누워 있는 절골댁을 일으켜 세운다.

"어머님! 작은댁 인영이 서방님이 오셨어요."

"인영이가 돌아왔다고?"

절골댁은 인영이 돌아왔다는 소리에 정신이 번쩍 든다. 어디서 갑자기 기운이 생겼는지 절골댁이 벌떡 일어선다. 인영이 목발을 짚으며 안방으로 성큼 들어선다.

"어무이!"

그동안 얼마나 그리웠던 어머니인가? 인영의 목소리는 벌써 눈물을 머금은 목소리다. 어머니를 보자 눈물이 먼저 앞선다. 절골댁은 인영을 보자마자 인영의 손을 덥석 잡는다.

"아이고, 내 새끼!"

절골댁도 너무 반가운 나머지 왈칵 눈물부터 쏟아진다.

"아이고, 내 새끼! 어디 얼굴 좀 보자."

절골댁은 인영 가까이 다가가 인영의 얼굴을 어루만진다. 군인으로 잡혀갔다는 아들이 돌아왔다니, 얼마나 반가운 일인가. 인호가 군인으로 전쟁터에서 죽은 뒤로는 군대에 갔다는 인영이도 늘 걱정이었다. 그동안 아무 소식이 없다 보니 전쟁터에서 죽은 줄로만 여겨 왔다. 절골댁은 인영이 돌아오자 거짓말처럼 갑자기 생기가 돌고 정신이 돌아온 것이다. 죽은 줄로만 알았던 아들의 귀환이야말로 정신이 오락가락한 절골댁의 정신을 일깨울 만한 일이다. 눈물이 왈칵 쏟아진다.

"어무이!"

인영은 절골댁의 품에 안기어 더 큰 울음을 쏟아 낸다. 한꺼번에 봇물 터지듯 슬픔이 터진 것이다. 절골댁은 인영을 쓰다듬더니, 한쪽 다리 발목이 없는 걸 챙긴다. 절골댁은 아들이 살아 돌아온 순간도 잠깐이다. 한쪽 다리가 병신이 되어 목발을 짚고 있는 일이 궁금하다.

"어무이! 절 받으십시요!"

인철이 다가가 인영을 부축하며 목발을 받아든다. 인영이 울먹이며 절골댁에게 큰절을 한다. 절골댁은 큰절을 하는 인영이 안쓰럽기만 하다.

"오냐."

불편한 다리를 이끌고 절을 하는 인영을 바라본다. 절골댁은 만감이 교차한다. 살아 돌아온 아들이 기쁘기도 하고, 불쌍하기도 하다.

"아이고, 어쩔끄나. 다리는 어떻게 된 거냐?"

인영은 쉽게 말을 꺼내지 못하고 머뭇거린다.

"전쟁터에서 총알이 다리를 관통했습니다. 그래서 다리 발목을 잘라 냈습니다."

절골댁은 인영이 살아서 돌아온 것은 다행이지만, 다리 발목을 절단했다고 하니 다시 억장이 무너진다.

"아이고!"

절골댁은 인영을 붙잡고 눈물을 흘린다.

"어무이, 지는 괜찮습니다. 지가 죽지 않고 살아 돌아왔잖아요. 전쟁터에서 죽은 사람들에 비하면 이만한 게 다행이라고 여기세요."

인영은 절골댁을 안심시키기 위해 괜찮다고 말한다. 살아 돌아와 어머니를 만나는 일이 얼마나 다행인가?

"그래! 내 새끼!"

인철은 인영과 행랑채 앞에서 서로 담배를 권한다. 담배를 입에 물고 연기를 흠뻑 빨아들였다가, 다시 길게 내뱉는다. 인철은 인영이 부산에서 갑자기 징집되어 헤어진 후에 그동안 어떻게 지내 왔는지 궁금하다.

"부산에서 징집된 후 어떻게 됐어?"

"부산에서 징집당해서 바로 전선으로 투입됐지. 다행히 유엔군의 인천상륙작전 성공으로 전세는 뒤집힌 거야. 우리 부대는 평양까지 진격했는데, 중공군의 개입으로 37도 선까지 후퇴를 했어. 서울이 수복되고, 다시 38선을 차지하기 위하여 계속되는 전투 중에 부상을 당했어. 말도 마! 전쟁이란 게 얼마나 무서운지 몰라. 전우의 시체를 밟고 지나가야 하는 전쟁터는 그야말로 생지옥이나 다름없어. 고지를 점령하기 위하여 돌격 명령이 떨어지면 죽기 살기로 전진하는 거야. 몇 번의 죽을 고비도 넘겼지만, 이렇게 살아 돌아온 것도 부상 때문이야. 부상을 당허지 않았다면… 아마, 전쟁 통에 살아남지 못했을 거야. 죽었을랑가도 몰라. 얼마나 많은 사람이 죽어 갔는데. 총알이 빗발치는 전선에서 살아남았다는 것은 기적이야."

인영은 부상을 당했지만, 애써 살아 돌아온 것만도 다행이라고 말한다. 총탄이 빗발치는 전선에서 수없이 죽어 나가는 전우들을 생각하면, 본인에게는 기적이 일어난 것이라고 여기고 있다.

인철은 인영이 살아남은 것이 기적이라고 하는 말에 고개를 끄덕인다. 부상을 당하지 않았다면 죽음 목숨이라는 것으로 받아들인다. 인철도 만주에서 독립군이 되어 일본 놈들과 처절하게 전투를 벌이다가 어깨에 총을 맞아 겨우 살아 돌아왔던 기억을 떠올린다. 그때 부상을 당하지 않았다면, 살아남지 못했을 것이다. 얼마나 무서운 전쟁인가? 전쟁터는 그야말로 생지옥이 따로 없다. 그런 경험을 둘은 겪어 보았으니 살아남은 일이 기적 같은 일로 여겨진다.

"한쪽 다리는 어떻게 된 거냐?"

인철은 인영의 다리가 어떻게 된 사연인지 궁금하다.

"전선에서 폭탄이 터져서 다리에 파편을 맞았어. 죽지 않고 살아남은 것만도 다행이지. 전쟁터는 그야말로 사람 목숨이 파리만도 못해. 여기저기서 폭탄은 계속 터지지, 총에 맞고 살려 달라고 고함을 지르는 부상병의 소리도 계속 들리지, 고지를 점령하라는 돌격 명령은 계속 들리지, 총알은 빗발치듯 날아오지…. 얼마나 많은 군인이 죽어 나갔는지 말로는 다 못 해. 사람 시체가 산더미처럼 쌓여 있는데도 고지를 점령하기 위해서는 시체를 밟고 지나가야 한다니까. 내가 전쟁터에서 살아남았다는 일은 아무리 생각해도 하늘이 도운 거야. 조상님들이 도운 거라니까!"

인영은 전선에서 살아 돌아온 것만 생각하면 끔찍하다. 어떻게 살아남았는지. 지금 생각해도 그 전쟁터에서 살아 돌아왔다는 일이 믿기지 않는다. 총알이 빗발치는 전선에서 살아 돌아온다는 일은 그야말로 하늘에 달린 일이다. 발목 하나를 절단하고 목숨을 바꾼 셈이나 마찬가지이다. 다리 부상을 당하지 않았으면, 지금쯤은 어느 전선에서 계속 싸움을 하고 있든지, 어느 전선에서 죽어 나갔으리라 여긴다.

"인영아, 어쨌든 살아 돌아온 것만으로도 고맙다."

전쟁터에서 죽은 인호를 생각하면, 인영이 부상병으로 살아 돌아온 것만으로 고마울 따름이다.

"나도 너와 함께 부산 시청 앞에서 갑자기 소집을 당했지만 풀려났잖아. 그래서 즉시 일본으로 건너갔지. 부산에 그대로 있다가는 언젠가는 징집되리라는 불안감에 일단 피하고 본 거야. 일본에서 있으면서 인천상륙작전 성공 소식을 들었어. 부산에 귀국하여 집으로 부랴부랴 돌아왔지만, 집안이 엉망이 되어 버렸더라고."

"그랬겠지. 대구 다부동 전선과 낙동강 전선 이남만 남겨 놓고 남한 전체가 인민군들에게 먹혀 버렸으니까. 공산당 놈들이 여기 구례도 장악했을 테지. 나도 대충은 들었어. 아부지도 공산당 놈들에게 총살을 당했고, 인호도 죽어서 초상을 치렀다며?"

인영은 불과 3년 사이에 집안이 쑥대밭이 되어 버렸다는 생각에 가슴이 답답하기만 하다. 담배를 입에 문다. 담배를 길게 빨아 들였다가, 다시 길게 내뱉는다.

"휴."

인영은 아버지와 인호를 생각하니 저절로 감정이 복받친다. 자식으로서 아버지의 임종을 못 지킨 불효막심한 놈이라고 생각하니 눈물이 저절로 터진다. 고개를 숙이며 눈물을 글썽인다. 부모와 동생을 잃은 슬픔이 다시 몰려온다. 슬픔이 가라앉지 않는다. 가족이 죽은 슬픔은 세상 그 무엇으로도 억제가 되지 않는다. 받아들이기 힘든 슬픔이다. 슬픔이 몰려들 때는 눈물을 흘려야만 하는 것이 자연스러운 현상이다. 고개를 숙이고 훌쩍거린다. 인철도 눈물이 맺힌다. 슬픔이 몰려온다. 아버지와 인호의 죽음으로 인한 슬픔은 모두에게 쉽게 가라앉지 않는다.

정기훈이 고향 집에 들어선다. 전쟁을 피해 집을 떠나 부산으로 피난을 간 지도 3년의 세월이 흘렀다. 압록강 변 포로수용소에서 그토록 그리웠던 고향 집에 도착한 것이다. 오로지 집으로 돌아간다는 집념으로 버틴 시간이었다. 몰골은 형편없이 되어 버렸지만, 집으로 돌아온 설렘에 기분이 들뜬다. 부산댁이 기훈을 발견한다.

"아부지다!"

부산댁은 소리를 지르며 달려와 기훈을 반긴다. 아이들이 기훈에게 달려든다. 기훈이 아이들을 안아 준다. 기훈도 울먹이면서 아내와 포옹을 한다. 아, 얼마나 그리웠던 고향 집이던가. 얼마나 보고 싶었던 가족들이던가? 살아 돌아왔다니, 꿈 같은 일이다. 기훈은 복받치는 기쁨과 설움이 한꺼번에 몰려온다. 기훈은 몸이 허약해져서 몸이 만신창이가 되어 버렸다. 구만리댁이 방에서 나온다. 기훈이 마당에서 가족과 함께 서 있다.

"기훈아!"

구만리댁이 번선발로 뛰어나가 기훈의 손을 잡는다.

"어머이!"

얼마나 부르고 싶었던 아들 이름인가?

"아이고 내 새끼!"

구만리댁이 반가워서 눈물을 쏟아 낸다. 기훈도 기쁨과 서러움이 한꺼번에 밀려온다.

7권에서 계속

참고 문헌

- 현봉학, (한국의 쉰들러)현봉학과 흥남 대탈출, 경학사(1999)

- 이종연, 아! 장진호, 6.25전쟁 어느 학병의 수기, 북마크(2010)

- 조선희, 기나긴 겨울, 카톨릭출판사(2003)

- 이덕주, 로버트하디 불꽃의 사람, 신앙과지성사(2013)

- 유숙현, 거제도 포로수용소에서의 포로의 체험과 송환선택, 논문(2008).

- 장진호전투, 국방부전사편찬위원회(1981)